曾許諾

卷一 桃花下，許今生

桐華 著

曾許諾

卷一 桃花下，許今生

目錄

引言

宇宙混沌，鴻蒙初開時，天下只有一位帝王，那就是劈開天地，創造了這個世界的盤古大帝。那時候天與地的距離並非遙不可及，人居於陸地，神居於神山，人可以通過天梯見神。神族、人族、妖族混居於天地之間。

盤古大帝有三位情如兄妹的下屬，神力最高的是一位女子，年代過於久遠，名字已經不可考，只知道她後來建立了華胥國[1]，後世尊稱她為華胥氏。另外兩位是男子，一位神農氏，駐守中原，守護四方安寧；另一位高辛氏，駐守東方，守護日出之地湯谷和萬水之眼歸墟[2]。

盤古大帝仙逝後，天下戰火頻起，華胥氏厭倦了無休無止的戰爭，避世遠走，創建了美麗祥和的華胥國，可她之所以被後世銘記，並不是因為華胥國，而是因為她的兒子伏羲、女兒女媧[3]。

伏羲女媧恩威並重，令天下英雄敬服，最終制止了兵戈之爭，被尊為伏羲大帝、女媧大帝。傷痕累累的大荒迎來太平，漸漸恢復了生機。

幾千年之後，伏羲大帝仙逝，女媧大帝悲痛不已，避居華胥國，從此再沒有人見過她，生死成謎，伏羲女媧一族日漸沒落。

此消彼長，隨著伏羲族的沒落，中原的神農、東南的高辛成為兩大霸主，表面上仍然恪守當年在伏羲、女媧大帝面前簽下的血盟，互不侵犯，可暗地裡都野心勃勃，想吞併對方。

在大荒的西北，有一座不出名的山，叫軒轅山，山腳下居住著無人注意的小神族——軒轅族。一次盛大的祭祀儀式後，軒轅族的大長老力排眾議，推舉了族中最年輕的英雄為首領，可即使大長老都沒有預料到這個少年會完成什麼樣的偉業。

不過幾千年的時間，少年率領著名不見經傳的軒轅族迅速壯大，等神農和高辛意識到他的危險時，已經錯過了消滅他的最佳時機，只能無奈地看著軒轅族竟然一躍成為第三大神族，與神農、高辛兩個上古神族並列。

三大神族，為首的是神農族，也就是當年奉盤古之命駐守中原的神農氏的後代，首領被稱為炎帝，炎帝神農氏以仁治國；其次是高辛族，是當年駐守東南方的高辛氏的後代，首領被稱為俊帝[4]，俊帝以禮治國；最後是新近崛起的軒轅族，統轄西北，首領被稱為黃帝，黃帝以法治國。

自此，中原的神農、東南的高辛、西北的軒轅，三大神族，三分天下，三足鼎立。

1.《列子．黃帝》：「（黃帝）晝寢，而夢遊於華胥氏之國。不知斯齊國幾千萬里，蓋非舟車足力之所及。」

2.《列子．湯問》：「渤海之東不知幾億萬里，有大壑焉，實惟無底之谷，其下無底，名曰歸墟。八紘九野之水，天漢之流，莫不注之，而無增無減焉。」

3.《春秋世譜》：「華胥生男名伏羲，生女名女媧。」

4.《山海經》中有三大神系，中原的炎帝系，後起之秀的黃帝系，東方的帝俊系（俊，音近「舜」，一說音近「寸」，通甲骨文中的夋字，是太陽中鳥的意思）在黃帝統一天下的戰爭中，由於帝俊是戰敗族，他的事蹟被湮沒篡改消失，只在郭璞編注的《山海經校注》中保存了部分殘片，依稀可以看出這一神系當年的顯赫。

第一章 我本楚狂人

在這個山花爛漫、鶯飛蝶舞的春天，幾百年的孤寂困惑消失了，
可在他剛剛明白美麗的春天該做什麼時，
卻無法再活到下一個春天了。
他所唯一能做的，就是讓她不被傷害。

神農國位於大荒最富饒的中原地區，是大荒中人口最多、物產最富饒的國家。

在神農國的西南，群山起伏，溝壑縱橫，毒蟲瘴氣、猛獸凶禽橫行，道路十分險惡，以致和外界不通，被視作蠻夷之地。這裡居住著九夷族，九夷族的習俗和外面的部族大相逕庭，十分野蠻落後，被神族列為最低等的賤民，男子生而為奴，女子生而為婢。

一百多年前，九夷族不甘人族的殘酷奴役，一百多個山寨聯合起來反抗，因為有惡毒的妖獸為九夷助陣，竟然令前去平亂的十幾個神族大將鎩羽而歸，最後驚動了炎帝。神農族第一高手祝融主動請纓前去降伏作亂的妖獸。

雲海中，一行十來個神將駕馭著各種坐騎飛馳。

放眼望去，九夷山連綿千里，在繚繞的雲霧中，山巒疊嶂，峭壁聳立，一座座黛青的山峰，數數點點、遠遠近近、深深淺淺地飄浮在白色煙海中，一陣風來，忽而似有，一陣風去，再顧若無，猶如一幅水墨丹青的仙境圖。

一個瘦小的黑衣神將笑道：「沒想到賤地九夷竟然有這般好風光，難怪說九夷賤婢容貌姣好，是人族豪門大戶最喜歡用的奴婢。以前年年都有新奴婢，可被那頭畜生一鬧，九夷已經上百年沒有進獻過奴婢，聽說如今一個真正的九夷賤婢都能換到一株歸墟海底的藍珊瑚。」歸墟海底的珊瑚對人族而言只是鬥富的物品，可對神族而言卻是療傷聖品，他說著話，眼神閃爍，顯然另有打算。

他身旁的藍衫男子提醒道：「別被眼前的風光迷惑住了，九夷山中多猛獸凶禽、惡瘴劇毒，我們神族不怕猛獸凶禽，可惡瘴劇毒能侵蝕靈體，不能不防，榆罔王子的下屬陶岳中了那頭畜生布下的瘴氣，至今靈力都難以正常運行……」

當先而行的男子冷哼一聲，藍衫男子反應過來說錯了話，立即噤若寒蟬。冷哼的神五官長得頗為英俊，只是眉目間糾結著一股暴戾，讓人不敢多看。他腳下踩著有大荒惡禽之稱的畢方鳥[1]，身上穿著一襲黑色戰袍，胸前繡著一朵碩大的燙金五色火焰徽印，見此徽印就知道他是神農國的第一高手祝融，榆罔雖是王子，可祝融神力高強、兵權在握，向來不把榆罔放在眼裡。

---

1. 畢方鳥，神話中的怪鳥。出現時常有火災。《山海經・西山經》：「其狀如鶴，一足，赤文青質而白喙，名曰畢方。其鳴自叫也，見則其邑有譌火。」

瘦小的黑衣神將叫黑羽，善於逢迎討好，知道祝融心思，冷笑道：「不是瘴氣毒物厲害，而是王子的手下們太沒用！上百年連一頭靈智未開的畜生都殺不死，還折損了好幾員大將。這次祝融將軍親來，那畜生連明天的日出都休想見到。明日紫金殿上，將軍把畜生的頭往所有大臣面前一扔，還不羞煞榆罔！」

祝融眼中隱有笑意，卻冷聲斥道：「別胡說八道！我只是奉炎帝之命行事，你們都要全力以赴，等殺死了畜生，想要什麼賞賜，我就給什麼，區區的歸墟珊瑚算什麼？」

眾位神將都喜笑顏開、高聲謝恩。起先說話的藍衫男子叫藍闐，行事謹小慎微，說道：「九夷山高林密、地形複雜，那頭畜生熟悉地形，十分善於躲藏，即使以神族的靈識都搜不到他，所以之前的神將們追殺了他上百年都一直沒有殺死他，如果他不露身，往這上百座山裡一躲，只怕我們一時半會壓根找不到他。」

眾位神將面面相覷，都看向了黑羽，黑羽惶恐不安地低下了頭，生怕祝融會問他計策。

不想祝融冷笑道：「我早已經想好對付他的方法，對付野獸，自然要用兔子布置一個陷阱，我們守著陷阱等畜生自己送上門。你們去把九夷族的壯年男子都抓起來，限畜生太陽落山之前出現，太陽落山之後，每過一炷香就殺掉十個男人，直到畜生出現。」

藍闐滿面驚駭，其他神將也神情大變，黑羽卻諂笑著說，「果然是將軍最英明！這頭畜生是九夷的賤民放出來的，那就還是要用九夷的賤民收回去。屬下聽聞今日是九夷的跳花節，賤民們不行婚配之禮，卻男男女女都要聚集到跳花谷，像野獸一樣苟合，我們現在趕去，連抓人都省了。」

藍闐結結巴巴地說：「神族不得濫殺人族，如果炎帝、炎帝知道了，可了不得……」

「炎帝能知道嗎？難道你要去告密？」祝融冷眼盯著他。

藍闐立即跪下，「屬下對將軍忠心耿耿。」

祝融冷哼一聲，下令道：「我們就去看看賤民的跳花節。」

「是！」眾神齊聲應諾。

九夷的深山中。

因為樹太高，林太密，外面陽光十分燦爛，可在這山坳中，光線難入，恍如昏暝。九夷族的巫王跪在厚厚的腐葉上，面朝大山，神情恭敬。

他叩拜幾次後，對著大山高聲而呼：「百獸的王啊，請您傾聽我的祝禱！」

野風陣陣，山濤澎湃，沒有回應。

巫王也早習慣，從來沒有人真正見過獸王，沒有人知道他是猛虎，還是巨熊，他們只是世世代代堅信他的存在。巫王神情悲淒地說：「百獸的王，您趕緊逃吧！炎帝派了火神祝融率領神將來殺您，祝融是神農族第一高手，聽說他掌管天下之火，一個火星就能摧毀一座城池，從神到妖，沒有一個敢冒犯他，您是打不過他的，趕緊逃吧！」

劈里啪啦，劈里啪啦——

一堆野果山栗砸在巫王身上，打得他額頭流血。

「吱，吱，呲，呲……」幾隻猴子吊在樹梢上蕩來蕩去，一邊凶神惡煞地齜牙咧嘴，一邊砸巫王，顯然在趕他走。

巫王卻不躲不閃，反而跪行了幾步，用力磕頭，哭泣著說：「百獸的王，您本在山中自由來去、無拘無束，我們九夷是賤民，本就該男兒為奴、女兒為婢。一百年前是我們痴心妄想，才把您拖入了這場滔天大禍，如今神族對您震怒，派火神祝融來誅殺您。祝融神力無邊，可以讓天傾倒、地塌陷，傳說九百年前東海邊的浮玉山出了一個妖龍，領著上千個小妖怪作亂，炎帝派了一百多個神族大將都沒能降伏妖龍，才剛成年的祝融請求出戰，竟然一個地火陣就把所有妖怪都燒成了粉末。」

巫王怕獸王聽不懂，不惜冒著褻瀆獸王的罪孽，說道：「您生在深山、長在深山，不明白真正的神族高手的厲害。如果把您比作山中最兇猛的虎豹，這次來的獵人就是世間最厲害的獵人，您要知道再兇猛的虎豹也鬥不過本領高強的獵人。百獸的王啊，求您離開九夷吧，我們自己願意為奴為婢，我們願意供人驅使奴役……」

他苦口婆心地哭求，猴子們卻依舊無知無覺地快樂戲耍著。

巫王又磕了幾個頭，踉踉蹌蹌地向林外走去，四個壯年男子急步上來，扶住他，「巫王，獸王走了嗎？」

巫王說：「我已經講得很清楚，我們不要他的庇佑了，請他離開。」

四個男子的臉色都晦暗下來，巫王說道：「你們不要再痴心妄想了，來誅殺獸王的神可是火神祝融，天下有誰敢和火神作對？難道你們真想我們九夷的獸王死嗎？」

四個男子齊聲說：「寧可我們死，也不能讓獸王被神族殺死。」

巫王點點頭，「昨日，我已經派族中巫師帶著一百名男子和一百名女子去給山外的貴族們進獻奴隸，聽聞炎帝十分仁厚，只要我們不再作亂，肯定會寬恕我們的罪孽，放棄誅殺獸王。」他強自振作了一下精神，拍拍四個小夥子的肩膀，含笑說：「今天是跳花節，你們可都是九夷的勇士，各個山寨的姑娘都等著你們，快去跳花谷見自己心愛的姑娘，多生幾個小勇士！」

四個男子雖然勇猛，卻從未去過山外，九夷族又天性單純，聽到巫王吩咐，他們都放下了心事，推搡著彼此，說說笑笑地趕向跳花谷。

跳花節，四月八，正是春濃大地，山花爛漫時。

跳花谷中，滿山滿坡都是五顏六色的鮮花，盛裝打扮的姑娘們藏在花樹下唱著山歌，尋找著情哥哥；男兒們或三五成群站在岩石上與伶牙俐齒的姑娘們對著山歌，或獨自一人站在花樹下吹著蘆笙；還有已經情定了的男男女女手牽著手，躲在鮮花叢中竊竊私語。

西斜的太陽照耀著美麗的山谷，溫柔的春風吹送著鮮花的芳香和烈酒的醇香，山坡上有美麗的姑娘、強壯的漢子，他們唱著熱情的山歌，吹奏著歡快的蘆笙……山谷中充滿了歡樂，似乎連枝頭的小鳥都在笑跳起舞，沒有人知道歡樂的山谷即將變成血腥的屠宰場。

突然，四面騰起了火焰，歡樂的人們毫無準備，只能驚惶無措地躲避著火焰，漸漸地，人群被逼迫到了一起，火焰聚攏，變成了一個巨大的火圈，噴吐的火焰就像是紅色的柵欄，把所有人都關押在了烈火監獄中。

幾個勇士不甘地衝向火焰，可火焰卻像活的一般，纏繞住他們的身子，他們被燒著，發出淒厲的慘叫，軟倒在地上，卻怎麼打滾都無法撲滅火焰，被活活燒死。

人群驚懼地看著眼前的一切，不知道究竟發生了什麼。

祝融駕馭坐騎，從天而降，不屑地看著火圈中的人。

祝融對著群山說：「畜生，限你日落之前趕到我面前，否則每炷香就死十個賤民，直到九夷滅族。」他的聲音如雷一般一波波傳開，山鳥驚懼，走獸奔逃，寨子裡的人們都痛苦地捂著耳朵蹲在地上，渾身軟綿綿地提不起一絲力氣。

一個九夷勇士掙扎著爬起，怒吼道：「獸王已經離開了，你休想用我們要脅獸王！」

祝融冷笑一聲，「我先殺了你們這些賤民、暴民，他若逃到天邊，我就到天邊去取他首級。」

四個最勇敢的九夷勇士渾身顫慄，雙目充血，看看火圈中的族人，再望望莽莽大山，竟然自己也不知道究竟是盼著獸王出現，還是盼著他不出現。

太陽漸漸西斜，越變越小，往日這個時候，寨子裡家家炊煙，戶戶笑語，可今日只有沉重的喘氣聲。漸漸地，喘氣聲都越來越小，眾人都屏息靜氣，似乎這樣就可以讓太陽慢點走，讓族人多一分活著的生機。

太陽的最後一絲餘暉在消失，祝融冷哼，「果然只是一頭無膽的畜生！」他揮了下手，示意殺掉十個人。

黑羽上前，祝融和其餘神將都暗暗提防，若畜生真是九夷供奉的神靈，這是他最後的救人時機。

黑羽緩緩舉起了刀。火圈外的神、火圈內的人都在屏息靜氣地等待，整個山谷中沒有一絲聲音。

唰——

隨著刀光，十個人頭齊刷刷地掉在地上。

「你是神嗎？就是惡魔也沒有你凶殘！」鮮血刺激了人群，人們忘記了對神的畏懼，淒聲咒罵，又哭又嚷。

「跟他們拚了！」

祝融失望地看著四周的大山，戒備鬆懈了，看來畜生畢竟是畜生，無情無義，不會冒死來救人。

又過了一炷香，祝融對黑羽點頭，黑羽再次走向火圈，刀光閃過，又是十個人頭齊刷刷地落地。

「求求您，您是尊貴的神啊！」

男子們憤怒的咒罵，女子們悲傷的哭泣，此起彼落，響徹山嶺。

又過了一炷香，祝融已經連看都懶得看了，只一心盤算著畜生會逃往哪裡。

黑羽再次走近火圈，幾個壯年男兒把站在周邊的女子拉到身後，自動站成一排，恰好十個人，雖然臉上是視死如歸的平靜，眼睛卻怒瞪著黑羽，訴說著絕不屈服。

黑羽心頭一顫，咬了咬牙，揮刀要砍，撲通一聲，突然就沒了影子，只看地上裂開一個黑黝黝的地洞。

藍闐和幾個神將急忙上前查看，地洞又窄又深，火光難入，幾隻穿山甲探了探腦袋，哧溜一下又縮回了地洞。

「黑羽？」

「死……死了！」洞裡傳來的語調奇怪，似乎不會說話，兩個短短的音節都說得艱澀難聽。火圈裡的人群卻在歡呼，「是獸王！獸王來了！」

祝融急怒下，一掌推出，一團赤紅的火焰呼嘯著飛進地洞。

「啊！」淒厲的慘叫，聽著竟是十分耳熟。

藍闐藉著火光，看到地洞裡好似趴著個人，他的神兵如意鞭變得無限長，把人纏了上來，是一具已經被祝融的雷火燒得焦黑的屍體。

「是、是……黑羽。」

眾位神將面面相覷，祝融這才反應過來中了畜生的狡計，而此時地洞裡的畜生早已逃走，激怒下，祝融抬掌就想殺死火圈裡剩下的賤民。一個女子尖叫：「您說過只要獸王出現就放過我們，獸王已經出現了！」

祝融雖然脾氣暴躁，殘忍好殺，卻向來自視甚高，從不出爾反爾。一腔怒氣無處可去，他暴跳如雷，朝天怒吼，「畜生，我一定要親手割下你的頭顱，挖出你的心肝！」硬生生地改變了掌力，火焰砸向地洞，轟一聲地洞塌陷。

藍闐凝視著腳下，冷靜地分析著剛才的一幕。只怕他們剛到九夷，畜生就在暗中觀察他們。當二十個九夷人被殺後，賤民又哭又罵，聲音嘈雜，他們認定計策失效，懈怠下來，這頭畜生就驅使穿山甲把陷阱打通。黑羽掉下後，和畜生敵暗我明，怕遭暗算，不敢出聲，畜生卻故意出聲激怒祝融，借刀殺人。如果祝融神力弱一點，也許黑羽還來得及解釋，可祝融神力太高，只是一瞬，已經奪去黑羽性命。

這頭畜生果然狡猾狠毒，如今讓他逃了，不可能再拿人質逼他出來，這連綿千里的九夷山就是畜生的家，他們神力再高，也如大海撈針。

眾位神將都面色沮喪，生怕被祝融責罵，祝融卻閉目了一瞬，指著西南方向說，「畜生逃向那邊了，我們追！他藏身地洞時，身上沾染了火靈，逃不出我的手掌心！」

一群神將立即精神一振，畜生的修為和祝融相比有如天壤之別，唯一的優勢就是熟悉地形，善於藏匿，此時他無法躲藏，就相當於失去了一切庇護。

祝融對神將們下令：「你們佯裝不知，四處追擊，讓他繼續逃。我去前面靜候他，看看他究竟是個什麼東西，不論他是妖是魔，我都要讓他好好嘗一下被煉火慢慢炙烤的滋味，等他痛哭著求饒時再割下他的頭顱。」祝融兵權在握，連王子都讓他三分，今日卻被一個畜生玩弄股掌之間，不親手殺掉畜生，不足以洩恨。

「是！」眾神齊聲應諾。

祝融收斂氣息，駕馭畢方鳥，悄悄趕往前方，攔截畜生。

他落下後，打量了一下四處。兩面絕壁，直插雲霄，即使是神族，如果不藉助坐騎都難以翻越，只前後兩條小道，看似堵死了前後就無路可走，但懸崖上藤葛茂密，長長短短的藤條猶如綠色珠簾一般參差錯落地垂在山間。

祝融凝視著所有的藤條，冷冷一笑，雙掌齊舞，手指輕彈，無數點火星飄出，猶如螢火蟲般徘徊飛舞在藤蔓間，漸漸消失不見。

他布置妥當後，隱身密林，靜候畜生到來。

畜生的行動十分迅捷，不過盞茶工夫，就有微不可辨的聲音傳來。祝融凝神細看，只看樹林間，一隻全身長毛、體態魁梧、似猿非猿的東西奔躍而來。

祝融還想等他接近一點再突然發難，可畜生驀然停住，戒備地看向祝融躲藏的方向。祝融神力高強，收斂氣息後，即使神族高手也難以察覺，可這頭畜生卻似乎光憑鼻子嗅一嗅，就能嗅出危險。

既然已經被發現，祝融也不再躲藏，走了出去。

畜生齜牙咧嘴地怒叫，張牙舞爪地衝過來，力大無窮，有撕裂猛虎之勢，可他遇見的是火神祝融。祝融輕彈中指，幾團火焰飛出，畜生居然也有靈力，幻出幾片綠葉把火焰擋住。

趁著火勢被阻，畜生突然向上高高躍起，抓住一根藤條往上方蕩去，轉瞬間又抓住了另一根更高的藤條，只要再幾蕩，他就能翻越峭壁，消失不見，而祝融還要召喚坐騎，這裡又滿是荊棘藤蔓，巨大的畢方鳥只怕連翅膀都難以搧動。

「吼吼——吼吼——」畜生在高空，對祝融齜牙咧嘴，也不知道是在做鬼臉，還是在嘲笑祝融。

祝融冷冷而笑，「畜生畢竟是畜生！」話語未落，藤條上竄出幾點螢火，化作火蛇，纏住畜生，燒著了他身上的長毛。

懸崖上垂下的藤條都變成了熊熊燃燒的火藤，畜生再不敢抓藤條，躍回地面，瘋一般急速奔逃，比獵豹更迅捷，是神都難以企及的速度。可黑暗的山林中，他身上的火光猶如太陽一般耀眼，根本無處可藏。

祝融哈哈大笑，不急不忙地追在他身後，「你用計來戲弄我，我就也讓你嘗嘗被戲弄的滋味。」

畜生邊逃，邊幻出無數綠葉，試圖用靈力滅火，可祝融被尊稱為火神，他的火豈會被輕易滅掉？骨肉被炙烤，畜生痛得直拔身上的鬃毛，仰天嘶嗥，山林內響起了此起彼落的嗥叫，各種動物都有。甚至立即就有鬣狗豺狼竄出來，想要阻擋祝融，可連祝融的身都沒近，就化為烤焦的黑屍。

祝融這才明白獸王的稱呼並不是虛妄之語，這頭畜生的確能號令百獸，難怪他那麼善於藏匿，因為山林中的每一隻獸、每一隻鳥，都是他的探子。

畜生因為火光在身，無處躲藏，又因為疼痛，速度越來越慢，漸漸被祝融追上。祝融撒出他的法器化靈火網，把畜生兜了起來，滿面笑意地催動著烈火。畜生在火網裡淒聲慘嚎，卻野性難馴，居然不顧焚骨燒肉的痛苦，把手掙扎著從火網裡伸出，去攻擊祝融。祝融從沒碰到在化靈火網中還敢反抗的神和妖，一時大意，被畜生的利爪抓到，手臂上五條長長的血痕。祝融大怒，一手反轉用力，打斷了畜生的手臂，一腳用力踩在畜生的小腿上，點點白色的火從他的足尖涔入畜生的肌膚，未傷肌膚分毫，卻把畜生的腳筋慢慢燒斷。

祝融面容猙獰，嘶聲說道：「我要把你的腳筋和手筋一點點燒斷，再把你的骨頭一點點燒毀，讓你縱使化成灰都記住我祝融的厲害。」

畜生虎目暴睜，怒瞪著祝融，沒有一點恐懼屈服。

祝融燒斷了畜生一隻腳的腳筋，抬腳踩向他的手腕，就這一瞬間，畜生猛然全身發力，用頭為兵器，撞向祝融的胯下。

祝融全身皆火，可唯獨那裡還有其他重要使命，不可能修煉出火，他急急閃避，畜生藉機在半空中一個翻滾，甩脫了火網，卻似乎已沒有太多力氣，沒翻多遠，就重重墜向了不遠處的草叢。

祝融追過去，「看你往哪裡逃——」

話斷在口中，畜生帶著草叢陷入地底，等祝融趕到，已經不見畜生的蹤影。

這是一個獵人捕捉黑熊的陷阱，裡面有一隻誤入陷阱的小鹿，因為這幾日山寨忙著準備進獻奴隸，獵人沒有時間來收取獵物，鹿的鮮血卻引來了狼，牠們不敢從上面進入，也不敢接近陷阱，就從側面打洞進去偷吃。畜生竟然就利用這個人和狼無意中共同建造的地底洞窟又逃脫了。

「看你如何逃出我的手掌心！」祝融用神識搜尋，卻發現再搜不到畜生，這才反應過來為什麼殘餘的鹿屍被撕成了幾塊，這頭狡猾的畜生深諳野獸和獵人的鬥智鬥勇，猜到祝融能在這裡埋伏他，肯定是自己身上有什麼東西指引著祝融，所以他像有經驗的獵人用動物的尿掩蓋人的氣味一樣，竟然將死鹿的屍體撕裂，邊逃邊用鹿血塗抹全身，掩蓋洩露行蹤的「氣味」。

祝融的火靈千年乃煉造，風吹不散，水洗不掉，鹿血也絕對蓋不住，但天生萬物，相生相剋，金、木、水、火、土，五行相生，也相剋。畜生滿身是血地在地底鑽爬，全身就會被黃土包裹，浸染了鮮血的黃土恰恰剋制住了祝融的火靈。也不知道畜生是懂得五行相剋，還是誤打誤撞，反正祝融失去了畜生的蹤跡。

祝融氣得一掌擊出，亂飛的火焰將周身的野草燒為灰燼。

藍闐領著眾神趕來，聽到祝融氣急敗壞地咒罵要碎屍萬段那畜生，知道祝融又輸了，都不敢多語。

等祝融怒氣稍平，藍闐問明情況後，說道：「畜生一隻手受傷，一隻腳的腳筋被燒斷，即使逃也逃不快，我們仔細搜，一定可以追到他。」

祝融立即下令，搜遍每一寸土地，不放過任何異樣。

如同藍闐分析，畜生畢竟已經不良於行，逃跑過程中顧了頭就顧不到尾，難免留下蛛絲馬跡，雖然有複雜的地形做掩護，可追殺他的神不是一般的小神小妖，而是一群靈力高強的神將。

畜生用了各種方法，都沒有辦法徹底甩脫他們。

不眠不休地逃了七天，畜生已經精疲力竭。因為一直沒有機會休息，他身上的傷也越發嚴重，被祝融燒斷腳筋的左腿疼得越來越厲害，每動一下，就猶如烈火在裡面上跳下竄，炙骨得疼痛。

畜生仰頭看看眼前的千丈峭壁，翻過這座山就出了九夷。他在很多年前去過那裡，也許逃到那裡就能甩掉後面追著他不放的神將。

他深吸了一口氣，拖著斷腿向峭壁上攀援，往日幾個縱躍就能翻越的山峰，如今卻只能一寸寸地挪動。

他抓住了一塊凸起的岩石，胳膊上氣力已盡，手一抖沒抓牢，滾落下去，幸虧被橫生的樹枝擋了一下，才緩住墜勢。畜生往下看了一眼，幾塊滾落的石頭砸到地上，碎裂開，他若摔下去，肯定也會粉身碎骨。

不知道是傷還是累，他有些頭暈，恨恨地吐出一口血水，繼續掙扎著向峭壁上爬去。

靠著一隻腳、一隻手爬到峭壁頂端，他已經連抬頭的力氣都沒有，身體軟軟地趴在山崖上，大口地吸著氣，只想沉沉睡去。

山林中有夜梟啼叫，野狼哀嗥，牠們的聲音表明有外來者，祝融他們又追上來了。

畜生用力支撐起身子，抬頭看向對面的山崖，如果他的胳膊沒有被打傷，腳筋沒有被燒斷，這麼寬的懸崖他可以輕易翻越，可如今他全身是傷，連再走一步的力氣都沒有。

這一刻，他終於明白自己逃不掉了。

幾百年間，他跟隨著獸群無數次奔逃，已經看多了獵人如何捕殺他的同伴，在一次次生死掙扎間，他學會了各式各樣求生的技能，可再凶猛的老虎只要受了傷，就能被獵人擒獲。

他深吸了一口氣，忍著劇痛爬起來，四肢垂地，卻只有一手一腳能真正用力，猶如受傷的狼一般匍匐著前進，走到了懸崖邊。

他寧可從這個懸崖跳下去粉身碎骨，寧願血肉被母狼吃掉去養育小狼，也不願毛皮被剝下，變成獵人地上的坐墊，頭顱被割下，變成獵人屋子的裝飾。

他仰頭看向蒼天，墨藍的天上，一輪皎潔的圓月，當空而照。幾百年間，他有無數同伴，死了一群又一群，叢林中，朝生暮死十分尋常，他從搶不到食物到今日統御山林，了無遺憾，可這又是一個春天，讓他狂躁困惑的春天……

夜梟的叫聲更尖銳了，他閉上了眼睛，縱身躍下。

隨著身體的快速墜落，呼呼的風聲從耳畔颳過，猶如一曲死亡的喪歌。也許因為失去了視覺，嗅覺異樣靈敏，也許因為對生命還有留戀，空氣中的每一種氣味都能清晰地辨別：滿溢的芳香，那是草木在開花繁衍；淡淡的腥甜，那是野獸為了哺育後代把獵物的屍體拖拽回巢穴；若有若無的奶香，那是才剛出生的小獸們的氣味；還有一種陌生的味道無法辨認，順著山風飄來，帶著一點點清香、一點點暖意和一點點莫名的東西，讓他的身體竟然焦躁發熱。

他正困惑於山林裡還有他無法辨認的氣味，突然一陣清脆悅耳的笑聲傳來，猶如銀鈴蕩漾在春風中。他心頭一驚，下意識地伸手，居然抓住了樹枝，幾百年早已形成的本能，身體自然而然地迅速一縮、一翻，掛在樹上。

山澗中，怪石嶙峋，有一條潺潺溪水流淌，隨著兩側山勢的忽窄忽寬，溪水一處流得湍急，一處流得緩慢。一個青衫少女從山澗外走來，一手提著繡鞋，一手提著裙裾，踮著腳尖，在溪流中的石頭上跳來跳去，她一邊跳一邊笑，粼粼月光就在她雪白的足尖蕩漾，輕盈若水精，空靈似花妖。

那正是桃花盛開的季節，山澗兩邊的崖壁上全是灼灼盛開的桃花，溶溶月色下，似胭霞、似彩錦，美得如夢如幻。青衣少女顯然也是愛上了這方景致，蹲在溪中的大石上掬了掬水，忽地站起來，拔下髮簪，散開青絲，解開羅帶，褪去衣衫，光著身子撲通一聲跳進溪水，像條魚兒一般，在水裡嬉戲遊玩，一時潛入水裡，一時躍出水面，一時就躺在水面上，哼著歌謠休憩，任由那滿山澗的桃花紛紛揚揚地飄落，溫柔地親吻過她的身體。

風中那股陌生的氣息越發濃烈，一些莫名的東西讓畜生的身體悸動、燥熱、卻又興奮、喜悅。

夜梟的叫聲越來越淒厲，祝融正循蹤而來，畜生卻恍恍惚惚，忘記了一切，眼前渾然天成的山澗月夜桃花圖，猶如荒蕪中的第一朵野花，大旱中的第一聲春雷，讓他心裡一些陌生而熟悉的東西突然洶湧而出。

上百年來，每個春天，野獸們都會突然性情大變，不管他走到哪裡，都能看到一對對野獸在一起，這個時候，即使和他最要好的夥伴也會對他齜牙怒嚎，警告他遠離，毫不猶疑地離棄他。他不解、困惑，孤獨地跑來跑去，四處查看，卻越看越糊塗，他不明白那隻漂亮神氣的小鳥為什麼站在自己精心搭建的巢前，張著彩色的尾巴，對另一隻鳥低聲下氣地啼唱，邀請牠住進自己搭建的巢；也不明白那隻奸猾吝嗇的紅狐狸為什麼會把自己冒死從村子裡偷來的雞送到另一隻狐狸面前，一邊不停地把雞往前推，一邊諂媚地又叫又跳，乞求牠吃雞；更不明白那條獨來獨往的白色老虎，為什麼為了保護另一隻老虎，就敢和幾隻大虎決鬥，遍體鱗傷都不肯逃離。

孤寂、迷惑中，他總覺得有些什麼東西，就在前面的某個地方，一旦抓住他就會明白，明白牠們為什麼那麼快樂，明白他自己是什麼，明白春天的意義，明白自己為什麼孤獨，但無論多麼用力地探爪去抓，卻總抓不住。

現在，他明白了，在這個生機盎然、萬物滋生的春天，他就像山林中的無數野獸一樣，看到一隻母獸後，突然就明白了。

這個山澗中的少女，讓他心靈中沉睡的一塊甦醒。

他想把她抱到他樹頂的巢，帶到他山裡的洞，像那隻鳥一樣啼唱著告訴她，他建造的巢穴是多麼安全牢固，可以抵擋老鷹，可以保護她生的蛋；他想去捕捉最鮮美的兔子，奉送到她面前，把最肥嫩的胸脯咬下來給她，像那隻紅狐狸一樣乞求她吃；他想圍著山澗四處撒尿，在每一棵樹、每一塊岩石上都留下自己的氣味，向所有野獸和獵人宣告這是他的領地，讓她在這裡自由的嬉戲捕食，不允許任何人傷害她，如果有人膽敢跨入他的領地，威脅到她，他就會和那隻白老虎一樣，與他們誓死決鬥。

洶湧澎湃的念頭猶如一道道閃電劃破漆黑的天空，他懵懂荒蕪的心驟然而亮。

春天，原來這就是春天！

他仰天對月嚎叫，悠長高亢的叫聲令山中所有的野獸都畏懼地爬下，山林驟然死一般寂靜，卻驚破了山澗中的安詳靜謐。潭水中的女子抬頭看向山崖。因為距離遙遠，只看到黑色的剪影，一頭似狼似虎的野獸站在峭壁頂端，身後是一輪巨大的圓月，他昂頭而嘯，就好似站在月亮中，每根鬃毛都威風凜凜。

許是遠在谷底，女子不見怕，反而輕聲而笑，張開雙手拍打著水面，揚起了漫天緋紅的桃花，蕩起了繽紛的晶瑩水花，合著野獸的嘯聲，在桃花與水花中翩翩而嬉，一時起一時伏，一時盤旋一時落下，猶如在為野獸跳一曲月下桃花舞。

畜生悲傷地凝視了她一瞬，決然地回身，躍下懸崖，拖著斷腿，一瘸一拐地向著遠離山澗的方向行去，一路之上不但沒有掩蓋行蹤，反而時不時停下，側耳傾聽，確認祝融他們已經遠離了山澗，正追著他的蹤跡而來。

在這個山花爛漫、鶯飛蝶舞的春天，幾百年的孤寂困惑消失了，可在他剛剛明白美麗的春天該做什麼時，卻無法再活到下一個春天了。他所唯一能做的，就是讓她不被傷害。

第二章 誤落塵網中

西風下、古道旁，
一個少女穿著一身半新不舊的青衣，從漫天晚霞中款款走來。
四野荒蕪，天地晦暗，
她卻生機勃勃，猶如懸崖頂端迎風怒放的野花。

兩百年後，神農山。

神農山是神農王族居住的神山，位於神農國腹地，共有九山兩河二十八峰，最高峰紫金頂是炎帝起居和議事的地方。

因為近年來炎帝醉心醫藥，案牘文書等瑣事都交由王子榆罔代理，榆罔是炎帝唯一的兒子，神力低微，在神農族連前一百名都排不進，不過因為心地仁厚，行事大度，也頗得朝內臣子、各國諸侯的擁護。

今日朝會完畢，榆罔沒有下山，反而撇開侍從，乘坐騎悄悄趕往禁地草凹嶺。

草凹嶺在兩百年前被炎帝列為禁地，榆罔卻顯然駕輕熟路。他讓坐騎停在一處隱蔽的開闊地上，分開荊棘荒草，抓著亂石，爬上懸崖。

崖頂有一座依著山壁搭建的茅屋，屋內無人。茅屋外，雲霧縹緲，無以極目，不過丈許就是陡峭的懸崖，崖邊斜斜生長著蒼綠的松柏，參差錯落，幾隻白耳獼猴抓著野果吃得津津有味，兩隻鴞子一前一後飛來，落在樹梢，咕咕而鳴。

榆罔站在崖邊，眺望著雲海，靜靜等候，半晌後，對獼猴和鴞子說：「只怕我還在半空，你們這些傢伙就已經和蚩尤通風報信了，怎麼還不見他呢？」

獼猴啃咬著野果嬉戲，鴞子啄理著羽毛鳴叫，顯然並不懂人語，不能回答榆罔，懸崖下卻有語聲傳來，「我沒聞到酒香，自然就跑得慢了。」

恰一陣風來，濕氣越重，雲霧翻湧，猶如紗幔，籠罩四野，松柏飄搖，岩壁影綽，頓生天地淒迷之感。一道赤紅如血的身影猶如驕陽，從雲海掠出，飄飄蕩蕩地飛向榆罔，看似漫不經心，實際卻迅極快極。

待紅影落定，雲霧散去，只看一個身形高大的男子懶懶而立，衣袍皺皺，頭髮披散，渾身上下都流露著滿不在乎，一雙眼睛卻異常鋒利，以榆罔之尊，也稍稍低了低頭，避開了他的視線。

紅衣男子就是榆罔等待的蚩尤。他看著榆罔空空的兩手，嘟囔：「沒有帶酒，溜入禁地找我何事？」

榆罔笑道：「你若幫我查清一件事，我去父王的地宮裡偷絕品貢酒給你。」

「你有那麼多能幹的下屬，我能幫你做什麼？」

「聽聞祝融貪圖博父山的地火，把一座山峰做了練功爐，方圓幾百里寸草不生，博父國民不聊生，可竟然一直沒有官員敢向父王呈報。我想派一個神去查清此事，如果屬實，立即奏明父王，責令祝融滅了練功爐。事情不大，可你也知道祝融的火爆性子，沒有幾個神敢得罪他，思來想去唯有你不怕他。」

蚩尤叱了兩聲，一隻白耳老獼猴躍上懸崖，恭恭敬敬地把幾枚朱紅野果捧到蚩尤面前，蚩尤一邊抓起野果丟進嘴裡，一邊含含糊糊地說：「我是不怕他，可不表示我要去惹他。我和他的積怨已經夠深，你也該知道師傅把此處劃為禁地，就是禁止祝融和我接觸，怕他一時控制不住殺了我。」

榆罔知道蚩尤的性子吃軟不吃硬，愁眉苦臉地又是打躬又是作揖，使出水磨功夫，「好兄弟，你就幫幫我。」

蚩尤笑搖搖頭，「罷、罷、罷！我就幫你跑一趟博父山。」

見蚩尤答應了，榆罔又不放心起來，「一切小心，只需悄悄查清傳聞是否屬實就行，其餘的事交給我來處理，千萬別和祝融正面衝突。還有，你把頭髮梳理梳理、衣袍整理整理，外面是人族聚居的地方，不比山上，你別嚇著那些老實人……」

蚩尤皺皺眉，將一枚野果彈進榆罔嘴裡，縱身躍下懸崖，轉瞬就消失在雲海中，榆罔半張著嘴，愣了一瞬，笑嚼著野果離去。

博父國外的荒野上，蚩尤腳踩大地，頭望蒼天，探查著過於充沛的火靈，感受著萬物的掙扎哭泣，祝融果然在此練功。

他並不覺得祝融做錯了什麼，天地萬物本就是弱肉強食，榆罔卻心地過於良善，總喜歡多管閒事。不過，若沒有榆罔多管閒事的毛病，星夜追他回神農山，也就沒有今日的蚩尤。

他收回了靈力，漫不經心地回首，卻看到——

西風下、古道旁，一個少女穿著一身半新不舊的青衣，從漫天晚霞中款款走來。四野荒蕪，天地晦暗，她卻生機勃勃，猶如懸崖頂端迎風怒放的野花。

野風拂捲起她的髮絲，她的視線在道路四周掃過，落到他身上時，展顏而笑，那一瞬，夕陽瀲流光，晚霞熙溢彩，煙塵漫漫的古道上好似有千樹萬樹桃花次第盛開，花色絢爛、落蕊繽紛。

蚩尤心底春意盎然，神情卻依舊像腳下的大地一般冷漠荒蕪，視線從青衣女子臉上一掃而過，徑直從她身邊走過，準備趕回神農山。兩百年來，他從一隻野獸學著做人，最先懂得的就是猙獰原來常常隱藏在笑容下，最先學會的就是用笑容掩藏猙獰，他不想去探究她笑容下的猙獰。

青衣女子卻快步追向他，未語先笑，「公子，請問博父國怎麼走？」

他停住了步子，遲遲不說話，沒有回身，卻也沒有離去，只是定定地望著天際的紅霞，神情冷肅，眼中卻透出一點掙扎。

少女困惑不解，輕拽住蚩尤的衣袖一角，「公子？你不舒服嗎？」卻不知道自己挽留也許是一場殺身大禍。

也好，就看看她的真面目吧！在轉頭的一瞬，蚩尤改變了心意，也改變了神情，笑嘻嘻地道：「我正好就是博父國人，姑娘……哦、小姐若不嫌棄，可以同行。」

「太好了，我叫西陵珩，山野粗人，不必多禮，叫我阿珩就好了。」

蚩尤盯著西陵珩，一瞬後，才慢慢說道：「我叫蚩尤。」

阿珩和蚩尤一路同行，第二日到達博父城，尋了家客棧落腳。

遠處的博父山冒著熊熊火焰，映得天空透亮，不管白天黑夜都是一片紫醉金離。

因為酷熱，店裡的夥計都沒精打采地坐著，看到一男一女並肩進來，男子朱紅的袍子泛著陳舊的黃，一副落魄相。夥計連身都懶得起，裝沒看見。

蚩尤大呼道：「快拿水來，渴死了！」

夥計翻了個白眼，張開五指，「一壺乾淨清水五個玉幣[1]！」言下之意是你喝得起嗎？

蚩尤也翻了個白眼，的確喝不起！卻嬉皮笑臉地看著西陵珩。這一路而來，他一直蹭吃蹭喝，西陵珩也已習慣，拿出錢袋數了數，正好五個玉幣。

「光喝水不吃飯可不行。」蚩尤很關切地說。

「那你有錢……」西陵珩的話還沒說完，蚩尤一手攤開，一手指指她耳朵上的玉石耳墜，「就用它們吧，雖然成色不好，換頓飯應該還行。」

西陵珩苦笑一下，把耳墜子摘下，放到蚩尤掌心。

夥計手腳麻利地把玉幣和耳墜收走，臨去前，丟了蚩尤一個白眼，見過無賴，可沒見過這麼無賴的！

夥計端上水和食物後，蚩尤趕著先給自己倒了一杯，西陵珩卻皺眉望著遠處的「火焰山」。

蚩尤慢慢地啜著杯中水，瞇眼看著西陵珩，眸內精光內蘊，猶如一隻小憩剛醒的豹子懶洋洋地審視著獵物。

西陵珩若有所覺，突然回頭，卻只看到蚩尤偷偷摸摸地又在倒水。

蚩尤見她發覺了，嘻嘻一笑，「喝嗎？」把水杯遞到西陵珩面前。

西陵珩好脾氣地搖搖頭，「你多喝點吧！」

西陵珩叫了夥計過來，「我聽說博父國風調雨順，百姓安居樂業，為什麼變成了這樣？」

「幾十年前的博父國是風調雨順、五穀豐登，可不知道從什麼時候起，博父山開始冒火，天氣越來越乾旱，水越來越少，人們為了爭奪水天天打架，在這裡水比人命貴！」夥計望了眼天際的火焰，嘆著氣說：「老人們說博父山上的火焰是天神為了懲罰我們才點燃的，可我們究竟做錯了什麼？」

一個山羊鬍、六十來歲的老頭背著三弦走進客棧，面色紫紅，額頭全是汗珠，顫顫巍巍地對夥計說：「求小哥給口水喝。」

---

1. 玉幣，良渚古國中的流通貨幣，形狀猶如唐宋時的銅錢，外圓內方。本文中將玉幣和貝幣作為主要流通貨幣。中國有一個神祕消失的文明——良渚文明，距今五千多年，遠遠超出了我們從夏商周而始的文明，甚至有學者提出華夏文明最早的朝代應該定為良渚。良渚文明沒有留下任何文字記載，可從出土文物看，卻十分先進，打磨雕琢的玉器即使今人都難以複製。因為出土的很多工具，包括錢幣都用白玉雕琢（這也是其最神祕的地方之一，中國南方不產白玉，如此大量的上等白玉開採自何地？又如何運輸？至今沒有學者提出令人信服的解釋）。二〇〇九年五月，我有幸在當地政府的組織下參觀了良渚遺址，同年十月，在倫敦大英博物館，又見到了大量良渚文明的實物，包括各種大小的玉幣（也許代表不同面值）。其精巧的設計、先進的雕琢令我為神祕的古代文明傾倒。（良渚遺址發現於一九三六年，由於眾所周知的歷史原因，大量出土文物都存於大英博物館。）

夥計早已見慣這樣的場景，不為所動地板著臉。老頭佝僂著腰，對店裡零星的幾個客人哀求：「哪位客官賞口水？」

眾人都扭過了頭。

「您過這邊來坐吧！」

老頭兒忙挨到了桌邊，西陵珩要給老頭斟水，偏偏蚩尤緊拽著水壺，不停地給西陵珩打眼色，暗示她已經沒錢。西陵珩拽過來，他拉回去，只看水壺一會往左，一會往右，老頭的眼珠子也一會左、一會右。

左右、左右……

幾圈下來，老頭眼前金星亂冒，差點暈厥過去。

西陵珩用力打了蚩尤一下，他才不情願地鬆了手，老頭兒也舒了口氣，軟軟地坐下。

老頭一杯水下肚，臉色漸漸好轉，對西陵珩道謝，「多謝小姐活命之恩，小老兒身無長物，給小姐彈首三弦，講段異聞，聊盡謝意。」他調了調琴弦，清了清嗓子，「正好剛才聽到小姐詢問博父山的火，小老兒就冒死說出真話。其實，博父山火不是懲罰凡人的天火，而是火神祝融點燃的無名之火。因為博父山與地火相通，火靈充沛，祝融為了淬鍊自己的火靈，引地火而上，將整座山峰變作他的練功爐，附近的村子本來和睦相處，如今為了搶奪水，頻頻打架，壯年男子要麼死於刀斧，要麼腿斷手殘，稍有些門路的人都逃去他鄉，剩下的都是些孤兒寡婦，還有那花草樹木，無手無腳，逃也逃不了……」

蚩尤打斷了老頭的話，滿臉驚懼，「快別說了！非議神族，你不想要命，我們還要命！」

老頭盯著西陵珩不語，似在祈盼著什麼，半晌後，收起三弦，靜靜離去。

西陵珩遙望著「火焰山」，默默沉思。火好滅，祝融卻難對付！祝融是神族中排名前十的高手，傳聞他心胸狹隘、睚眥必報，若滅了他的練功爐，只怕真要用命償還。

蚩尤湊到西陵珩耳畔，低聲說：「我看這個老頭有問題。說是渴得要死了，卻滿頭大汗，壓根不像缺水的人，不知道安得什麼鬼心眼。」

西陵珩點點頭，「我看出來了，他不是人……不是一般的老人。」老頭是妖族，靈力不弱，可惜是木妖，天生畏火，想是看出她身有靈力，為救這裡的草木而來，雖別有所圖，居心卻並不險惡。

趁著蚩尤休息，西陵珩偷偷甩掉了他，趕往博父山。

因為地熱，博父山四周都充滿了危險，土地的裂縫中時不時噴出滾燙的熱氣，有些土地看似堅固，底下也許早已經全部融化。

西陵珩小心地繞開噴出的熱氣柱，艱難地走向博父山。右腳抬起，正要踩下，突然傳來一聲慘叫，急忙回頭，看到蚩尤被氣柱燙到，摔倒在地上，她趕忙回去，把他扶起來，「你怎麼來了？」

身後傳來一聲巨大的爆炸，滾燙的熱氣席捲而來，西陵珩立即用身體護住蚩尤，抱著他滾開。

剛才她要一腳踩下去的地方已經變成了一個深不見底的洞穴，滾滾蒸汽像一條白色的巨龍沖天而上，連堅硬的岩石都被擊成了粉末。

西陵珩驚出一身冷汗，根本不敢去想如果她剛才一腳踏下去會怎麼樣。

蚩尤摟著西陵珩，扭扭捏捏地說：「西陵姑娘，我還沒成婚，妳若想做我媳婦，我得先回去問一下我娘。」

「啊？」西陵珩心神不寧，沒明白蚩尤的意思，可看看自己壓在蚩尤身上，雙手又緊抱著他，她立即紅著臉站了起來，「我不是……我是為了救你。對了，你怎麼來了？」

「妳怎麼來了？」蚩尤反問。

「我想滅……」西陵珩氣結，「我在問你！」

「我也在問妳啊！妳先說，我再說！」

西陵珩早已經領略過了蚩尤的無賴，轉身就走，「你也看到了，這裡很危險，趕緊回去吧。」

西陵珩小心翼翼地行了一段路，看到一片坑坑窪窪的泥地，試探一下沒什麼危險，正要跨入，又聽到身後傳來慘叫。

蚩尤抱著被熔漿燙到的腳，一邊痛苦地跳著，一邊齜牙咧嘴地向她揮手。

「你怎麼還跟著？不怕死嗎？」

「見者有份，我也不多要，只要四成就夠了！」

「見到什麼，要分你什麼？」

「寶貝啊！妳偷偷摸摸、鬼鬼祟祟，難道不是去挖寶？」

「我不是去挖寶！」

蚩尤搖頭晃腦地說，「鳥為食亡、人為財死，妳可別想騙我，我精明著呢！」

到了這裡，再回頭也很困難，西陵珩無奈，只能走過去，「跟著我，別亂跑。」

蚩尤連連點頭，緊緊抓著西陵珩的袖子，一臉緊張。

因為蚩尤的畏縮磨蹭，費了一會工夫，西陵珩才回到剛才的泥地。看到一個黃色氣泡接一個黃色氣泡從泥土中冒出，蚩尤興高采烈地要衝過去，「真好看！」

西陵珩一把抓住他，「這是地底的毒氣，劇毒！」她暗暗慶幸，若不是被這個潑皮耽誤，她已經走了進去。

西陵珩帶著蚩尤繞道而行，走了整整一天，終於有驚無險地到了博父山山腳。

熱浪滾滾襲來，炙烤得身體已經快熟了，蚩尤不停地慘呼，阿珩只能緊抓住他的手，盡量用靈力罩住他的身體，她自己越發不好受，幸虧身上的衣服是母親夾雜了冰蠶絲紡織，能剋制地火。

又走了一截，蚩尤臉色發紅，喘氣困難，「我、我實在走不動了，妳別管我，自己上山挖寶去吧，我在這裡等妳。」

「給你說了不是挖寶！」把蚩尤留在這裡，只怕不要盞茶工夫，他就會被火靈侵蝕到煙消雲散。西陵珩想了一想，把外衫脫下。

蚩尤還不願意披女子衣裳，西陵珩強披到他身上，蚩尤頓覺身子一涼，「這是什麼？」

「你好好披著吧！」西陵珩勉強地笑了笑，她的靈力本就不高，如今沒了衣衫，還要照顧蚩尤，十分費力。

蚩尤一邊走，一邊看西陵珩。她臉色發紅，顯然把衣服給了他後，很不好受。

蚩尤走著走著，忽而嘴邊掠起一絲詭笑，笑意剛起，竟然一腳踏空，摔到地上，西陵珩想扶他起來，他卻一用勁就慘呼。

西陵珩摸著他的腿骨，問他哪裡疼，蚩尤哼哼唧唧，面色發白，顯然是走不了路。

「我背你吧！」西陵珩蹲下身子。

蚩尤完全不客氣，嬉皮笑臉地趴到西陵珩身上，「有勞，有勞！」

西陵珩吭哧吭哧地爬著山，也不知道是錯覺，還是靈力消耗過大，只覺得背上的蚩尤越來越重，到後來，感覺她背的壓根不是一個人，而是一座小山，壓得她要垮掉。

「你怎麼這麼重？」

蚩尤的整個背脊都已石化，引得周圍山石的重量聚攏，壓在西陵珩身上，嘴裡卻不高興地說：「妳什麼意思？妳要是不願意背，就放我下來！我捨命陪妳上山挖寶，妳居然因為我受傷了就想拋棄我！」

「我不是那個意思，我只是覺得你好重……」

「妳覺得我很重？是不是我壓根不該讓妳背我？我受傷了，可我是為了妳才受傷！妳覺得我是個拖累，妳巴不得我趕緊死了！那妳就扔下我吧，讓我死在這裡好了！可憐我八十歲的老母親還在等我回家……」蚩尤聲音顫抖地悲聲泣說。

「算了，算我的錯！」

「什麼叫算妳的錯？」蚩尤不依不饒，掙扎著要下地。

西陵珩為了息事寧人，只能忍氣吞聲地說：「就是我的錯。」

西陵珩背著蚩尤艱難地走著，又要時刻提防飛落的火球，又要迴避地上的陷阱，一路而來險象環生，好幾次都差點喪命，蚩尤卻大呼小叫，還嫌她背得不夠平穩。

西陵珩氣得咬牙切齒，卻又不能真不顧他死活，只能一邊在心裡咒罵蚩尤，一邊暗暗發誓過了這一次，永遠不和這個無賴打交道！

好不容易爬到接近山頂的側峰上，西陵珩放下了蚩尤。

西陵珩滿頭大汗，渾身是土，狼狽不堪，蚩尤卻一步路未走，一絲力未費，神清氣爽，乾乾淨淨。

西陵珩擦著額頭的汗，忽覺哪裡不對勁，這才發現呱噪的蚩尤已經好久沒有說過話，納悶地回頭，看到蚩尤正盯著她，眼神異樣專注，竟然霸氣凌人，一副全天下都不放在眼裡的樣子。

西陵珩心中一驚，覺得蚩尤換了個人，「你、你怎麼了？」

蚩尤咧嘴而笑，腆著臉，抓著西陵珩的手說：「不如妳做我媳婦算了，力氣這麼大，是個幹莊稼活的好手。」

還是那個潑皮無賴！

西陵珩懶得搭理他，甩掉他的手，仰頭看著沖天的巨焰，感嘆祝融不愧是火神，只是一個練功爐就威力這麼大。她若滅了火，只怕很難逃過祝融的追殺，只能走一步是一步了。

西陵珩拿出一個「玉匣」，看著像是白玉，實際是萬年玄冰，兩隻白得近乎透明的冰蠶王從玄冰中鑽出，身體上還有薄如冰綃的透明翅膀。

周圍的空氣似乎一下子降到了冰點，蚩尤抱著胳膊直打哆嗦。西陵珩把「玉匣」交給蚩尤，「站到我身後。」

她運起靈力，驅策兩隻冰蠶王飛起，繞著火焰開始密密地吐絲織網，隨著網越結越密，西陵珩的臉色越來越紅，額頭的汗珠一顆顆滾落。

終於，巨大的冰蠶網結成，西陵珩催動靈力，把網向下壓，火焰開始一點點消褪，已經收進山口中時，地火一炙，又猛地暴漲，想要衝破冰蠶網，西陵珩被震得連退三步，差點掉下懸崖，幸虧蚩尤一把抓住了她。

西陵珩顧不上說話，點點頭表示謝意，強提著一口氣，逼著冰蠶網繼續收攏，火焰依舊沒有被壓下去，反而越長越高，西陵珩的臉色由紅轉白，越來越白，身子搖搖晃晃。

她喉頭一股腥甜，鮮血噴出，濺到冰蠶絲上，轟然一聲巨響，冰蠶絲爆出刺眼的白光，紅光卻也暴漲，吞沒了白光。火焰衝破冰蠶網，撲向西陵珩，西陵珩被熱浪一襲，眼前一黑，昏倒在地上。

此時，街道上的人都目瞪口呆地望著遠處的博父山。

本來燦若朝霞的漫天紅光被白網狀的光芒壓迫著一點點縮小，整個天際都變得暗淡下去，眼看著火光就要完全熄滅，可忽然間又開始暴漲，白網消失，火焰映紅了半個天空。

就在火焰肆虐瘋舞時，忽地騰起一道刺眼的白光，所有人都下意識地扭轉頭、閉起了眼睛。

等眾人睜開眼睛時，發現白光和紅光都消失不見，整個世界變得難以適應的黑暗。

天空是暗沉沉的墨藍，如世間最純淨的墨水晶，無數星星閃耀其間，襲面的微風帶著夜晚的清爽涼意。

這是天地間最普通的夜晚，可在博父國已經幾十年未曾出現過。

所有人都傻傻地站著，仰頭盯著天空，好似整個博父國都被施了定身咒。

過了很久，地上乾裂的縫隙中湧出了水柱，有的高，有的低，形成了美麗的水花，一朵又一朵盛開在夜色中。不耀眼，卻是久經乾旱的人們眼中最美麗的花朵。

看到水，突然之間，街道上的人開始尖叫狂奔，不管認識不認識的人都互相擁抱，老人們淚流滿面，用手去掬水放入口裡，孩子們歡笑著奔跑，在水柱間跳來跳去。巨人族的孩子拿起石槽，凡人的孩子拿起木桶，把水向彼此身上潑去，邊潑邊笑。

西陵珩從昏迷中醒來時，看到了滿天繁星，一閃一閃，寧靜美麗。

她愣了一會，才意識到她在哪裡，「火滅了，火滅了！」她激動地搖著昏迷的蚩尤，蚩尤迷迷糊糊地睜開眼睛，驚異地瞪大眼睛，結結巴巴地說：「沒、沒火了！妳滅了山火？」

西陵珩狐疑地盯著蚩尤，「我不知道是誰滅的火，也許是你。」昏迷前的一刻，明明看到沖天火舌席捲向她，她以為不死也要重傷。

蚩尤立即跳起來，豪氣干雲地拍拍胸口，「就是我！我看到兩隻胖蠶要被火吞掉，就灌注全身靈力，把手裡的盒子扔出去，山火被我的強大靈力滅了！」蚩尤似乎想到待會下山，會受到萬民叩謝，一臉陶醉得意。

他搶功般的承認反倒讓西陵珩疑心盡釋，噗哧一聲笑了出來，看來是誤打誤撞，這人連冰蠶王都不認得，把地火叫山火，也不知道從哪裡偷學了一點亂七八糟的江湖法術，就以為自己靈力高強。

蚩尤不滿地說：「妳笑什麼？」

西陵珩笑吟吟地說：「你忘記這山火是誰的了嗎？這可是祝融點的火，火神祝融的脾氣可是比他的火更火爆，他只需輕輕彈一下指頭……」西陵珩盯著蚩尤，「就可以把你燒成粉末！」

蚩尤打了個寒戰，神色驚懼不安，哼哼唧唧地想推卸責任，「其實我當時已經嚇糊塗了，看到火突然躥得老高，扔了盒子就跑，摔了一跤就什麼都不知道了。」

西陵珩看到這個無賴也終於有了吃癟的時候，大笑著推著他往山下衝，邊衝邊大叫，「滅火英雄來了！」

蚩尤緊緊抓住西陵珩的手，臉色發白，「別、別亂叫，我可沒滅火。」西陵珩笑得前仰後合，依舊不停地吼，「滅火英雄在這裡！」

所有人都圍了過來，跪倒在他們面前。

西陵珩用力把蚩尤推進人群，走到眾人面前，氣壯山河地說：「是我滅的火。」她朝蚩尤眨了眨眼睛，逗你玩的，膽小鬼！

所有人都朝西陵珩潑水，她一邊躲，一邊快樂地笑起來，「你們記住了，我叫西陵珩，如果有人來問你們是誰滅掉的火，你們就說是西陵珩。」

沉浸在狂喜中的人們邊潑水邊笑著叫：「西陵，西陵，是西陵救了我們！」

擠在人群中的蚩尤沉默地看著邊躲邊笑的西陵珩，眼眸異樣黑沉，唇邊的懶散笑意帶出了一點點若有若無的溫暖。

第二日清晨，蚩尤醒來時，西陵珩已不知去向。

夥計笑嘻嘻地拎了一壺水給蚩尤，「西陵姑娘已經走了，今日沒有人給你買水，不過現在博父國的水——免費喝！」

蚩尤接過水壺，淡淡道謝。

夥計一愣，覺得眼前的人似乎和昨日截然不同。

天空中傳來幾聲鳥鳴，沒有人在意，蚩尤卻立即站起來，推開窗戶。

碧藍的天空上，凡人的眼睛只能看到一個小小的黑點，不留意就會忽視，可他能看到，那是一隻巨大的畢方鳥，鳥上坐著號稱掌握天下之火的祝融。

蚩尤十分意外，他想到了祝融會動怒，卻沒有料到他竟然震怒到不顧身分，親自來追殺滅他練功爐的西陵珩。西陵珩若被他追上，必死無疑。

蚩尤立即放下杯子，提步離去，看似不快，卻很快就消失在原野上。

第三章 只因前緣誤

祭師用力把匕首插進西陵珩的胸膛，
西陵珩身子驟然一縮，眼睛無力地看著天空，瞳孔在痛苦中擴大，
藍天在她眼中散開，化成了無數個五彩繽紛的流星，
她的意識隨著無數個流星飛散開，飛向黑暗……

一個月後，閩水岸邊。
碧草清淺，杏花堆雪，一輪紅色的夕陽斜臥於江面，漫天霞光，照得半江金紅半江碧綠。江上船隻來來往往，一艘烏蓬船泊於渡口。
船家吆喝了幾聲，抽掉舢板，正要離岸。
「等等！船家等等！救命，救命啊！」一個青衣女子邊跑邊撕心裂肺地叫。
船家正在猶豫要不要停，看到一個紅袍男子追在青衣女子身後，凶神惡煞地喊：「站住，妳給我站住！」

船家搖頭喟嘆，世風日下，世道險惡啊！

他把船槳緩了一緩，等青衣女子跳上船，立即用力開始搖槳，船兒開得飛快，可紅衣男子竟然趕在最後一刻，堪堪躍上了船。

青衣女子哭喪著臉，拚命往人群裡躲。

紅衣男子用力拽住青衣女子，「我看妳還往哪裡跑？」

船家悄悄伸手去摸藏在船底的砍柴刀。

「西陵姑娘，救命大恩實在無以為報，就讓我以身相許吧。」紅衣男子一臉赤誠，青衣女子滿臉沮喪，船家的刀定在半空。

紅衣男子回身看船家，「你拿刀做什麼，我們又不是不付錢。」說著丟了一朋貝幣1到船家懷裡。

青衣女子剛想溜，又被紅衣男子抓住，「我們下船後可以找一個客棧投宿，仔細商討一下我們的終身大事。」

青衣女子似乎已經再沒任何力氣反對，抱著包裹一屁股坐下。

紅衣男子則蹲在她身邊，絮絮叨叨地說：「妳看，我長相英俊，家底豐厚，靈力高強，是千裡挑一的好男兒……」

全船的人都盯著紅衣男子，上上下下地打量他，怎麼都不能把聽到的話和眼前的人對應起來。

---

1. 貝幣，中國最早的貨幣（如果不算一九三六年才發現的良渚文明中的玉幣），計量單位為朋。有金貝、銀貝、綠松貝、鎏金銅貝等。中原地區，一直使用到春秋戰國，秦始皇統一貨幣後才消失，而在西南、西北等偏遠地區，貝幣的使用直到唐代。

「再說了，我們倆摟也摟了，抱也抱了，荒郊野嶺中，妳的整個背都緊緊地依靠著我的胸膛，我們身子貼著身子……」

全船的人都盯向青衣女子，神色鄙夷，怪不得無賴找她，原來是自甘墮落。

「是你的胸膛壓著我的背，不是我的背靠著你的胸膛！」青衣女子鐵青著臉怒叫。

那有區別嗎？全船的人越發鄙夷地盯著她。

「他受傷了，我在背他……」在萬眾齊心的鄙夷目光中，青衣女子聲音小得幾不可聞，再沒有勇氣去看眾人的表情，仰頭向上，一臉無語問蒼天。

船行了一路，紅衣男子絮叨了一路，船都還沒靠岸，青衣女子就跳上岸，又開始狂跑。

紅衣男子回頭看了看天際，似在查探確定什麼，一瞬後，也跳下了船，追著青衣女子而去，「站住！站住！妳給我站住！」

船家搖頭喟嘆，世風日下，世風日下啊！

青衣女子氣喘吁吁地跑進客棧，剛坐下，紅衣男子也跟了進來，坐到她對面。

青衣女子惡狠狠地叫了一桌子菜，然後指著紅衣男子對夥計說，「我沒錢，他付賬。」又立即把一碗水塞到紅衣男子手裡，「你說了一天也該口渴，喝些水。」

青衣女子是西陵珩，紅衣男子自然就是她在博父國郊外碰到的無賴蚩尤。

西陵珩滅了博父國的火後趁夜逃走，可當日傍晚就又遇到了蚩尤，蚩尤對她感恩戴德，說她救了他，救了他哥哥，救了他弟弟，救了他侄兒，救了他侄兒家的狗，救了那隻狗沒逮住的耗子……總而言之、言而總之，救了他們全家，救了整個博父國，他身為昂藏男兒一定要知恩圖報，恰好兩人已經肌膚相親，又十分投緣，他就只好犧牲自己，以身相許。

剛開始，西陵珩只當是玩笑，在被追著亂跑了一個月後，她已經明白這不是玩笑，這是一個瘋子最執著的決定。

蚩尤喝完一大碗水，剛想說話，西陵珩眼明手快，立即把一個大雞腿塞到蚩尤嘴裡，「乖！咱們先吃飯，吃完飯再討論你以身相許的問題。」

喧鬧的客棧猛地一靜，視線齊刷刷地掃向他們這邊，尋找說話的人。

西陵珩也隨著眾人東張西望，裝作那句話不是她說的。

眾人看了他們幾眼，繼續議論著旱災。「少昊」兩字突然跳入西陵珩的耳朵，引得她也專注聆聽起來。

今年天下大旱，災情最為嚴重的是神農國和高辛國的交界處，走投無路的災民聚眾暴亂，連神族都敢殺害，俊帝震怒，大王子少昊主動請纓，去鎮壓暴民。

一千八百年前，少昊就已名動天下。傳聞他一襲白衣，一柄長劍，憑一己之力逼退兵臨城下的神農國十萬大軍，絕代風華令天下英雄競相折腰，可他如暗夜流星，一擊成名之後就消失不見，到現在已經一千多年沒有在塵世中出現。

千年以來，少昊已經變成了一個傳說。據說少昊喜歡釀酒彈琴，他釀的酒能讓活人忘憂、死人微笑；他彈的琴能讓大地回春、百花盛開。少昊還喜歡打鐵，高辛族是最善於鍛造兵器的神族，這世上一大半的兵器都出自高辛族的工匠之手，而高辛族最好的鐵匠是少昊，他神力高強，鍛造的每把兵器都是絕世神兵，但他不知何故，總是兵器一出爐就銷毀，以至於世間無人見過少昊鍛造的兵器，可神族仍然堅定不移地相信少昊是最優秀的鑄造大師。

說話的男子看衣飾應是高辛人，語氣中滿是對少昊的敬仰，他說得興起，竟然忘記了這裡畢竟是神農境內，難免很多神農人聽得刺耳，譏嘲道：「滿嘴假話！」

一石激起千層浪，客棧內的神農人七嘴八舌地說著少昊，一會說從未聽聞神農派大軍攻打過高辛，絕不相信少昊能憑一己之力逼退我們的十萬大軍，肯定是高辛人吹噓；一會說少昊壓根不如祝融，只怕他見了祝融立即要討饒。

「高辛人真是可笑！少昊如果真那麼厲害，怎麼不見他去參加王母的蟠桃宴？除了那個不知道是真是假的戰役外，他還贏過大荒內的哪位成名英雄？我們的祝融可是在蟠桃宴上連勝百年，打敗了無數高手！」

「我看少昊是壓根不敢見祝融。說什麼英雄，就是個膽小如鼠的狗熊！」

「就是、就是！什麼最好的鑄造師，只怕見了祝融要立即跪地求饒。」

眾人越說越難聽，西陵珩忽而手一顫，碗被摔到地上。「砰」的一聲，說話聲靜止，大家都循聲看來。她一邊手忙腳亂地擦著裙上的汙漬，一邊笑著問剛才說話的神農少年，「你見過少昊打造的兵器嗎？」

「當然沒有！」

「你既然沒見過少昊打造的兵器，怎麼知道他不是最好的鑄造師？又怎麼能說他膽小如鼠，不是祝融的對手？」

少年不屑地反問：「那妳見過嗎？」

西陵珩一揚下巴，「我當然……」頓了一頓，聲音低了下去，「我當然也沒見過！」

少年冷笑，「妳既然沒見過少昊打造的兵器，又憑什麼說他是最好的鑄造師？又怎麼知道他不是膽小如鼠，害怕祝融？」

滿堂人都附和、嘲笑。西陵珩咬唇不語。

一個蒼老的聲音突然響起：「傳說也許不盡實，可大荒人還不至於憑空虛讚少昊。」

眾人都聞聲看向店堂的角落，是一個背著三弦、長相愁苦的山羊鬍老頭，老頭站起，朝西陵珩和蚩尤欠了欠身子。原來是博父城中見過一面的老頭，西陵珩點頭回禮，蚩尤卻只是抱臂而笑。

少年叫道：「老頭，到這邊來把話說清楚了，若有一分不清楚，休怪我們無禮！」

老頭走到店堂中央，不客氣地坐下，邊彈三弦，邊說道：「雖然大荒內有句俗語『一山、二國、三王族、四世家』，可如今天下三分，神農、高辛、軒轅三國鼎立，好事者排名神族高手，也只提三王族的子弟……」

滿堂人都專注聆聽，蚩尤卻一邊吧嗒著嘴啃雞腿，一邊用油手拽拽西陵珩：「什麼一二三四，亂七八糟地在說什麼？」

眾人都瞪他，老頭笑道：「這句話說的是神族內的幾大力量。三王族眾所周知，神農、高辛、軒轅。一山指玉山，二國指華胥國、良渚國，四世家是赤水、西陵、鬼方、塗山。論來歷，他們都比三大王族只早不晚，只不過一山遺世獨立，二國虛無縹緲，四世家明哲保身，所以我們這些凡夫俗子常常忘記了他們。」

蚩尤點點頭，還想再問，西陵珩輕按住他手，附在他耳邊低聲說：「這些事情若要講清楚，只怕要講幾日幾夜，先聽他說什麼。」

蚩尤促狹地捏了捏西陵珩的手，弄得西陵珩滿手油膩，西陵珩蹙眉噘嘴，狠狠瞪了蚩尤一眼，忽而抿唇一笑，把油膩的髒手在他衣袖上用力抹著。

蚩尤心中一蕩，低聲問：「好媳婦，妳好像知道的祕聞挺多，妳姓西陵，是和西陵世家有什麼關係嗎？」

「算是有點吧，我與他們有血緣關係，不過我可不是西陵世家的正支，所以才被你欺負得亂逃！」阿珩在蚩尤額頭上敲了一下，又立即做了個「噓」的手勢，示意他別鬧，聽老頭說什麼。

「……少昊小時痴迷打鐵，常常混入民間鐵匠鋪子，偷學人家的技藝。可這打鐵的手藝可不是看出來的，而是千錘百鍊敲打出來的，少昊就隱居鄉里，開了一家鐵匠鋪子，為婦人打造廚具，給農人打造農具，因為東西實在是打得好用，七里八鄉都喜歡來找他。少昊做了好幾年鐵匠，那些麻煩他修補農具的鄉親沒一個知道他是少昊，直到六世俊帝病重，神農國趁機大兵壓境，神族尋訪到鐵匠鋪，鄉親們才驚聞。高辛的神族們喜歡談論少昊脫下短襦，扔下鐵錘，穿起王袍，拿起長劍，孤身一個逼退神農十萬大軍的故事，可對高辛百姓而言，他們更喜歡講述少昊打鐵的故事。」

山羊鬍老頭飲了一杯水，清了清嗓子繼續說道：「大概因為身分被識破，少昊再沒有回去過，可當地卻改名叫鐵匠鋪，一則紀念鐵匠少昊，二則因為少昊在時，但凡來求教打鐵的人，他都悉心指點，以致當地出了無數技藝非凡的鐵匠，鐵匠鋪子林立，人族的貴族都喜歡去那裡求購貼身兵器，以顯身分，在座幾位小哥隨身攜帶的兵器看著不凡，只怕就有鐵匠鋪的。」

幾個少年神情怔怔，下意識地按向自己引以為傲的佩劍，老頭微微一笑，「高辛國重禮，等級森嚴，貴賤嚴明，少昊卻以王子之尊為百姓打造農具，又悉心指點前去求教的匠人。上千年來，少昊看似避世不出，可高辛國內處處都有他懲惡鋤妖、幫貧助弱的傳聞。這次鎮壓旱災暴民是吃力不討好的事情，別的神避之唯恐不及，少昊卻主動請纓，可見他絕非膽小怕事之徒。小老兒看幾位小哥的裝束像是要遠遊，剛才的話在神農說說沒什麼，可千萬別一時氣盛在高辛說，高辛百姓十分敬重少昊，只怕會激起眾怒。」

神農少年們面色難看，老頭話鋒一轉，「講到旱災，不得不讚幾句神農的大王姬[2]雲桑，神農、高辛都受災嚴重，可王姬體恤百姓，處處為百姓盡力，如今只有天災沒有人禍。高辛卻因為王子中容處理不當，激起民暴，當地的神族官員被打死，現在幸虧少昊主動請命去平亂，否則這場人禍只怕更勝天災。」

神農少年們這才覺得顏面挽回，神色好看起來，避開少昊不談，只紛紛真心讚美著雲桑。

西陵珩低著頭，不知道在想什麼，神情似喜似憂。

蚩尤也神思恍惚，忽而皺了皺眉，起身快步出去，站在曠野中，凝神傾聽。

西陵珩為了逃避他，一次次臨時改變行程，也一次次無意識地躲開了祝融，可祝融似乎察覺了什麼，這次竟然這麼快就發現了他們的行蹤，看來光逃不行，得另想解決辦法。

---

2. 王姬，周朝之前對帝王和諸侯的女兒都叫王姬，周朝之後，天子的女兒漸用公主相稱，親王諸侯的女兒則叫郡主或縣主。

蚩尤回來時，西陵珩問道：「你出去做什麼？」

蚩尤咧嘴笑著，扭扭捏捏地說：「我突然想起終身大事還是要聽聽爹娘的意思，所以剛才立即托人傳口信給家裡，讓他們盡快趕來見見妳。」

西陵珩剛喝了一勺熱湯，聞言一口氣沒喘過來，差點被嗆死。她無力地指著蚩尤，氣得半晌說不出一句話。

阿珩和蚩尤吃完飯，定了相鄰的房間歇息。

西陵珩翻來覆去，一直想著剛才聽到的話，高辛少昊前去平亂！再想到瘋子蚩尤，她打了個寒戰，決定立即離開，折道去東南，去看看這個她自小聽到大的高辛少昊究竟是什麼樣子。

為了甩掉蚩尤，她決定半夜動身。

熬到夜深人靜時，西陵珩背著包裹躡手躡腳地溜出客棧。

走著走著，總覺得不對勁，她停住腳步，猛地從左面回頭，沒有人，猛地從右面回頭，沒有人，放心地嘆了口氣，微笑地回過頭，眼睛立即直了。

蚩尤就站在她前面，正一臉納悶，探頭探腦地向她身後看，好似不明白她為什麼要這麼鬼鬼祟祟。他湊到西陵珩耳邊，壓著聲音，緊張地問：「怎麼了？怎麼了？有歹徒跟蹤我們嗎？」

西陵珩深吸口氣，用手遮住臉，埋頭快步走，不去看蚩尤，生怕自己忍不住殺了這個無賴。

蚩尤跟在她身邊，唉聲嘆氣地說：「有一件事，實在很愧疚，剛收到家裡長輩的信，讓我去辦點事情，恐怕要離開幾天。」

西陵珩立即拿下手，喜笑顏開，「沒事，沒事，男子漢大丈夫志在四海，心懷五湖，功在千秋，德標萬世，生前死後名，慷慨就義……呃……總而言之大事為重！」

蚩尤眼裡閃過一絲笑意，臉上卻愁眉苦臉，「可我想了想，辦事固然重要，報恩也很重要……」

西陵珩立即表情十分沉痛，拍著蚩尤的肩膀，「我其實心裡很捨不得你，只是大事為重，大事為重！」

蚩尤滿臉感動，握住西陵珩的手，「阿珩，既然妳如此捨不得我，我還是留下吧！」

西陵珩眼皮子、嘴角都在抽搐，「你真的要留下來？」

「真的要留下來！」

「真的？」

「真的！為了西陵姑娘，我願意……」

西陵珩猛地一拳擊打到蚩尤臉上，蚩尤砰一聲昏倒在地。

西陵珩蹲下，一邊得意地拍拍蚩尤的臉頰，一邊冷笑著說：「臭小子！咱們還是後會無期吧！」

她背上包裹，只覺全身輕鬆舒暢，蹦蹦跳跳地走了一段路，越想越覺得不妥，萬一有壞人經過？萬一有野獸路過？萬一……

只能匆匆返回，可地上已經沒有昏迷的蚩尤。

她大驚，四處查看，一抬頭，看見大樹上寫著一行字。

「好媳婦，咱們後會近期！」字旁邊畫著一個咧嘴而笑的紅衣小人。

西陵珩氣得一腳踢向紅衣小人，「哎呦」一聲慘呼，痛得齜牙咧嘴，抱著腳狂跳。

兩日後，西陵珩進入了高辛國。

河流都已乾涸，田地顆粒無收，屍橫遍野，戾氣深重。西陵珩心情沉重，卻無能為力，這並非人禍，而是天劫，即使神也不能逆天而行。

她不想再看這人間慘象，避開了人群聚集的大路，專揀深山密林走。

走了一整天，正想尋覓地方歇腳時，聽到宏厚激昂的鼓聲。西陵珩循著鼓聲而去，漸漸聽到了嘹亮的歌聲、人群的歡呼聲。

西陵珩不禁微笑著加快步伐，可當她走進古老的村落，看見的卻不是什麼歡喜的一幕，而是令她震驚的殘忍。

兩個盛裝打扮的少女躺在祭臺上，一個少女被開膛破肚，已經死亡，戴著面具的祭師一手拿著鮮血淋漓的匕首，一手握著一顆仍跳動的心臟，載歌載舞，另一個少女緊閉著雙眼，嘴唇不停地翕闢，不知是在吟唱，還是在祈禱。

西陵珩曾聽說過一些部族用人來祭祀天地，祈求天地保佑。這是當地的風俗，並不是她能改變的，可讓她眼睜睜地看著一個鮮花般的女子慘死在她面前，她做不到。

西陵珩用靈力捲起無數樹椿，祭臺四周的人紛紛躲避，她趁亂救走了祭臺上的少女。

少女叫索瑪，是族中最聰慧的少女，被選為大戰前的祭品，用來祈求戰爭勝利。

西陵珩問：「你們是要對抗少昊率領的軍隊嗎？」

索瑪說：「我不知道那些神族的名字，我只知道他們幫著貴族欺壓我們，截斷河流，不給我們水喝，都是大惡棍。」

西陵珩不禁為少昊說話，「這次來的神和以前的不同，他肯定會想辦法為你們調配水源，絕不會偏袒貴族，你們不用誓死反抗。」

索瑪沉默了半晌，忽而笑道：「妳是一個好神，我相信妳！等天黑了，我就悄悄回家，告訴阿爸。好姐姐，我看妳能讓木頭樹葉聽妳的話，妳修煉的是木靈嗎？」

西陵珩點點頭。

索瑪看天色將黑，去山林裡撿枯枝和野菜，要為西陵珩做晚飯。西陵珩讓她不要忙碌，可索瑪說：「妳救了我，我一無所有，這是我唯一能報答妳的方式，不管妳吃還是不吃，我都要為妳做。」

索瑪以凹石為釜，做了一釜半生不熟的野菜湯，用兩個竹筒各盛了一筒，自己先喝了半筒，抬頭看向西陵珩，眼神楚楚可憐。

西陵珩不忍拒絕，也跟著索瑪喝起來。

野菜湯喝完，西陵珩覺得頭暈身軟，靈力凝滯，「妳給我吃了什麼？」

索瑪淡淡說：「一種珍稀的山菌，長在雷火後的灰燼中，我們人族吃著沒事，可你們這些修煉木靈的神族不能吃，吃了就全身力氣都使不出來，變得和我們一樣了。」

西陵珩第一次真正理解了為什麼神族既瞧不起人族，又忌憚人族，不僅僅是因為人族數量龐大，更因為天地萬物相生相剋，老天早賜給了人族剋制神族的寶貝，只要他們善於使用，神族並非不可戰勝，就如堤壩能攔截奔騰的湍流，可一窩小小的白蟻，就能讓堅不可摧的堤壩崩毀。

西陵珩默默地看著索瑪，索瑪不敢面對她清亮的雙眸，拿起根木棍，打到西陵珩頭上，索性把她敲暈。

第二日清晨，西陵珩醒來時，發現自己被捆綁在昨日索瑪躺過的祭臺，她的靈力仍然一分都使不出。

鼓聲敲得震天響，戴著面具的祭師們圍著她一邊吟唱，一邊跳舞，匕首的寒光耀花了她的眼睛。

索瑪對她說：「妳是比我更好的祭品，妳的鮮血不僅僅能祭祀天地，還能讓所有人族戰士明白神族沒什麼大不了！」

祭師們吟唱著古老的歌謠，一邊跳舞一邊走近她。

按照祭祀禮儀，祭師們會割開西陵珩四肢的經脈，讓鮮血通過祭臺的凹槽落入大地，這叫慰地，最後再將她的心臟掏出，奉獻給上天，這叫祭天，透過慰地祭天可以換取自己所求。

她的手腕和腳踝被割開，因為刀很快，西陵珩並沒有覺得痛。

隨著鮮血的流失，靈力也汩汩地飄出，西陵珩真正意識到死亡在靠近，她一邊在恐懼中做著最後的掙扎，一邊生出了荒謬的感覺，她真要死在幾個普通的人族祭師手中？

鮮血浸透了祭臺，西陵珩沒有力氣再掙扎，也放棄了掙扎，用最後的力氣眷戀地看著頭頂的碧藍天空，娘親、爹爹、哥哥……一身紅衣的無賴蚩尤竟然也浮現在眼前，她不禁苦笑，臭小子，我說了是後會無期！

祭師用力把匕首插進西陵珩的胸膛，西陵珩身子驟然一縮，眼睛無力地看著天空，瞳孔在痛苦中擴大，藍天在她眼中散開，化成了無數個五彩繽紛的流星，她的意識隨著無數個流星飛散開，飛向黑暗。

就在她要被捲入永恆的黑暗時，她的身體被一雙溫暖有力的手抱了起來。

清露晨流般的氣息，漱玉鳳鳴般的聲音，「對不起，阿珩，我來晚了！」

有神族戰士高聲請示，「殿下，要將這些暴民全部誅滅嗎？」

「他們只是為了讓族人活下去，罪源不在他們，放他們回村子。」男子的聲音隱含悲憫。

男子一邊用靈力將阿珩的靈識封閉，一邊在她耳畔說：「阿珩，我是高辛少昊。」

少昊，她心心念念想見的少昊……西陵珩極力想睜開眼睛，意識卻消失在黑暗中。

傍晚時分，一身紅衣的蚩尤腳踩大鵬從天而降。

泣血殘陽下，被無數鮮血浸染過的古老祭臺有一種莊嚴奪目的美麗。

空氣中飄蕩著豐沛的靈力，卻是宣告著靈力擁有者的噩耗。

蚩尤走到祭臺前，以一種舒服的姿勢趴躺在仍舊新鮮的血液中，閉起眼睛，在鮮血中收集西陵珩的氣息，再把自己的靈力透過大地和植物伸展出去，搜尋著她生命的蹤跡。

從天色仍亮到天色黑透，他耗用了全部靈力，反覆搜尋了很多次之後都沒有發現半絲她的氣息。

她真的死了！

沒想到一句戲言竟成真，他們真後會無期！

他像撫摸戀人一樣，輕輕撫摸著祭臺，任由鮮血侵染在他的指間頰邊，嘴裡卻冷嘲道：「早知如此，還不如讓妳死在祝融手裡。」

蚩尤翻了個身，看到樹梢頭掛著一輪圓月，他想起了第一次遇見西陵珩時也是一個月圓的晚上。忽然間，他覺得疲憊不堪，幾百年來從未有過的疲憊，甚至對人世的厭倦。

他閉上眼睛，在她的鮮血中沉沉睡去。

半夜時分，蚩尤醒了，鼻端瀰漫著腥甜的血腥味。

他雙手交握，放在頭下，仰躺在祭臺上，望著那輪圓月寂寂而明，一時間竟生出了無限寂寞，為什麼老天要讓他在博父國外與她重逢？他閉著眼睛，低聲說：「西陵珩，早知如此，不如不再相遇！」

靈力沿著她鮮血流淌過的路徑源源不斷地湧入地下，整個村子的樹木都開始瘋長，覆蓋了道路，圈住了院牆，封死了門窗。睡夢中的人們驚醒時，驚恐地發現整個屋子都是綠色的植物，它們仍然在瘋狂地生長，看似柔嫩的植物，卻有著生生不息的力量，擠裂了櫃子，扭碎了凳子，纏繞住每一個人的身體，不管男女老幼。

淒厲的慘叫聲在山裡此起彼落地傳出，無數山鳥感受到了恐怖，尖聲鳴叫著逃向遠處，寧靜的山村好像變成了魔域。蚩尤只是枕在西陵珩枕過的位置上，懶洋洋地笑看著天空。

慘叫聲漸漸消失，山谷恢復了寧靜，整個村子都消失得一乾二淨，只有茂密的植被鬱鬱蔥蔥著。

他躍到鵬鳥背上，大鵬振翅高飛，身影迅速消失在天空。

月色下，整個祭臺連著四周的土地都被密不透風的草木覆蓋，從上往下看，倒像是一個綠色的巨大墳塋。

第四章

如有意，慕娉婷

剎那間，耳邊一切的聲音都消失不見，
蚩尤的眼中只剩下了月光下、桃花影中的青衣女子，
一邊跑，一邊盯著她，眼睛眨都不眨，
唯恐一眨眼，她就會消失。

在大荒的西邊有一座秀麗的山峰，叫玉山[1]。玉山是上古聖地，靈氣特殊，任何神兵利器只要進入玉山就會失去法力，是永無兵戈之爭的世外桃源。所有執掌玉山的女子都恪守古訓，不入紅塵、遠離紛爭。歷次神族爭鬥中，超然世外的玉山庇護過不少神和妖，就是神農和高辛兩個上古神族都曾受過玉山的恩惠，因而，玉山在大荒地位尊崇，就是三帝也禮讓三分。

執掌玉山的女子被尊稱為王母，因玉山在西，世人也常稱西王母，王母每三十年舉行一次蟠桃宴，邀天下英雄齊聚一堂。這幾日，又是三十年一次的蟠桃宴，賓客從八荒六合趕來赴宴，玉山上客來客往煞是熱鬧。

蚩尤一身紅袍，大步從瑤池邊走過，神情冷漠，目光銳利。

瑤池岸邊遍植桃樹，花開千年不落，岸上繁花爛漫，岸下碧波蕩漾，花映水，水映花，岸上岸下，一團團、一簇簇，交相輝映，繽紛絢爛。

一陣風過，桃花瓣猶如急雨，簌簌而落，輕拂過蚩尤的眉梢、臉頰、肩頭，他的步子漸慢，看著漫天花雨，目光變得恍惚迷離，氤氳出若有若無的哀傷。

他的視線隨著幾片隨風而舞的桃花瓣，望向了遠處——淼淼碧波，煙水迷濛，十里桃林，九曲長廊，朱紅色的水榭中，一個青衣女子倚欄而立，手中把玩著一枝桃花，低頭撕扯桃花蕊，逗弄著瑤池中的五色魚。

蚩尤的心驟然急跳，大步而去，一邊快步疾走，一邊張望著青衣女子，可隔著重重花影，那抹青影若隱若現，總是看不真切，等他奔到水榭處，已經不見青衣女子。

他急切地四處查看，陣陣清脆的笑聲從桃花林內飛出，蚩尤飛奔而去，一群少女正在戲鬧，有穿青衫的，蚩尤伸手欲抓，「阿珩！」少女嬌笑著回頭。

蚩尤的手停在半空，不是她！

碧波廊上的身影幾乎一模一樣，一時間昏了頭，他竟然以為是阿珩，可阿珩已離世兩年，剎那的心跳竟只是斜陽花影下的一場幻覺。

他神情悵然，轉身而去，瑤池邊的映日紅桃開得如火如荼，可漫天繽紛在他眼裡都失去了色彩，透著難言的寂寥。

桃花林內，兩位女子並肩而行，從外貌看上去，年齡差不多，實際卻是兩個輩分。一位是神農國的大王姬雲桑，一位就是玉山王母。

傳說玉山之上寶貝無數，雲桑好奇地問王母，玉山到底收藏了些什麼神兵寶器。

王母毫不避諱雲桑，詳細地一一道來。

雲桑出身上古神族，家學淵源，王母所說的神器她都聽聞過一二，可位列神兵之首的兵器卻從未聽聞過，居然是一把沒有箭的弓。

雲桑問王母，「只聽聞盤古大帝有一把劈開了天地的盤古斧，從未聽聞過盤古弓，難道這世間竟沒有一支箭可配用？既無箭，那要弓何用？」

王母性子嚴肅，不苟言笑，對雲桑卻十分和藹，溫和地說：「這把弓並不是用來殺戮，而是用來尋找。太祖師傅的殘存手稿上說盤古大帝劈開天地後，因為忙碌於治理這個天地，失去了心愛的女子，盤古大帝為了再次見到她，於是窮極心思，打造了這把弓。據說把弓拉滿，只要心裡念著誰，不管距離多麼遙遠，不管他是神是魔、是生是死，都可以再次相聚。」

「怎麼相聚呢？難道這把弓能指明尋找的方向？」

1.《山海經・西山經》：「又西三百五十里，曰玉山，是西王母所居也。」郭璞注：「此山多玉石，因以名云。」

「不知道。據說當年伏羲大帝仙逝後，女媧大帝因為相思難解，曾上玉山借弓，可是拚盡全部神力，滿弓射出後，連對伏羲大帝的一絲感應都沒有，更不要提相聚了。」

雲桑雖穩重，畢竟少女心性，一聽立即生了興趣，嘆道：「原來女媧大帝也像普通女子一般，會因為相思而無計可施。只是盤古大帝神力無邊，無所不知，怎麼會找不到自己心愛的女子呢？」

「不知道。」

「盤古大帝鑄成弓後，和他心愛的女子相聚了嗎？」

王母笑道：「我怎麼知道？妳這孩子別較真了！太祖師傅只是根據傳聞隨手記錄，究竟是真是假都不知道，也許壓根就是一段穿鑿附會的無稽之談。」

蚩尤聽到這裡，分開桃樹枝椏，走了過去，「我想要這把盤古弓。」

王母心內暗驚，她居然沒有察覺到他在近處，語氣卻依舊溫和，「這是玉山收藏的神器之首，不能給你。」

雲桑趕在蚩尤開口前，搶著說：「王母，這次蟠桃大會用來做彩頭的寶貝是什麼？」又對蚩尤說：「你若想要神器，到時候去搶這個寶貝。」

「肯定不是盤古弓，不過也是難得一見的神器。」王母打算離去，「軒轅王姬第一次來玉山，我還要去見見她，你們隨意。」

雲桑少時曾跟隨軒轅王后嫘祖學過養蠶紡紗，與軒轅王姬軒轅妭[2]朝夕相伴過十年，感情很好，喜道：「原來妭妹妹也來了，我都好多年沒見過她了，待會就去找她敘舊。」

雲桑看王母走遠了，對蚩尤半是警告、半是央求地說：「我知道你一向無法無天，任性胡為，不過這裡不是神農山，你可千萬別亂來，否則出了事，誰都救不了你。」

「知道了。」蚩尤笑了笑，打量著桃林的方位布局。

雲桑心思聰慧，博學多識，行事果決，就是祝融都讓她三分，她卻拿蚩尤一點辦法都沒有，看到他的笑意，心裡越發忐忑，只能暗求是她多慮了，「父王讓我帶你來蟠桃宴，是想讓你熟悉一下大荒的形勢，可不是讓你來胡鬧。這大荒內有幾個女子得罪不得，第一就是王母，你千萬不要……」

蚩尤打斷了她，「第二呢？」

「軒轅族的王姬軒轅妭。」

蚩尤打趣道：「難道不是妳？」

雲桑嗔了蚩尤一眼，「軒轅黃帝侍嬪很多，有四個正式冊封的妃子，這四個妃子總共生了九個兒子，卻只有一個王姬軒轅妭，並且是正妃嫘祖所生，軒轅妭一母同胞的哥哥就是最有可能繼承帝位的軒轅青陽。軒轅妭自幼和高辛族定親，夫婿是高辛少昊，也是極有可能繼承俊帝之位。」

蚩尤的視線在桃林中徘徊，漫不經心地說：「這個軒轅妭倒的確惹不起。」

雲桑含笑道：「不過，她性子是極好的。王母卻……」

蚩尤一聽她還要轉著彎子勸他別亂來，轉身就走，雲桑蹙眉，一瞬後又笑搖搖頭，以蚩尤的性子，能忍耐地聽到現在已經很不容易了。

雲桑看看時辰，估摸著軒轅妭那裡已清淨下來，問清楚她居於凹凸館後，沿著侍女指點的方向，

2. 妭，讀音同「跋」。

獨自一個前去拜訪。

雲桑博聞強識，見過不少名園奇林，知道名要與景相呼應，才算好名。凹凸二字做館名，倒也奇突別致，只是實在想不出來景致要如何凹凸才能切中名字。

一路行來，離瑤池越遠，越是荒涼，草木漸顯野趣，碎石小徑蜿蜒曲折，一條小溪潺潺而流，時隱時現。走了不多時，她看到不遠處的山崖上小橋流水、亭台樓榭。四周也種著桃樹，可不同於瑤池岸邊的映日紅桃，十里桃林，花色濃烈，這裡俱是千瓣白桃，種得稀落間離，一樹樹白花，貞靜幽潔，仿若空谷幽居的佳人，或靜靜綻放在小軒窗下，或只聞暗香，不見花樹，待她四處尋找，才發現烏簷角下，隔著青石牆羞答答地探出一枝來。

許是為了不破壞館中的清幽雅靜，侍女也用得很少，雲桑一路走來竟然沒碰到一個侍女，無比貼合雲桑的心意，只是凹凸二字的意思仍看不出來，可建造此處者心思玲瓏，想來絕不會空用凹凸二字。

沿著花徑慢走，只聞泉水叮咚，卻不見水，轉過山壁，遠遠看到一汪深池，池水清碧如玉，池畔的石上雕著古拙的「凹晶池」三字。雲桑心喜，快走幾步，站在池邊，只覺習習涼意拂面，無比愜意，不經意地低頭看到池中倒影，被嚇了一跳，池面上竟然有好幾個她，有的矮小如侏儒，有的高大如巨人，有的脖子細肚子大，猶如水甕，有的四肢頎長、腦袋碩大，猶如竹竿頂冬瓜……個個都無比趣怪滑稽。

待發現其中奧妙，雲桑幾乎擊掌稱妙。原來這裡不僅僅是水碧如玉，還是玉碧如水，眼前的整汪清池看似水波起伏，渾然一體，實際間中有無數碧玉，建造者利用碧玉的弧度巧妙地讓池水時高時低，構造出無數個凹凸來，水面猶如玉鏡，能映照出人像，也就形成了無數個凹凸鏡，凹鏡處會將人縮小，凸鏡處會將人放大。

雲桑看看四下無人，童心大發，在潭邊走來走去，伸手抬腳，看著池中的自己一會是個大胖子，一會是個小瘦子，笑得前仰後合。她笑，形態各異的她也笑，雲桑越發笑個不停，樂得眼角的淚都要流下來。

一個青衣少女躲在暗處，靜靜看著雲桑。

她起先在山壁上玩時，已看到雲桑，只不過玩心忽起，想看看端莊嫻靜的雲桑第一次看到這汪怪異的池水時會不會像她一樣手舞足蹈，笑得直不起身，所以躲到暗處，打算等雲桑笑得最沒有防備時，突然跳出來嚇她一跳。

可等她真看到雲桑大笑時，忽然就一點都不想打攪她了。雲桑的母后早亡，小妹精衛在東海邊玩水時溺水而亡，二妹瑤姬一出娘胎就是個病秧子，雲桑小小年紀就心事重重，幾乎從未失態大笑過。

雲桑的笑聲突停，面色冰冷，斥喝道：「誰？出來！」

青衣少女一驚，正打算乖乖地出去認錯求饒，卻看桃林深處，一個面容清逸、身姿風雅的男子踏著花香，分開花樹，徐徐而來。他眼中唇邊俱是笑意，「王姬，請恕罪，只是看到王姬猶如孩童般手舞足蹈、恣意大笑，所以未捨打擾。」

雲桑頰邊泛起淡淡紅暈，神情越發清冷，「既然知道我的身分，還敢放肆偷窺？」

她粉面含怒，眼角蘊愁，一身素衣，俏立於凹晶池畔，身後是幾株欺雲壓雪的千瓣白桃，她的身姿卻比花更清更幽。

男子翩翩施禮，誠懇地說：「不是在下放肆，只是當年耗費三載心血設計這座凹凸館時，就是希望這汪碧池能讓見者忘記世間憂愁，開懷大笑。今日看見心願成真，多有失禮，請王姬恕罪。」

雲桑一愣，這巧奪天工、寓意深刻的「凹凸」二字竟然出自他手？不知不覺中，怒氣已散。

潭中的身影，有胖有瘦，有高有低，雲桑低聲說：「這千奇百怪的影像壓根不像我們，卻又都是我們，沒有了華服的修飾，沒有了外貌的美醜，暫時就忘記了自己的名字、自己的身分，只是自己為自己開懷大笑。你說心願成真，剛才那開懷大笑只是一半，為了謝你讓我開懷而笑，我就成全你的另一半心願。」

男子問：「另一半心願？」

雲桑淡淡一笑，指著潭中男子的身影和自己的身影，「既然此潭中，再沒有外物的修飾羈絆，我只是我，你只是你，那麼你無須請罪，我也無權恕罪。」

男子心頭驟然急跳，眼中掠過驚訝欣喜，卻只是不動聲色地微笑。

雲桑打量著池水說，「此處凹凸結合，雖然精妙，卻仍在大凹中，如果只憑此就叫凹凸館，未免太小家子氣，你定不屑為之。如果此池為凹，想來應該有山為凸，有了水凹石凸，山水氣象，才能稱得上凹凸館。」說著話，雲桑沿著凹晶池，向著水潭另一側的陡壁險峰行去。

男子心中又是驚又是喜，凝視著雲桑，默默不語。

雲桑四處尋找著道路，草木陡然茂密起來，找了一會才在峭壁下發現一條羊腸小徑，只容一人通過，岩壁上刻著「**凸碧山**」三字。

「凹晶池、凸碧山。」雲桑一邊心頭默唸，一邊沿著石階而上，攀援到山頂。

整塊山峰都是玉石，凸起聳立，朝著潭水的一面凹凸起伏，凸起處顏色淺白，凹下處顏色深沉，由於反射光線的深淺不同，恰好中和了一些潭水中的凹凸，又因為是從高往下看，池水中的凹凸不再明顯，所以從這個角度看過去，水平如鏡，只清清楚楚地映著一男一女，並肩而立。

雲桑想了一瞬，才明白肯定是崖壁上另有機關，巧妙利用了玉鏡的折射，明明她和男子一個在上，一個在下，一個在岸這邊，一個在岸那邊，可雲桑看到的影子卻是她和男子並肩而立，親密依偎。

雲桑先是讚嘆男子學識淵博，將各種技藝融匯一起，等看到水潭中她與男子的「親密」時，明知道男子在那個角度看不到，也不禁雙頰羞紅，狠狠瞪了男子一眼，心裡嘀咕，他這麼設計就存了輕薄的心！飛快躍下山岩，不願再和男子多「依偎」一瞬，倉促間，她也就沒有看到幾個小字投影在水潭中，影影綽綽：**水月鏡像、無心去來。**

雲桑回到岸邊時，依舊沒有好臉色，譏嘲道：「心思倒是凹凸，可惜用錯了地方！」

男子卻也是神情漠然，把一個玉匣遞給雲桑，淡淡說：「我奉殿下之命，來給王姬送這個，東西已送到，在下告退。」說完就立即揚長而去，十分無禮，和起先的談笑自若、謙遜有禮截然不同。

雲桑一口氣哽在胸口，恨恨地看著他的背影，可又說不清楚自己惱什麼。半晌後，低頭看到玉匣上的玄鳥徽印——高辛王室的徽印，才突然意識到，「喂，你認錯了，我不是軒轅王姬，是神農王姬。」

青衣少女從山洞中跳出，一邊拍掌，一邊大笑，「好個凹凸，設計得妙，解得更妙，我都在這潭水邊玩了半日，仍沒看破什麼水為凹、山為凸。」

雲桑也不知為何，心中又羞又惱，竟是從未有過的古怪滋味，沒好氣地把玉匣扔給青衣少女，譏嘲道：「軒轅王姬，妳的好夫婿千里迢迢派屬下給妳送禮呢，難怪把妳笑成這樣！」

軒轅妭打開玉匣看了一眼，紅著臉說：「哪裡是送禮？只是些藥丸而已。」一抬頭，看雲桑愣愣地站著，叫了幾聲，她都未聽到。

軒轅妭搖了搖她，「姐姐，妳怎麼了？」

雲桑說：「剛才那位公子是少昊派來給妳送東西的？」

「看來是了。」

「他看我衣飾華貴，又在凹凸館裡，叫我王姬，我也答應，其實是把我誤當作了妳。」

「是啊，妳不是已經知道了嗎？」軒轅妭一頭霧水，不知道雲桑究竟想說什麼。

「那他自然也就以為我是少昊的未婚妻了，以為我是有婚約在身的女子。」

「嗯。」軒轅妭點點頭，仍然不明白雲桑想說什麼。

雲桑嫣然一笑，眼中隱有歡喜。

「姐姐，妳怎麼一會怒，一會呆，一會喜的？和以前大不一樣。」

雲桑含笑不語，半晌後才說：「妳倒還和小時一個樣子。咦？藥丸？少昊為什麼要特意派使者送妳藥丸？妳生病了嗎？難怪看著面色蒼白。」

「唉！別提了，說出來都是笑話！我在人間遊歷時，受了點傷，被少昊救了。」

雲桑在軒轅妭的鼻頭上刮了一下，「這不是正好，英雄救美，美人以身相報。」

軒轅妭噘著嘴，「好什麼好？我壓根沒見到他是高是矮，是胖是瘦。當時高辛的叛亂剛剛平定，大哥說少昊還有要事處理，未等我甦醒就離開了。他看到了我，我卻沒看到他，我現在都虧死了！」

雲桑笑道：「別緊張，我雖也沒見過少昊，可我敢肯定少昊絕不會讓妳失望。」

「哼，妳都沒見過能肯定什麼？」

「妳覺得剛才那男子怎麼樣？」

「他的言談舉止讓我想起了知未伯伯。」知未輔佐黃帝立國，被譽為帝師，軒轅妭的評語足以看出她也相當讚賞剛才的男子。

雲桑說：「良禽擇木而棲，在高辛二十多位王子中，心思如此凹凸的男子選擇了少昊，所以妳就放心吧。」她遲疑了一瞬，期期艾艾地問：「妳能打聽到他是誰嗎？」

「我讓四哥去問問就知道了，不說才華，只說容貌，那麼清逸俊美的公子在高辛也沒幾個。」

雲桑臉上飛起一抹羞紅，「我還有件事情想麻煩妳。」

「什麼？」

雲桑附在軒轅妭耳邊竊竊私語，軒轅妭時而驚訝，時而好笑，最後頻頻點著頭，兩個女子坐在潭邊說了一個多時辰，太陽西斜時，雲桑才離去。

晚上，浮雲蔽月，山澗有霧。

蟠桃園中的桃花猶如被輕紗籠罩，一眼望去，似乎整個天地都化成了迷迷濛濛的紅色煙霞。

蚩尤飛掠而入，站在桃園中央，取出一條紅布蒙住雙眼。白日裡，他就發現玉山和桃林是一個大陣，若不想被幻象迷惑，就不能看，只憑心眼去感受微妙的靈氣變化。

他在桃林內走走停停，時而前進，時而轉彎，時而折回，終於破了桃林中的陣法，進入玉山的地宮。看他做得很容易，可其實一旦入陣，踏錯一步就是死，幾萬年來也只他一個成功闖過。

整個地宮全部用玉石所建，沒有一顆夜明珠，卻有著晶瑩的亮光。地宮內房間林立，道路曲折，收藏著各式各樣的寶物，根本無從找起。蚩尤想盤古弓既然是神兵，那麼就應該收藏在兵器庫中，他凝神體會了一瞬，直奔殺氣最濃的方向去。

沿著臺階而下，甬道兩側擺著所有神夢寐以求的神兵利器，他卻看都不看，只是盯著最前方。在甬道的盡頭，是整塊白色玉石雕成的牆壁，壁上掛著一把弓。

弓身漆黑，弓脊上刻著古樸簡單的紅色花紋，似感覺到蚩尤的意圖是它，弓身爆出道道紅光，弓也忽大忽小，大時比人都高，小時不過寸許。蚩尤這才真正理解了王母說此弓無箭可配的原因——弓的大小隨時在變，世間哪裡有箭可配？

蚩尤靜靜地凝視了它一會，用足靈力，一手結成法陣，一手迅速摘下弓。不知道觸動了什麼機關，地宮開始震顫，屋頂有一塊塊鋒利的斬龍石落下，他急急閃避，好不容易閃避開，斬龍石化作千把利劍，飛擊向他，他一邊逃，一邊撒出早準備好的桃葉。桃葉與玉山同脈，能掩蓋住他的氣息。

蚩尤跌跌撞撞地逃出了地宮，渾身上下都是傷，樣子狼狽不堪。侍衛已經趕到，他顧不上喘氣立即逃跑，可身後的追兵越來越多，從四面八方圍堵而來。

林中已無處可躲，他只能跑向瑤池。

一輪圓月懸掛在中天，溫柔地照拂著瑤池和桃林。晚風徐來，一池碧波蕩漾，十里落英繽紛。重重花影中，水榭的欄杆上懸空坐著一個青衣女子，女子雙手提著裙裾，腳上沒有穿鞋，踢打著水玩。串串水花高高飛起，粼粼月光與點點波光一同蕩漾在她雪白的足尖上。

剎那間，耳邊一切的聲音都消失不見，蚩尤的眼中只剩下了月光下、桃花影中的青衣女子，她的每一個動作都變得異常清晰緩慢。蚩尤幾疑是夢，只一邊跑，一邊盯著她，眼睛眨都不眨，唯恐一眨眼，她就會消失。

叫嚷聲傳過來，打破了瑤池夜晚的寧靜，青衣女子笑著聞聲回頭，蚩尤身子一震，硬生生地停住了步子。

溶溶月色下，女子面目清晰，正是他遍尋不著、以為已死的西陵珩。

「蚩尤？你怎麼在這裡？」西陵珩跳起來，滿面驚訝，看似凶巴巴，眼中卻是藏也藏不住的驚喜。

蚩尤呆了一瞬，幾步飛掠到她身前，一把抓住她，仔仔細細地盯著她，這才敢確認一切是真，「妳又怎麼在這裡？」

西陵珩顧不上回答，指指桃林裡的侍衛，「他們是在追你嗎？你偷了什麼？」

蚩尤聳聳肩，大大咧咧地說：「我從玉山地宮拿了把弓，不過現在已經沒有用了，待會還給他們算了。」

西陵珩臉色大變，「你、你、你找死！這是聖地玉山，就是黃帝、炎帝、俊帝來了都要遵守玉山的規矩！」西陵珩急得團團轉，蚩尤卻一點不著急，好整以暇地笑看著西陵珩著急。

眼看著侍衛們越來越近，西陵珩飛腳把蚩尤踢到水裡，「快逃！我來擋著追兵！趕快逃下玉山，立即把這破弓扔了！不管發生什麼事情，都永不要承認你進過玉山地宮盜寶，一旦承認必死無疑！」

蚩尤一臉無賴相，腦袋浮在水面，緊張兮兮地說：「好媳婦，妳若倒楣了，千萬別把我招供出來。」

西陵珩沒好氣地說：「快滾！」

眼見著侍衛們蜂擁而來，西陵珩偷偷去覷水面，看蚩尤已經消失，才鬆了口氣，隱隱覺得哪裡不對，卻已被侍衛們團團包圍住，顧不上多想，和侍衛胡攪蠻纏地拖延著時間。

第二日，表面上玉山一切照舊，可所有的客人都察覺了異樣。

雲桑派侍女去打聽發生了什麼，侍女回來稟奏說：「昨日夜裡，玉山地宮丟失了一件神器。」

雲桑氣得雙眼幾乎要噴火，怒盯著蚩尤，正要發作，侍女接著說道：「據說已經抓住了賊子。」

雲桑心下一鬆，訕訕地對蚩尤抱歉一笑，對侍女斥道：「下次說話不許大喘氣，一口氣說完了。」

侍女新近才到雲桑身邊，還不了解雲桑外冷內熱的性子，怯怯應道：「是！」

雲桑問道：「誰膽子這麼大，竟然敢冒犯玉山？」

「沒打聽到因為事關重大聽服侍王母的姐姐說王母親審賊子審了半夜都沒審出結果也沒有找到贓物只得先把賊子放了還禁止侍女再談論，不過、不過……」侍女一口氣實在喘不過來，臉漲得通紅。

雲桑無奈地說：「妳把氣喘順了再說。」

侍女不知所措，泫然欲泣，始作俑者蚩尤卻笑起來，「不過什麼？」

侍女深吸口氣，快速回道：「不過王母說地宮失竊時只有她一個在場，嫌疑最大，若她不能證明自己清白，就要幽禁她一百二十年。」

蚩尤若有所思：「要幽禁一百二十年？」

雲桑揮手讓侍女退下，淡淡道：「這已經很輕了。在玉山犯事，最怕的不是王母處罰，而是王母不處罰。王母直接把賊子交給她的家族，他們自然要給玉山一個交代，面對天下悠悠眾口，刑罰只會重不會輕。」

蚩尤凝望著窗外的百里瑤池、千年桃花，默默無語。

講究。

蟠桃宴在傍晚開始，座位設在瑤池邊，亭臺樓閣內安放著案榻，參差錯落，看似隨意，實際極有講究。

主席上設了四座，王母坐主位，右手邊坐的是高辛族的王子季厘，左手邊坐的是神農族的王姬雲桑，雲桑下方是軒轅族王子昌意。挨著他們的是四世家的席位，再遠處才是其餘各族來賓。

蚩尤坐在神農席中，一邊舉杯慢飲，一邊用神識搜著西陵珩，沒有發現她，想來因為犯錯，被禁止參加蟠桃宴了。

試煉臺上開始比試神力法術，勝出者會得到一份王母準備的彩頭，這是歷年蟠桃會的傳統節目，也許剛開始只是增加酒興的遊戲，上千年下來，卻慢慢地演變成了各族英雄一較高低的絕佳機會，令天下關注，甚至由此衍生出了大荒英雄榜。

王母命侍女將寶匣打開，匣內裝著一朵嬌豔欲滴的桃花，王母說：「這是玉山靈氣孕育出的駐顏花，不但是兵器，還可以不耗費主人一絲靈力就幫主人停駐年輕的容顏。」

所有女子都夢寐以求容顏永駐，不禁低聲驚嘆。

蚩尤本已藉口更衣，避席而出，聽到驚嘆聲，回身看向駐顏花，心內一動，停住了腳步。

蚩尤站在一旁，靜看著比鬥，直到最後一輪決出了勝負，他才掠向試煉台，幾招就把勝者逼退，迅雷不及掩耳地奪取了駐顏花，對王母揚揚指間的桃花，「多謝！」旋即躍下試煉台，飄然而去。

舉座皆驚！

剛才的勝者也是聞名神族的英雄，竟然被蚩尤幾招就打敗，卻壓根沒有一個來賓認識蚩尤，大家交頭接耳，紛紛打聽著他是誰。

雲桑心內暗罵蚩尤，面上卻仍全力維護蚩尤，為他尋著行事如此無禮的藉口。

王母倒也沒介意，只淡淡宣布了神農族蚩尤獲勝。

昨夜與西陵珩相逢，蚩尤握住她手時，看似漫不經心，實際一則在查探她的傷勢，一則在西陵珩身上留下印記，此時按照印記牽引，很容易就能找到西陵珩。

夜色中，西陵珩握著一卷絹軸，沿著瑤池而行，邊走邊回頭查看，似在查看有沒有被尾隨跟蹤，眼見著越走越僻靜。

蚩尤看她行動詭異，沒有出聲叫她，隱在暗處，悄悄尾隨。

月夜下，碣石畔，一個錦衣公子臨風而立，面容俊美，氣態清逸。

西陵珩款款走到他面前，「諾奈將軍？」

「正是在下。」

「我是軒轅王姬的閨中密友西陵珩。」西陵珩上下打量著諾奈，如同為女伴審視著情郎。

諾奈因為容貌出眾，才名遠播，在高辛時，每次出行必會被人圍觀，他早就習慣被人盯著看，可不知為何，西陵珩的視線讓他心頭浮現出凹晶池畔、凸碧山上的軒轅王姬，竟然侷促不安，匆匆施禮道：「王姬傳信說有重要的事情，讓我不要參加蟠桃宴，在這裡等候她，不知有什麼重要的事情？」

這重要的事就是不讓你在蟠桃宴上見到她，西陵珩背著雙手，歪著頭，笑嘻嘻地問：「你覺得王姬如何？」

「王姬蕙質蘭心，玉貌佳顏。」

「倒是不枉王姬對你另眼相待。」西陵珩把手中的絹軸遞給諾奈，「這是王姬麻煩我轉交給你的東西。」

諾奈大退了一步，沒有接絹軸，神色冰冷，話裡有話，「少昊殿下不論品性、還是才華都舉世無雙，與王姬恰是良配，王姬若有事，盡可拜託少昊殿下，無須在下效勞。」

西陵珩含笑點點頭，雲桑叮囑她，如果諾奈欣喜地接受私下傳遞，不但不要給他，還要狠狠地臭罵他一頓，如果諾奈不願意接受，反而要想方設法地把東西給他。

西陵珩把絹軸強塞到諾奈手中，「你緊張什麼？王姬不過是恰好對園林機關很感興趣，這是她這幾年繪製的圖樣，誠心向你求教。」

諾奈臉色稍霽，「王族內多的是名師，在下不敢妄言指點。」

西陵珩悠悠輕嘆，「你也說了不敢妄言，你以為那些所謂的高士敢妄言嗎？再說了，別說軒轅族內，就是放眼天下，有幾個能有諾奈之才？你看了圖就明白了，只怕不輸於你的凹凸館，即使他們敢妄言，也沒那個才華去妄言！」

諾奈聽到這裡，猶如嗜武之人遇見寶劍，心癢難搔，竟然恨不得立即拆開絹帛細看，「那等我細細看過後，再給王姬回覆。」

西陵珩點點頭，狡黠地笑道：「王姬行蹤不定，過幾日也許會派信使求見，將軍可不要再無禮地拒之門外。」

諾奈笑著行了一禮，告辭而去。

西陵珩看他走遠了，慢慢往回走，腦中仍在胡思亂想著雲桑和諾奈，原來雲桑姐姐也有如此促狹好玩的時候，越想越好笑，忍不住手舞足蹈、嘰嘰咕咕地笑個不停。

忽而臉上點點清涼，她一抬頭，只見溶溶月色下，漫天雪白的桃花瓣，飄飄灑灑，紛紛揚揚，輕捲細舞著。猶如冬日忽臨，天地間被白雪籠罩，卻更多了幾分溫柔、幾分旖旎。

西陵珩喜得伸出雙手，接住一捧桃花瓣，放在鼻尖輕嗅，淡淡清香襲來，這不是幻術，是真的桃花。

她忍不住在「雪花」中飛舞，一會輕揚長袖，一會猛翳修袖，身姿婉約，步態空靈，猶如花妖。

她笑著叫：「蚩尤，是不是你？」

蚩尤的身影漸漸出現，指間拈著駐顏花，笑站在漫天桃花雪中，嶽峙淵渟，器宇軒昂，令柔麗的桃花都帶上了幾分英武之氣。

西陵珩猶如做夢一般，停住了飛舞，怔怔地看著蚩尤。

他們隔雪而望，都默不作聲，只漫天白花，紛紛揚揚、飄飄灑灑，落個不停，也不知道是捨不得打破這一瞬的美麗，還是心中別有所感。

半晌後，西陵珩輕嘆道：「我就知道你不會聽我的話逃下山。」

蚩尤微笑不語。

西陵珩緩緩走到他面前，仔細看著他，「昨夜你走後我才反應過來，縱然是神族高手，也沒有幾個能從玉山地宮盜寶後全身而退，博父山上也是你救了我，對嗎？你究竟是誰？」

「我就是我。」

西陵珩嗔怒，「不要再騙我，我是說你的真名！」

「九黎族的巫師們叫我獸王，神農山上的神有的叫我禽獸，有的叫我畜生，師傅和榆罔叫我蚩尤。」

蚩尤平平淡淡地道來，西陵珩卻覺得莫名的心酸，低聲道：「你靈力不弱，我還以為你是神族內哪個成名的英雄，沒想到竟然一點名氣都沒有。」

蚩尤對指間的駐顏花吹了口氣，駐顏花慢慢長大，足有一尺來高，枝椏上結滿了花骨朵，有紅有白，煞是美麗，他遞給西陵珩。

沒有哪個少女不愛美麗的花朵，西陵珩驚喜地接過：「送給我的？」

蚩尤點點頭。

「謝謝。」西陵珩剛道過謝後，卻又撇撇嘴，狠狠瞪了蚩尤一眼，轉身就走，「大騙子！你明明那麼厲害，卻在博父國欺負我！」

她攀到山頂，找了塊略微平整的石塊坐下，蚩尤坐到她身旁，輕聲叫：「阿珩。」

西陵珩頭扭到一邊，不理會他，只興致勃勃地把玩著駐顏花，看著雪越下越大。

蚩尤坐看了一會，雙手攏在嘴邊，發出了幾聲鳴叫，一會後，竟然有兩隻鳥合力銜著一枝桃枝過來，葉兒碧綠，猶帶著夜間的露水，間中長著一個粉嫩嫩、水靈靈的蟠桃，一看就知道十分好吃。

神族能憑藉神力驅策獸妖鳥妖，可想馭使靈智未開的普通飛禽走獸反倒不可能，西陵珩看得目瞪口呆。兩隻鳥兒在她面前振動著翅膀，嬌聲啼唱，似在邀請她吃桃子。

西陵珩不自禁地嚥了口口水，看了一眼蚩尤，拿過桃子，咬了一口，甘香清甜，直透心底，竟然比以前吃過的所有果子都好吃。

「真好吃！」

蚩尤凝視著阿珩，笑而不語，這是整座玉山上最好吃的一顆桃子，曾經他不明白為什麼那隻紅狐狸，會把最好吃的東西送出去，可現在看到阿珩笑咪咪的眼睛，他明白了。

阿珩心頭莫名一陣悸動，竟然不敢再看蚩尤，低下頭，只默默地玩著桃花，吃著桃子，覺得又是惶恐，又是害怕，還有一種說不清楚的甜蜜。

漫天花雪、紛紛揚揚，他們並肩坐在石崖上。蚩尤仰頭看著皎潔的月亮，只覺心裡寧靜喜樂，好似回到了莽莽深山中，自在隨意，卻不再有孤單。

第五章

箋短情長，寸心難寄

西陵珩在桃林瞇著眼睛看太陽時，青鳥帶來了蚩尤的信。信很長，平平淡淡地描述風土人情，溫溫和和地敘述著所作所為，裡面一句看似平常的話卻灼痛了她的眼。

蟠桃宴後，賓客全部離去，沒有了賓客自然也不用傀儡宮女，宮殿內真正的宮女並不多，來來去去，悄無聲息，常常一早上都聽不到一句說話聲。

沒有了虛假的喧鬧，連綿百里的亭臺樓閣，繁猗瑰麗中竟滿是荒涼肅殺，連那千里絢爛的桃花也遮蓋不住，也許，這才是玉山的真實面貌。

西陵珩忽然明白了為什麼王母每三十年要開一次蟠桃宴，太寂寞了！即使都是些不相干者，也可以用別人的熱鬧打發自己的寂寞。

想著在玉山還有一百二十年，幾萬個日日夜夜，向來樂天的她都開始犯愁。

蚩尤似乎猜到她會覺得孤單，派侍從送來一隻瘦弱的獙獙1，牠的母親在守衛地盤時戰死，臨死前還未生產，為了讓孩子活命，拚著最後一口氣，用利爪剖開自己的肚子，將未足月的孩子取出，恰好被蚩尤所救，可這樣的孩子又如何能活呢？

小獙獙奄奄一息，西陵珩抱去給王母看，王母冷冷地說：「狐族矜貴，十分難養，活不了。」

小小的獙獙眼睛都不大睜得開，可西陵珩用手指逗弄牠時，牠會含著西陵珩的手指，嗚嗚吮吸，好似表達著自己對生的渴望。

西陵珩拿天下人夢寐以求的蟠桃和玉髓餵獙獙，她不覺得是浪費，既然活不長，那就要吃喝盡興。王母倒不管她，只冷眼旁觀。

蟠桃和玉髓匯聚天地靈氣，可正因為靈氣過於充沛，若不能吸納，反而會置人於死。果然，沒多久，小獙獙的毛皮鼓脹起來，越來越大，變得像個皮球，像是馬上就要炸裂，因為痛苦，小獙獙雙眼通紅，暴躁不安。

西陵珩著急地安撫著牠，牠卻又抓又咬，西陵珩的手被抓得鮮血直流。小獙獙無意吮吸到她的鮮血，覺得減輕了痛苦，牠就緊緊咬著西陵珩的手，用力地吸著她的血。西陵珩倒是不在意，由著牠吸，也絲毫不束縛自己的靈力。慢慢地，獙獙的身體恢復了原樣，牠心滿意足地蹭著西陵珩，沉睡過去。

誤打誤撞，竟然尋得了一線生機，真是傻有傻福！王母搖搖頭，轉身離去。

西陵珩每天都拿蟠桃和玉髓餵獙獙，如果獙獙身體鼓脹，就再用自己的血餵牠。一日日過去，本來說是要死的獙獙竟然開始滿地跑，毛髮格外黑，肋上的雙翼也生得與眾不同，脈絡十分結實。

長到一歲多時，獙獙已經像貓一般大，西陵珩喚牠阿獙。

一日，西陵珩逗牠玩時，將牠放到桃樹上，自己偷偷跑開，阿獙哀哀叫了幾聲後，居然撲搧著翅膀，跌跌撞撞地來追西陵珩。

獙獙雖然生有雙翼，可翼上無力，並不能飛，但是，被蟠桃和玉髓餵養大的阿獙竟然能飛！

西陵珩驚得大笑，立即四處亂跑，引著阿獙練習飛翔，鬧得桃林遭了殃。

宮女們都來看能飛的阿獙，阿獙年紀雖小，可已有了狐族天生的美麗出眾，模樣十分討大家喜歡，宮女們驚訝歡喜地叫牠「飛天小狐狸」，王母偶然間也會駐足看一眼，眼中有意外。

西陵珩衝她做鬼臉，得意地笑，嘲笑她也會犯錯，小獙獙不僅活著，還活得十分健壯。

西陵珩被關在深山，只有阿獙相伴，每日就盼著能收到信。

大哥青陽公務繁忙，不要說寫信，連一點慰問的話都沒有。四哥昌意倒是很關心她，可主要是送些吃的玩的，並不怎麼寫信。唯獨蚩尤來信頻密，常常一月好幾封，大到各地風光，小到他聽的一個笑話、吃的一道菜，都會寫到信裡，也不拘長短，長時百字，短時就一句，「案頭的曇花開了，白色，很香。」

有時，還會給她驚喜。蚩尤告訴她，漢水出了吃人的大水怪，他主動請命去制伏水怪，受了點輕

1.《山海經・東山經》：「（姑逢之山）有獸焉，其狀如狐而有翼，其音如鴻雁，其名曰獙獙（讀音同「必」）。」獙獙屬於狐族，身上雖然生有肉翼，但非常輕薄，並不能飛翔。

傷，不過水怪死了，他把水怪的牙齒做成風鈴帶給她。

西陵珩將風鈴掛在屋簷下，每當風吹過，在悅耳的叮鐺聲中，她腦海中會栩栩如生地浮現出：巨浪滔天，蚩尤與水怪搏鬥，胳膊受傷，鮮血染紅了漢水，而他嘴角仍帶著滿不在乎的狂妄笑意。

西陵珩漸漸依賴上了蚩尤的信，即使只是寥寥一句，也帶著外面天地的生機和精彩。她的回信則千篇一律，她和阿獙做了什麼，她和阿獙又做了什麼。

西陵珩偶爾會想，如果把她的信放到一起看，肯定能把蚩尤悶死，不過她寫得很開心，蚩尤也一直沒有被她煩到不再給她回信。

大概他們來往信件太頻密，雖然王母不介意她的青鳥[2]每次上山時幫阿珩捎信，可蚩尤覺得不方便，告訴阿珩已經為她找了一隻很好的鳥做信使。

幾個月後，一隻五花大綁著的琅鳥[3]被送上玉山。

西陵珩站在鳥前看信，蚩尤說奉炎帝之命，要去西南方的茂密雨林，那裡還未有神族官員去過，不知道要去多久。原本打算把這隻鳥馴服後才送給她，可現在無法帶著鳥同行，只能先送來。

西陵珩看完信，歪著腦袋看鳥，想像不出來，以蚩尤之能，竟然馴服不了一隻鳥。

琅鳥通體白色，雙眼碧綠，因為體態美麗，性情溫順，所以神族少女常養在閨房，可這隻琅鳥十分倨傲，抬頭望天，看都不看西陵珩一眼。

西陵珩給琅鳥餵食，牠很溫馴，乖乖吃了兩條小五色魚，西陵珩心喜，也不難馴嘛！餵第三條時，琅鳥以迅雷不及掩耳之勢狠狠地啄在西陵珩手上，撕去一片肉。

西陵珩的手上鮮血直流，琅鳥得意地叫著，聲音怪異難聽，可周圍的鳥兒卻都聞音而來，畏懼地停在枝頭。

王母聽到琅鳥的叫聲，詫異地走出屋子，仔細看了一會後，說：「這隻琅鳥好似有些來歷。」

西陵珩忙虛心求教，王母說：「琅鳥本來的叫聲悅耳動聽，這隻琅鳥叫聲如此難聽是因為牠沒把自己當琅鳥，超出自己能力地想發出鳳凰鳴叫。鳳凰每五百年生一蛋，不知道為什麼一顆琅鳥蛋落在了鳳凰巢中，機緣湊巧，鳳凰的蛋不見了，鳳凰誤把琅鳥蛋當作自己的兒女孵化，又撫養牠長大，此鳥勉力學鳳凰鳴叫，所以就這樣了。」王母看看樹上想走又不敢走的鳥，笑著說：「如果是真正的鳳凰，應該叫聲如琴鳴，百鳥朝拜，心悅誠服，而不是這樣。」

宮女們都掩嘴輕笑，西陵珩卻有些傷感，心憐起琅鳥來。牠這個樣子，真正的琅鳥不敢接近牠，鳳凰又不屑與牠為伴，其實牠何曾想做鳳凰？

西陵珩對琅鳥說：「你能和蚩尤鬥，可見早已不是凡鳥，我沒那心力馴化你，但蚩尤費心捉你送給我，我不能拂逆他的心意，輕易將你放走。你先在玉山暫住，為我傳遞消息，等我下山之日，隨你選擇是走是留。你若答應，我現在就鬆開你，你若不答應，我就捆你一百年。」

琅鳥張開嘴，用一團火焰回答了西陵珩的提議。

王母搖頭感嘆，可憐天下父母心，估計那對鳳凰至死都不明白為什麼兒子不像牠們，可為了幫助兒子，牠們竟然不惜犧牲自己，把自己的百年內丹餵給了琅鳥。

---

2. 《山海經・海內北經》：「西王母梯幾而戴勝，其南有三青鳥，為西王母取食。」《山海經・大荒西經》：「三青鳥赤首黑目，一名曰大鵹，一名小鵹，一名曰青鳥。」

3. 《山海經》中的瑞鳥，通體白色。

西陵珩躲開火焰，也不生氣，只對阿獙說：「我們走。」

王母看看四周的侍女，侍女們立即低頭離開。

琅鳥自由慣了，即使被蚩尤捉住時，也因為日日抗爭，過得緊張刺激。現在卻被束縛於方寸之地，大家都不理牠，西陵珩每天只來一次，扔下食物就走，不管牠怎麼挑釁，她都面無表情。

琅鳥剛開始還有精力亂叫亂鳴，後來卻連鳴叫的興致都沒有，日日對著毫無變化的景物發呆。

朝雲升，晚霞落。

桃林深處常常傳來獙獙的歡鳴聲。

偶爾，獙獙會飛過琅鳥的頭頂，留下一道黑影，琅鳥對獙獙笨拙的飛翔不屑一顧，可當獙獙消失後，牠卻仰著頭，痴痴望著什麼都沒有的天空。

一百多天後，西陵珩放完食物要走時，牠用嘴叼住了西陵珩的衣服。

西陵珩回首看牠，「你答應了？」

牠把頭一昂，不吭聲。

西陵珩對牠的臭脾氣毫不介意，微笑著說：「你脾氣雖暴烈，性子卻高傲，自然不屑於有諾不踐。」她揮手解開牠身上的繩子，「我有事時會找你，平日裡你若不想見我，玉山之內，隨你翱翔。」

牠剛要飛走，西陵珩又說：「你不是琅鳥，也不是鳳凰，你就是你，天下間獨一無二，我就暫且叫你烈陽，你日後若有機緣修成人形，可以隨自己喜好換別的稱號。」

烈陽呆呆地站著，似在思索西陵珩的話，西陵珩手拿桃枝，在地上寫下「烈陽」兩字。

琅鳥盯著地上的「烈陽」看了半晌，展翅而去。

西陵珩輕吁口氣，對阿獙搖頭感嘆，「牠真是太倔強了，性愛自由的飛禽竟然能堅持一百多天！我差點就撐不下去，打算給蚩尤寫信，求他允許我放了牠。」

阿獙咧著嘴笑，眼中滿是笑意。

阿獙是狐族，本就是飛禽走獸中首屈一指的聰明者，又長於靈氣充盈的玉山，食蟠桃，飲玉髓，受西陵珩教化，雖然還不能口吐人言，其實與聰慧的人族孩童無異。

西陵珩開心地朝屋子裡跑去，「我去給蚩尤寫信，他若看到送信的是烈陽，肯定大吃一驚，好奇我怎麼能這麼快馴服了烈陽。你說我們要不要告訴他我和烈陽的約定？先不告訴他，讓他好奇去吧！」

烈陽果然守諾，聽到西陵珩的叫聲就飛來。

西陵珩託付牠後，又把準備好的一竹桶玉髓掛在牠脖子上，烈陽本以為是讓牠送的禮物，不想西陵珩說：「這是給你喝的，你速度快，一日就能到，收信的蚩尤自會替你打開，這樣你就不用吃那些對你無益的食物。」

烈陽展開雙翅，沉默地飛出窗外。牠的速度果然疾如電，一道風過，已經失去蹤影，屋簷下的風鈴猶在叮叮噹噹。

西陵珩坐於案前，單手托腮，凝視著風鈴，雙頰漸漸泛紅。

在玉山，年年歲歲花相似，歲歲年年神亦相同，可玉山下已經春去秋來，秋過春回，悠悠三十年，又到了蟠桃宴。

王母為了準備蟠桃宴，做了很多傀儡宮女幹活，宮殿裡突然熱鬧起來。

西陵珩覺得很有意思，也學著做傀儡，王母教她，先要點心頭精血，令傀儡得生氣，再用靈力操控它做事。傀儡並不難做，操控卻很難，先不說與自己命脈息息相關的心頭精血，只是所需的龐大靈力就不是一般的神所能承受。即使以王母之能，若非這是在靈氣充盈的玉山，若非這些傀儡都是貼身服侍，她也無法操縱這麼多傀儡。

王母取笑西陵珩，「馬上就不用寫信了，可以當面說話，是不是很高興？」

西陵珩愣了愣，似喜似愁，低下了頭。

王母搖頭而笑。

西陵珩突然抬頭問：「以前的王母並不舉行蟠桃宴，蟠桃宴是從妳開始的規矩，每三十年一次的蟠桃宴，勞心費力，妳真正想見的那個神或者妖可有來過？」

王母驀然色變，手中正在做的木頭傀儡掉在地上，廳內捧茶而來的宮女碎成了粉末。

「不要以為我對妳好言好語，妳就忘記了這是什麼地方，小心我再關妳一百二十年！」

王母怒氣沖沖，拂袖而去，宮女們噤若寒蟬，西陵珩卻朝阿獙偷笑，「我怎麼覺得好像有點喜歡這個老妖女了？」

蟠桃宴召開時，各路英雄如期而至。

西陵珩非常開心，因為軒轅族來的使者是四哥昌意，論理昌意上一次剛來過，這次不該他來，四哥肯定是為了她才特意向父王爭取來玉山。

可是，神農一族只有共工赴宴。

共工向王母賠罪，「二王姬病逝，炎帝非常傷痛，以致成疾，族內各官員各司其職，不敢輕離，所以只有晚輩來。」

王母將一籠蟠桃交給共工，讓他帶給炎帝，「替我向炎帝轉達哀思，勸他節哀順變。」

共工行禮後恭敬地告退，王母站在懸崖邊，眺望著雲海翻湧，身影透著難言的寂寞哀傷，一站就是一整天，沒有一個宮女敢去打擾。

西陵珩走過去，站在王母身後。

王母將一個木盒遞給她，「這是青鳥剛從山下拿上來的，看來蚩尤雖然未來，禮卻到了。」

西陵珩打開盒子，裡面放著兩個木頭雕刻的鳳凰。

西陵珩先是不解，後又突然明白，把它們放在地上。

兩隻鳳凰接觸到地氣，立即迎風而長，變成了兩隻和真鳳凰一模一樣的鳳凰，披著五彩霞衣，啾啾而鳴，上下飛舞，左右盤旋。

鳳凰貴為百鳥之王，性格高傲，可這兩隻鳳凰和西陵珩無限親昵，時而飛到遠處為她跳舞，時而飛到近處繞著她的身子盤旋。鳳凰的鳴聲如琴，愉悅動聽，它們邊鳴叫，邊飛舞，不要說西陵珩，就是王母都露了笑意。

半炷香後，鳳凰才因為附著在上面的靈力耗盡，結束歌舞，收起翅膀落下，變回了木雕。

王母看著木雕出神，西陵珩問：「怎麼了？」

王母冷冷說：「妳的朋友倒真不簡單，竟然能在千里之外操控傀儡，尤其難得的是還有聲音。」其實，令王母感嘆的不是這個，只要不惜代價，傀儡可以遠隔千里殺人取物，可那是為了權和利，而蚩尤不惜耗損心血，竟只為讓西陵珩一笑。

西陵珩笑著收起木雕，雖然它們已經沒有了用。

很快，三天的蟠桃宴就結束了。

對西陵珩而言，蟠桃吃了三十年早吃膩，蟠桃宴十分無趣，可當蟠桃宴結束時，她又覺得難受，說不清為什麼，也許只是因為昌意哥哥要離去。

西陵珩依依送別哥哥後，獨自躲到了桃林深處，連阿獙都沒帶。王母卻不知道怎麼就尋到了她，問道：「想家了嗎？」

西陵珩很早以前就在納悶王母說過的一句話。當日王母懲戒她時，說的是「看著妳母親的面上，我保全妳的名聲，不對外宣布偷盜罪名，只罰妳幫我看守桃林一百二十年」。西陵珩自小到大，只聽說過看在她那威名遠播四海的父王的面上，第一次聽說「看在妳母親的面上」，而且是從玉山王母口中所出，所以她一直很好奇。

她大著膽子問王母：「妳認識我母親嗎？」

「很多很多年前，我們曾是親密無間的好友。」

「真的？」西陵珩不是不信，而是意外。

「如今提起妳爹爹，天下無人不曉，可當時沒有幾個人聽過他的名字，而妳母親已經名動天下，人人皆知西陵有奇女，炎帝、俊帝都派使者去為兒子求過親，如果妳母親同意的話，如今妳也許就是神農、高辛的王姬了。」

西陵珩大吃一驚，簡直不能相信，「那當年，我娘親是什麼樣子？我爹爹又是什麼樣子？」

王母瞇著眼睛，似在回想，「妳母親是我見過的最聰慧勇敢的女子，妳父親是我見過的最英俊倜儻的少年，那時……」王母的話語斷了，半晌都不出聲。日光透過緋紅的桃花落下，碎金點點，疏落間離。風吹影動，王母的容顏上有悠悠韶華流轉，有著阿珩看不懂的哀傷。

「為什麼我母親從未提起過妳呢？」

王母的笑意從唇邊掠開，驚破了匆匆光陰，「因為我們已經不是好友了。」

「妳有多久沒見過他們了？」

「兩千多年了，自從我執掌玉山，我就再未下過山，他們也從未來過。」

西陵珩看了看四周，說不出話來，上千年，她就獨自一個守著這絢爛無比的桃花日日又年年？

王母沉吟了一瞬，問道：「妳母親可好？」

西陵珩側著頭想了想說：「挺好的，她喜靜，從不下山，也很少見客。」

王母的容顏仍如二八少女，縱使是神族，蟠桃也不能讓他們長生不死，不過常食卻能讓容顏永駐。西陵珩看著王母，突然冒出一句：「我母親的頭髮早已全白了。」

「妳爹爹、妳爹爹……」王母的話沒有成句，就不再說。

西陵珩卻已經明白她想問什麼，「母親喜靜，爹爹很少去打擾她。」

王母和西陵珩相對無言。王母是因為玉山戒規不能下山，母親呢？又是什麼讓她畫地為牢？

王母忽然想大醉一場，高呼侍女，命她們去取酒。

王母醉了，幾千年來的第一次醉。

西陵珩看著她在桃花林裡，長袖飛揚，翩翩起舞。

王母笑著一聲聲地喚她，「阿嫘，快來，阿嫘，快來……」

西陵珩第一次知道，原來自己的母親曾被女伴嬌俏地叫「阿嫘」。她站起來，陪著王母跳舞，卻無法回應王母的呼喚。很多很多年前，王母也應該有一個溫柔的名字，只是太久沒有人叫，所有人都不知道了。西陵珩不想叫她王母，至少現在不想，所以她不說話，只是陪著她跳舞。

蟠桃宴後，玉山恢復了原樣，冷清到肅殺，安靜到死寂。

每一天都和上一天一模一樣。一模一樣的食物，一模一樣的景色，因為四季如春，連冷熱都一模一樣，沒有一點變化。

前面的三十年，西陵珩因為年紀小，經歷的事情少，並不真正理解失去自由的痛苦，無所畏懼，痛苦自然也淡，可這三十年才剛開始，她想著還有三個三十年，就覺得前面的日子長得讓她畏懼，因為畏懼，她的痛苦變得沉重。

玉山隔絕了世界，也把西陵珩隔絕在世界之外。她常常想，也許等到她下山時，會發現她已經和所有朋友沒有話可說。他們知道的，她一點都不知道。

即使是神族，一生中又能有幾個正值韶華的一百二十年？

西陵珩給蚩尤的信越來越短、越來越少，到後來索性不寫了。

蚩尤卻仍堅持著不時捎來書信，他甚至都不問西陵珩為什麼不再回信，他只平靜地描述著自己的生活，偶爾送她一個小禮物。

西陵珩雖然不回信，可每次收到蚩尤的信時，心情都會變好一點。

三年多，一千多個日子，西陵珩沒有給蚩尤片言隻語，蚩尤卻照舊給她寫信。

四年後，玉山上依然是千年不變的景色，玉山下卻剛剛過完一個異樣寒冷的嚴冬，迎來了溫暖的春天。

西陵珩在桃林瞇著眼睛看太陽時，青鳥帶來了蚩尤的信。

信很長，平平淡淡地描述風土人情，溫溫和和地敘述著所作所為，裡面一句看似平常的話卻灼痛了她的眼。

「行經丘商，桃花灼灼，爛漫兩岸，有女漿衣溪邊，我又想起了妳。」

一個無意落下的「又」字讓西陵珩輾轉反側了一晚上。

第二日清晨，烈陽帶著她的信再次飛出玉山。

經過幾十年的相處，阿獙和烈陽已混熟，烈陽性子古怪，並不容易相處，可阿獙喜歡烈陽，不管烈陽怎麼對牠，牠總能黏住烈陽。烈陽被黏得沒了脾氣，慢慢接納了阿獙。

阿獙和烈陽戲耍時，西陵珩就一邊看守桃林，一邊養蠶。

幾十年來，她收了蚩尤很多禮物，卻沒有一件回贈。玉山之上有美玉、有異草、有奇珍，可那都屬於王母，不屬於她。

她的母親精通養蠶紡紗，在她還沒學會說話時就已經學會了辨別各種蠶種。她琢磨著也許可以藉助玉山的靈氣，養出一種天下絕無僅有的蠶，為蚩尤做一件天下絕無僅有的衣袍。

玉山上沒有日月流逝的感覺，桃花一開就千年，西陵珩計算時光的方式是用她和蚩尤的信件往來。他給我寫信了，我給他寫信了，他又給我寫信了，我又給他寫信了……漫長的時光就在信來信往中流過。

十六年養成桃花蠶，五年紡紗，三年織布，一年裁衣，西陵珩總共花費了二十五年為蚩尤準備好了衣袍。

衣袍製成時，滿屋紅光驚動了整個玉山。侍女們以為著火了，四處奔走呼叫，王母匆匆而來，看到一襲簡簡單單的紅色衣袍，可那紅色好似活的一般，在狂野得怒放，在呼嘯著奔騰，盯著看久了，覺得自己都要被紅色吞噬。

就連王母都是第一次看見這樣的紅色，愣愣看了好一會，對西陵珩說：「妳果然是阿嫘的女兒。」

西陵珩命烈陽把衣袍帶給了蚩尤，並沒有說衣袍何來，只說回贈給他的禮物，希望他喜歡。

第六章

辜負當年林下意

玄鳥展翅遠去，阿珩回頭望去，
桃花樹下，落英繽紛，蚩尤一動不動地站著，
鳥兒越去越遠，那襲紅衣卻依舊凝固在那裡，
鮮紅得灼痛了她的眼睛。

又是一年蟠桃宴。這一次蟠桃宴，軒轅族來的是王子蒼林，神農族來的是王姬雲桑，高辛族來的是王子宴龍。

雲桑到山上後，按照炎帝的吩咐，把來往政事全部交給蚩尤處理，自己十分清閒，她隨意漫步，卻不知不覺中就走到了凹凸館。看到軒轅妭坐在池邊，呆呆盯著天空。

雲桑十分意外，走近喚了一聲，嚇得軒轅妭差點跳起來。

「妳怎麼會在玉山上?沒聽說妳來啊!」

「說來話長，六十年前的蟠桃宴後，我壓根沒下山，一直被王母關在這裡。」

雲桑愣了一愣，反應過來，「妳、妳就是被王母幽禁的賊子？」

軒轅妭癟著嘴，點點頭。雲桑坐到軒轅妭身旁，「我可不相信妳會貪圖玉山的那些神兵利器，究竟怎麼回事？是不是中間有什麼誤會？」

軒轅妭聳聳肩，裝作無所謂地說：「反正玉山靈氣充盈，多少神族子弟夢寐以求能進入玉山，我卻平白撿了一百二十年，全當閉關修煉了。」

雲桑心思聰慧，自然知道別有隱情，不過如今她愁思滿腹，軒轅妭不說，她也沒心思追問。她望著眼前的水凹石凸，不禁長長嘆了口氣，「我正有些煩心事想找妳聊一聊。」說完，卻又一直沉默著。

軒轅妭知道她的性子要說自會說，否則問也問不出來，不吭聲，只默默相陪。

雲桑半晌後才說：「自從上次和諾奈在這裡相逢後，我們一直暗中有往來。」

軒轅妭含笑道：「我早料到了。」

「二妹瑤姬自出生就有病，她纏綿病榻這麼多年，父王的全部關愛都給了她，我只能很快地就長大，不僅要照顧剛出生就沒了母親的榆罔，還要寬慰父王。有時候看到瑤姬被病痛折磨得痛不欲生，父王跟著一起痛苦，我甚至心底深處偷偷地想，瑤姬不如……不如死了算了，對她、對我們都是解脫。」

軒轅妭默默握住了雲桑的手，母親十分憐惜雲桑，曾感嘆這丫頭從未撒嬌痴鬧過，似乎天生就是要照顧所有弟妹的長姐。

「三十年前，瑤姬真、真的……去了，父王大病，臥榻不起，幾乎要追隨瑤姬一起去找母親，我一滴眼淚沒掉，日夜服侍在父王身邊，父王的病一點點好轉，我卻漸漸發現自己承受不了失去瑤姬，她看似孱弱，但總在我最需要時陪伴著我。」雲桑看著軒轅妭，「妳也生在王族，自然知道王族中那些不見鮮血的刀光劍影，榆罔秉性柔弱，很多事情我必須強硬。有時候，累極了，連傾訴的朋友都沒有一個，只能呆呆地坐著，瑤姬會跪坐在我身後，打散我的頭髮，輕柔地為我梳理頭髮，藥香從她身上傳來，好似一種寬慰；夏日的夜晚，我查閱文書，她會坐在我身旁，裹著毯子，慢慢地繡香囊；冬天時，她禁不得冷，卻又渴望著雪，總是躲在屋中，把簾子掀開一條縫，看我和榆罔玩雪，我們拿個雪團給她，她就好像得了天下至寶，歡喜得不得了……」

雲桑的手冰冷，簌簌直顫，軒轅妭緊緊握著她的手，想給她一點溫暖和力量，「大殿內再聞不到瑤姬的藥香，我難受得像是整個心要被掏空，可我還不能流露出一絲悲傷，因為父王的病才剛有好轉，不敢刺激到他。一個雷雨交加的夜晚，我被驚雷炸醒，瑤姬再不會抱著枕頭，站在簾子外，小聲地問我『姐姐，我害怕，能和妳一起睡嗎？』我一直以為是我在陪伴、安慰她，可如今沒有了她身上的藥香，我突然覺得雷聲很恐怖，這才明白，那些可怕的夜晚，不僅僅是我在陪伴瑤姬，也是瑤姬在陪伴我。雷雨交加中，我衝下了神農山，找到駐守在高辛邊境的諾奈，當我闖進他的營帳時，他肯定被嚇壞了，那段日子，我瘦得皮包骨頭，臉色蠟黃，又匆匆下山，衣衫零亂，披頭散髮，渾身濕淋淋，連鞋子都未穿。」

雲桑看住軒轅妭，臉上一時紅、一時白，「我不知道我怎麼了，竟然一見他就抱住了他。那一刻，就好似終於找到了個依靠，把身上的負擔卸下來，我在他懷裡嚎啕痛哭，那是我從小到大第一次失態。後來，他一直摟著我，我一直哭，就好似要把母親去世後所有沒掉的眼淚都掉完，直到哭得失去了意識。」

雲桑臉頰緋紅，低聲說：「我醒來時，他不在營帳內。我也沒臉見他，立即溜回了神農山。很長時間，我們都沒有再聯繫，後來我們都絕口不提那日夜裡的事情，全當什麼都沒發生，他對我十分冷淡，但、但……」雲桑結結巴巴，終究是沒好意思把「但我們都知道發生了」說出口。

神農和高辛是上古神族，禮儀繁瑣，民風保守，軒轅卻民風豪放，對男女之事很寬容，所以軒轅妭和雲桑對此事的態度截然不同，軒轅妭覺得是情之所至，自然而然，雲桑卻覺得愧疚羞恥，難以心安。

軒轅妭含笑問：「姐姐，妳告訴諾奈妳的身分了嗎？」

雲桑愁容滿面，「還沒有。起初，我是一半將錯就錯，一半戒心太重，想先試探一下他的品行，後來卻不知道怎麼回事，越來越害怕告訴他真相，生怕他一怒之下再不理會我。我就想著等再熟悉一些時說，也許他能體諒我。可真等彼此熟悉了，我還是害怕，每次都想說，每次到了嘴邊就說不出口，後來發生了那件尷尬的事情，他對我很疏遠冷淡，我更不好說，於是一日日拖到了今日，妳可有什麼辦法？」

「不管妳叫什麼不都是妳嗎？說清楚不就行了。」

「信任的獲得很難，毀滅卻很簡單，重要的不是欺騙事情的大小，而是欺騙本身就說明了很多問題。將心比心，如果諾奈敢這樣欺騙我，我定會懷疑他說的每一句話是不是都是假的，諾奈看似謙遜溫和，可他年紀輕輕就手握兵權，居於高位，深得少昊讚賞，諾奈的城府肯定很深，獲取他的信任肯定很難，我卻、我卻……辜負了他。」雲桑滿臉沮喪自責。

軒轅妭愣住，真的有這麼複雜嗎？半晌後，重重地嘆了口氣，竟然也莫名地擔憂起來。

蟠桃盛宴依舊和往年一般熱鬧，所有賓客都聚集在瑤池畔，觥籌交錯，歡聲笑語。

蚩尤坐了一會，避席而出，去尋找西陵珩。他快步走過了千重長廊，百間樓臺，一重又一重，一台又一台，漸漸地，距離她越近，反倒慢了下來。

尋到她住的院子，庭院空寂，微風無聲，只屋簷下的獸牙風鈴叮叮噹噹地響著，宛如一首古老的歌謠。

蚩尤怔怔聆聽。當日他做好風鈴時，它的顏色白如玉，經過將近六十年的風吹日曬，它已經變得褐黃。

繞過屋舍，走入山後的桃林。

月夜下，芳草萋萋，千樹桃花，灼灼盛開，遠望霞光絢爛，近看落英繽紛。

一隻一尺來高的白色琅鳥停在樹梢頭，一頭黑色的大狐狸橫臥在草地上，一個青衫女子趴在牠身上，似在沉睡，背上已落了很多花瓣。

阿獙忽地抬頭，警覺地盯著前方，一個高大魁梧的紅衣男子出現在桃花林內。烈陽睜眼瞧了一下，又無聊地閉上。

阿獙和烈陽朝夕相處幾十年，有牠們獨特的交流方式，阿獙的警惕淡了，懶懶地把頭埋在草地上，雙爪蒙住眼睛，好似表明，你們可以當我不存在。

蚩尤輕手輕腳地坐在西陵珩身旁。

西陵珩其實一直都醒著，蚩尤剛來，她就察覺了，只是在故意裝睡，沒有想到往常看似沒什麼耐心的蚩尤竟然十分有耐心，一直默默地守候著。

西陵珩再裝不下去，半支起身子，問道：「為什麼不叫我？我要是在這裡睡一晚上，你就等一晚上嗎？」

蚩尤笑嘻嘻地說：「一生一世都可以，妳可是我認定的好媳婦。」

西陵珩舉拳打他，「警告你，我才不是你媳婦，不許再胡說八道。」

蚩尤握住了她的手，凝視著她，似笑非笑地說：「妳不想做我的好媳婦，那妳想做誰的呢？妳可是被我這隻百獸之王挑中的雌獸，如果真有哪個傢伙有這個膽子和我搶，那我們就公平決鬥。」

蚩尤並不是一個五官英俊出眾的男子，可他的眼睛卻如野獸般美麗狡黠，冷漠下洶湧著駭人的力量，令他的面容有一股奇異的魔力，使人一見難忘。

西陵珩不知道為何，再沒有以前和蚩尤嬉笑怒罵時的無所謂，竟然生出了幾分恐懼。她甩掉了蚩尤的手，「我們又不是野獸，決鬥什麼？」

蚩尤大笑起來，「只有健壯美麗的雌獸才會有公獸為了搶奪與她交配而決鬥，妳……」他盯著西陵珩嘖嘖兩聲，搖了搖頭，表示不會有公獸看上她，想和她交配。

西陵珩羞得滿面通紅，終於理解了叫他禽獸的人，蚩尤說話做事太過赤裸直接，她捂著耳朵嚷：「蚩尤，你再胡說八道，我以後就再不要聽你說話了。」

蚩尤凝視著嬌羞嗔怒的西陵珩，只覺心動神搖，雄性最原始的欲望在蠢蠢欲動，他忽而湊過身來，快速地親了西陵珩一下。

西陵珩驚得呆住，瞪著蚩尤。

蚩尤行事冷酷老練，卻是第一次親近女子，又是一個藏在心尖尖上的女子，心動則亂，生死關頭都平靜如水的心竟然咚咚亂跳，眼中柔情萬種。貪戀著剛才那一瞬的甜蜜，他忍不住又低頭吻住了西陵珩，笨拙地摸索試探著，想要索取更多。

西陵珩終於反應過來，重重咬下。蚩尤嗷得一聲後退，瞪著西陵珩，又是羞惱又是困惑，猶如一隻氣鼓鼓的小野獸。

西陵珩冷聲斥道：「滋味如何？下次你若再、再……這樣，我就……絕對不客氣了！」

蚩尤挑眉一笑，又變成了那隻狡詐冷酷的獸王，他手指抹抹唇上的血，伸出舌頭輕輕舔了一下，盯著西陵珩的嘴唇，回味悠長地說：「滋味很好！」故意曲解了她的話。

西陵珩氣得咬牙切齒，可罵又罵不過，打又打不過，起身向桃林外跑去，恨恨地說：「我不想再見你這個輕薄無恥之徒！你我之間的通信就此終止！」

「求之不得！我早就不耐煩給妳寫信了！」

西陵珩沒回頭，眼圈兒卻突地紅了起來，她都不知道自己難受什麼。

晚上，西陵珩翻來覆去睡不著，屋簷下的風鈴一直叮叮咚咚響個不停。她跳下榻，衝到窗戶邊，一把把風鈴扯下，用力扔出去。

整個世界安靜了，她反倒更心煩，只覺得世界安靜得讓她全身發冷，若沒有那風鈴陪伴幾十年，玉山的寧靜也許早讓她窒息而亡。

過了很久，她起身看一眼更漏，發現不過是二更，這夜顯得那麼長，可還有六十年，幾萬個長夜呢！

她懨懨地躺下，閉著眼睛強迫自己睡，翻了個身，忽覺不對，猛地睜開眼睛，看見蚩尤側身躺在榻邊，一手支著頭，一手提著被她扔掉的風鈴，笑咪咪地看著她。

西陵珩太過震驚，呆看著蚩尤，一瞬後才反應過來，立即運足十成十的靈力劈向蚩尤，只想劈死這個無法無天的混蛋！

蚩尤連手都沒動就輕鬆化解，笑著說：「妳這丫頭怎麼殺氣這麼重？」說話間，榻上長出幾根綠色的藤蔓，緊緊裹住了西陵珩的四肢。

西陵珩知道她和蚩尤的靈力差距太大，她鬥不過蚩尤，立即轉變策略，扯著嗓門大叫，「救命，救命……」

蚩尤支著頭，好整以暇地笑看著她，似乎等著看西陵珩究竟有多笨，要多晚才能反應過來他既然敢來，自然不怕。

西陵珩明白他下了禁制，聲音傳不出去，停止了喊叫，寒著臉，冷冷地問：「你想幹什麼？」

蚩尤笑嘻嘻地坐起來，開始脫衣服，西陵珩再裝不了鎮定，臉色大變，眼中露出驚恐，「你敢！」

「我不敢嗎？我不敢嗎？這天下只有我不願做的事情，沒有我不敢做的事情！」他立即伸手來解西陵珩的衣衫，臉上沒有一絲表情，眼神透著冷酷。

西陵珩眼中滿是失望痛苦，一字字說：「我現在的確沒有辦法反抗你，但你記住，除非你今日就殺了我，否則我一定會將你挫骨揚灰。」

蚩尤噗哧一聲笑出來，神色頓時柔和，他拍拍西陵珩的臉頰，「妳可真好玩，隨便一逗就動了氣，妳真相信我會這麼對妳嗎？」

西陵珩早被他一會一個臉色弄得暈頭轉向，呆呆地看著他，蚩尤替她把衣帶繫好，側躺到她身旁，笑咪咪地看著她，「你們總以為野獸凶蠻，可公獸向母獸求歡時，從不會強迫母獸交配，她們都是心甘情願。」

西陵珩瞪了他一眼，臉頰羞紅，「你既然、既然不是……幹嘛要深夜闖入我的房間？」

「我要帶妳走。」

西陵珩不解，蚩尤說：「我不是說了我已經不耐煩給妳寫信了嗎？既然不想給妳寫信，自然就要把妳帶下玉山。」

「可是我還有六十年的刑罰。」

「我以為妳早就無法忍受了，妳難道在玉山住上癮了？」

「當然不是，可是……」

「妳怎麼老有這麼多可是？即使你們神族命長，可也不是這麼浪費的，難道妳不懷念山下自由自在的日子嗎？」

西陵珩沉默了一會問道：「阿獙和烈陽怎麼辦？」

「我和牠們說好了，讓牠們先幫妳掩護，等我們下山了，烈陽會帶著阿獙來找我們。」蚩尤撫著阿珩的頭髮，「阿珩，不管妳答應不答應，我都已經決定了，我會敲暈妳，把妳藏到我的車隊裡，等和王母告辭後就帶妳下山。即使日後出了事，也是我蚩尤做的，和妳西陵珩沒有關係。」

西陵珩冷冷地說：「你既然如此有能耐，六十年前為什麼不如此做？」

蚩尤笑著沒回答，「謝謝妳送我的衣袍。」

「那是我拜託四哥買的，你要謝就謝我四哥去。」西陵珩瞪了他一眼，閉上了眼睛。

蚩尤說：「妳睡吧，待會我要敲暈妳時，就不叫妳了。」

這話真是怎麼聽怎麼彆扭，西陵珩實在不知道該回答他什麼才好。蚩尤輕彈了下手指，綁住西陵珩手腕的植物從翠綠的嫩葉中抽出一個個潔白的花苞，開出了一朵朵小小的白花，發出幽幽清香，催她入眠。

西陵珩在花香中沉睡了過去。

西陵珩醒來時，發現自己已經不在榻上，在一個白璧鎏金玉輦中。

她雖然知道蚩尤肯定下過禁制，還是收斂了氣息後，才悄悄掀開車簾，向外面看。

大部分的部族已經由宮女送著下山了，只有三大神族由王母親自相送，此時正站在大殿前話別。

王母和神農族、高辛族、軒轅族一一道別後，眾神正要起程，天空中忽然傳來幾聲清脆的鳥鳴，就好似有人敲門，驚破了玉山的平靜。

王母臉上的笑容斂去，已經幾千年，沒有神、更沒有妖敢未經邀請上門了，「是誰擅闖玉山禁地？」王母威嚴的聲音直入雲霄，在天空中如春雷般一波又一波的轟鳴出去，震得整個天地都好似在顫動。

各族的侍者們不堪忍受，捂著耳朵痛苦地倒在地上，大家這才真正理解了玉山的可怕。

「晚輩高辛少昊，冒昧求見玉山王母。」

鳳鳴一般清朗的聲音，若微風吹流雲，細雨打新荷，自然而然，無聲而來，看似平和得了無痕跡，卻讓所有滾在地上的侍者都覺得心頭一緩，痛苦盡去。

一千九百年前，少昊獨自一個逼退神農十萬大軍，功成後卻拂衣而去，不居功、不自傲，由於年代久遠，人族一知半解，神族卻仍一清二楚，沒有不知道少昊的。

「少昊」二字充滿了魔力，為了一睹他的風采，連已經在半山腰的車輿都停止了前進，整個玉山都為他而寧靜。

王母的聲音柔和了一點，「玉山不理紅塵紛擾，不知你有何事？」

「晚輩的未婚妻軒轅妭被幽禁在玉山，晚輩特為她而來。」

高辛和軒轅，兩大姓氏聯在一起的威力果然不同凡響，玉山上一陣哄然，所有神族都在竊竊私語。

王母皺了皺眉，說：「請進。」

「多謝。」

西陵珩緊緊地抓著窗子，指節都發白，整個身子趴在車窗前，目不轉睛地盯著空中。

恰是旭日初升，玉山四周雲蒸霞蔚，彩光瀲灩，一個白衣男子[1]腳踩黑色的玄鳥，從漫天璀璨的

1. 殷商自稱是帝俊、也就是少昊一支的後人。殷商以鳥為圖騰，崇拜玄鳥，同時，他們的衣著「尚白」。《淮南子》：「殷人之禮，其社用石，祀門，葬樹松，其樂大濩、晨露，其服尚白。」關於「尚」是尊崇，還是流行的意思，學術界目前未有定論。此文中理解為尊崇，所以少昊著白衣。

華光中穿雲破日而來，落在了大殿前的玉石臺階下。

白玉輦道兩側遍植桃樹，花開鮮豔，落英繽紛。玄鳥翅膀帶起的大風捲起了地上厚厚一層的桃花瓣，合著漫天的落英，在流金朝陽中，一天一地的緋紅，亂了人眼，而那襲頎長的白影踩著玉階，冉冉而上，宛然自若，風流天成。

他走上了臺階，輕輕站定，漫天芳菲在他身後緩緩落下，歸於寂靜。

天光隱約流離，襲人眼睛，他的面容難以看清，只一襲白衣隨風輕動。

他朝著王母徐徐而來，行走間衣袂風翻，儀態出塵，微笑的視線掃過了眾神，好似誰都沒有看，卻好似給誰都打了個招呼。

王母凝望著少昊，暗暗驚訝。世人常說看山要去北方，賞水要去南方，北山南水是截然不同的景致，可眼前的男子既像那風雪連天的北地山，鬱懷蒼冷，冷峻奇漠，又像那煙雨迷濛的江南水，溫潤細緻，儒雅風流，這世間竟有男子能並具山水豐神。

少昊停在王母面前，執晚輩禮節，「晚輩今日來，是想帶未婚妻軒轅妭下山。」

王母壓下心頭的震驚，冷笑起來，「你應該很清楚我為何幽禁她，你想帶她走，六十年後來。」

「軒轅妭的確有錯，不該冒犯玉山威嚴，可她也許只是一時貪玩，夜遊瑤池，不幸碰上此事。請問王母可曾搜到贓物，證明軒轅妭就是偷寶的賊子？如若不能，有朝一日，真相大白於天下時，玉山竟然幽禁無辜的軒轅妭一百二十年，玉山的威名難免因此而受損！」

少昊語氣緩和，卻詞鋒犀利，句句擊打到要害，王母一時語滯，少昊未等她發作，又是恭敬的一禮，「不管怎麼說，都是軒轅妭冒犯玉山在前，王母罰她有因。晚輩今日是來向王母請罪，我與軒轅妭雖未成婚，可夫妻同體，她的錯就是我的錯；我身為男兒，卻未盡照顧妻子之責，令她受苦，錯加一等。」

王母被他一番言辭說得暈頭轉向，氣極生笑，「哦？那你是要我懲罰你了？」

「晚輩有兩個提議。」

「講。」

「請囚禁晚輩，讓我為軒轅妭分擔三十年。」

「還有個提議呢？」

「請王母當即釋放軒轅妭，若將來證明寶物確是她所拿，我承諾歸還寶物，並且為玉山無條件做一件事情，作為補償。」

所有聽到這番話的神族都暗暗驚訝，不管王母丟失的寶物多麼珍貴，高辛少昊的這個承諾都足以補償，更何況證據不足，已經懲罰了六十年，少昊又如此懇切，如果王母還不肯放軒轅妭，的確有些不對了。

王母面上仍寒氣籠罩，「如果這兩個提議，我都不喜歡呢？」

少昊微微一笑，「那我只能留在玉山上一直陪著軒轅妭，直到她能下山。」

這個少昊句句滿是恭敬，卻逼得王母沒有選擇，如果她不配合，反倒顯得她不講情理。王母氣得袖中的手都在抖，世人皆知玉山之上無男子，若換成別的神族高手，她早把他打下山了，可眼前的男子是高辛少昊——驚鴻一現卻名震千年的高辛少昊，她根本沒有自信出手。

王母把目光投向了遠處，默默地思量著，少昊也不著急，靜靜等候。

幾瞬後，王母心中的計較才定，面上柔和了，笑著說：「你說的話的確有點道理，軒轅妭若只是無心冒犯，六十年的幽禁足以懲戒她了，如果她不是無心冒犯，那麼我以後來找你。」王母對身後的侍女吩咐，「去請軒轅妭，告訴她可以離開玉山了，讓她帶著行李一塊過來。」

少昊笑著行禮，「多謝王母。」

西陵珩呆在玉車內，天大的事情竟然被少昊三言兩語就解決了？她必須趕在王母發現她失蹤前主動出去。

她下意識地看向那襲紅衣，不想蚩尤正定定地盯著她，他的目光凶狠冰冷，眼中充滿了震驚、質疑、憤怒，甚至帶著一點點期盼，似乎在盼著她告訴他，她不是軒轅妭，她只是西陵珩。

西陵珩不知為何，居然心在隱隱地抽痛，她想解釋，可最終卻只是嘴唇無力地翕闢了幾下，抱歉地深深低下了頭。

她伸手去挑開簾子，啪嗒一下，簾子被一條綠色的藤蔓合上，藤條纏住了她的手，她想要推開它，它卻用力地握住她的手，不肯讓她出去。

可是她必須趕在侍女回來前出去，她一邊用力地想要抽手，一邊抬頭看向蚩尤。蚩尤臉色蒼白，身子僵硬，臉上沒有一絲表情，只是兩隻眼睛死死地盯著她。

西陵珩緊緊地咬著唇，用力地抽著手，藤蔓卻是越纏越緊，眼看著時間在一點點流逝，西陵珩一咬牙，揮掌為刀，砍斷了藤蔓，躍下玉璧車，走向少昊。

少昊看到她，微微而笑，一邊快步而來，一邊輕聲說：「阿珩，我是少昊。」

明明見到這般出眾的少昊很歡喜，可是那藤蔓卻似乎纏繞進了心裡，一呼一吸間，勒得心隱隱作痛。阿珩匆匆對少昊說：「我們下山吧！」

「好。」少昊很乾脆，向阿珩伸出手，她遲疑了一下，握住他的手。他拉著阿珩跳上玄鳥，玄鳥立即騰空而起，少昊站在半空，對王母行禮，「多謝王母成全，晚輩告辭。」

玄鳥展翅遠去，阿珩回頭望去，桃花樹下，落英繽紛，蚩尤一動不動地站著，仰頭盯著她，唇角緊抿，眼神冷厲。

鳥兒越去越遠，那襲紅衣卻依舊凝固在那裡，鮮紅得灼痛了她的眼睛。

希望蚩尤能明白她的苦心，不要怨恨她，可不明白又如何？也許他們本就不該再有牽連，畢竟她的真名叫軒轅妭。

不知道過了多久，阿珩才想起身旁站著她的未婚夫婿高辛少昊。

她不敢抬頭，只看到他的一角白袍隨風獵獵而動，動得她心慌意亂。

自從懂事，她就想過無數回那個少昊是什麼樣子，四哥總笑著寬慰她，天下的男兒都會在少昊面前自慚形穢。她總覺得是四哥誇大其辭，如今，她才真正明白，四哥一點都沒誇張。

阿珩不說話，少昊也不吭聲。

長久的沉默令她覺得尷尬，阿珩想是否應該對他說一聲「謝謝」，鼓起勇氣抬頭，入目是一張煞白的臉，未等她開口，少昊的身子直挺挺地向下栽去，玄鳥一聲尖銳的哀鳴，急速下降去救主人，阿珩立即運足靈力，無數蠶絲從她衣上飛出，在半空繫住了少昊。

玄鳥帶著他們停在一處不知名的山澗中，阿珩隨手一揮，將一塊大石削平整，權作床榻，把少昊放到上面。

少昊脈息紊亂，顯然剛受過傷，阿珩只能盡力將自己的靈力緩緩送入他體內，為他調理脈息。

傍晚時分，少昊的脈息才穩定下來。阿珩長吐了口氣，擦著額頭的汗珠。

難怪她剛才說走，少昊立即就走，原來他怕王母看出他身上有傷。可天下誰有這本事能傷到少昊？阿珩一邊納悶著，一邊雙手抱著腿，下巴擱在膝蓋上，細細打量著少昊。

少昊面容端雅，一對眉毛卻峻峭嶙峋，像北方的萬仞高山，孤冷佇立，寒肅蒼沉。

阿珩好奇，他的眼睛要是什麼樣，才能壓住這巍峨山勢？

正想著，少昊睜開了眼睛，兩泓明波靜川，深不見底，宛若南方的千里水波，有雲樹沙鷗的逍遙、煙霞簫鼓的散漫、翠羽紅袖的溫柔，萬仞的山勢都在千里的水波中淡淡化開了。

阿珩被少昊撞個正著，臉兒剎那就滾燙，急急轉過了頭。

少昊不提自己的傷勢，反倒問她：「嚇著妳了嗎？」

西陵珩低聲說：「沒有。」

「我隨妳哥哥們叫妳阿珩，可好？」

「嗯。」阿珩頓了一頓，問：「誰傷你的？」

少昊坐起來，「青陽。」

「什麼？我大哥？」阿珩驚訝地看少昊。

少昊苦笑，「妳大哥和我打賭，誰輸了就來把妳弄出玉山。」

阿珩心裡滋味古怪，原來英雄救美並非為紅顏。而他竟然連誤會的機會都不給她，就這麼急急地撇清了一切。

「妳被幽禁在玉山這麼多年，有沒有怨過妳大哥對妳不聞不問？」

阿珩不吭聲，她心裡的確腹誹過無數次大哥了。

「王母囚禁妳後，妳母后勃然大怒，寫信給妳父王，說如果他不派屬下去接回妳，她就親自上玉山要妳，後來青陽解釋清楚緣由，承諾六十年後一定讓妳出來，才平息了妳母后的怒火。」

阿珩眼眶有些發酸，她一直覺得母親古板嚴肅，不想竟然這樣縱容她。

少昊微笑著說：「青陽想把妳留在玉山六十年，倒不是怕王母，而是妳上次受的傷非常重，歸墟的水靈只保住了妳的命，卻沒有真正治好妳的傷，本來我和青陽還在四處搜尋靈丹妙藥，沒想到機緣湊巧，王母竟然要幽禁妳，青陽就決定順水推舟。玉山是上古聖地，靈氣尤其適合女子，山上又有千年蟠桃，萬年玉髓，正好把妳的身體調理好。」

原來如此！這大概也是蚩尤為什麼六十年後才來救她出玉山的原因，她心下滋味十分複雜，怔怔難言。

少昊笑道：「若不是這個原因，妳四哥早就不幹了。昌意性子雖然溫和，可最是護短，即使青陽不出手，他也會自行想辦法，還不知道要折騰出什麼來。」

阿珩忍不住嘴角透出甜甜的笑意，「四哥一向好脾氣，從不闖禍，他可鬧不出大事來。」

少昊笑著搖頭，「妳是沒見過昌意發脾氣。」

「你見過？為什麼發脾氣？」西陵珩十分詫異。

少昊輕描淡寫地說：「我也沒見過，只是聽說。」

阿珩問：「我大哥在哪裡？」

少昊笑得雲淡風輕，「他把我傷成這樣，我能讓他好過？他比我傷得更重，連駕馭坐騎都困難，又不敢讓妳父王察覺，藉著看妳母后的名義逃回軒轅山去養傷了。」

阿珩說：「你傷成這樣，白日還敢那樣對王母說話？」

少昊眼中有一絲狡黠，「兵不厭詐，這不是訛她嘛！她若真動手，我就立即跑，反正她不能下玉山，拿我沒轍！」

阿珩愣了一愣，大笑起來。鼎鼎大名的少昊竟是這個樣子！

笑聲中，一直縈繞在他們之間的尷尬消散了幾分。

正是人間六月的夜晚，黛黑的天空上繁星密布，一閃一滅間猶如頑童在捉迷藏，山谷中開著不知名的野花，黃黃藍藍，顏色錯雜，樹林間時不時傳來一兩聲夜梟的淒厲鳴叫，令夜色充滿了荒野的不安，晚風中有草木的清香，吹得人十分舒服。

少昊站了起來，剛想說應該離去了，阿珩仰頭看著他，輕聲請求：「我們坐一會再走，好嗎？我已經六十年沒看過這樣的景致了。」

少昊沒說話，卻坐了下來，拿出一葫蘆酒，一邊看著滿天星辰，一邊喝著酒。

阿珩鼻子輕輕抽了抽，閉著眼睛說：「這是滇邑的滇酒。」

少昊平生有三好——打鐵、釀酒和彈琴，看阿珩聞香識酒，知道是碰見了同道，「沒錯，兩百多年前我花了不少工夫才從滇邑人那裡學了這個方子。」

阿珩說：「九十年前，我去滇邑時貪戀上他們的美酒，住了一年仍沒喝夠，雄酒渾厚，雌酒清醇，分開喝好，一起喝更好。」

少昊一愣，驚訝地說：「雄酒？雌酒？我怎麼從沒聽說過酒分雌雄？」

阿珩笑起來，「我是到了滇邑才知道酒也會分雌雄。一個酒釀得很好的女子給我講述了一個故事，她說她的先祖原本只是山間的一個砍柴樵夫，喜歡喝酒，卻因家貧買不起，他就常常琢磨如何用山裡的野果藥草來釀酒，精誠所至，金石為開，有一日他在夢裡夢到了釀酒的方子，釀造出的美酒，不僅醇厚甘香，還有益身體。樵夫把美酒進獻給滇王，獲得了滇王的喜愛。過度的恩寵引起了外人的覬覦，他們用各種方法試圖獲得釀酒方子，可男子一直嚴守祕密。後來他遇到一個酒肆女，也善釀酒，兩人結為夫妻，恩愛歡好，幾年後生下一個男孩和一個女孩。男子把釀酒的方子告訴了妻子，妻子在他方子的基礎上，釀出了另一種酒，兩酒同出一源，卻一剛一柔，一厚重一清醇，兩夫妻因為酒相識，因為酒成婚，又因為酒恩愛異常，正當一家人最和美時，有人給大王進獻了和他們一模一樣的酒，他漸漸失去了大王的恩寵，又遭人陷害，整個家族都陷入危機中，他覺得是妻子背叛了他，妻子百口莫辯，只能以死明志，自刎在釀酒缸前，一腔碧血噴灑在酒缸上，將封缸的黃土全部染得赤紅。已經又到進貢酒的時候，男子匆忙間來不及再釀造新酒，只能把這缸酒進獻上去，沒想到大王喝過後，驚喜不已，家人的性命保住了，可還是沒有人知道究竟是不是男子的妻子把方子洩漏了出去，男子經過此事，心灰意冷，隱居荒野，終身再未娶妻，可也不允許女子的屍骸入家族的墳地。我碰到那個山野小店的釀酒女時，事情已經過去了上百年，她說奶奶臨死前，仍和她娘說『肯定不是娘做的。』這個女子因為自己的母親，在家族內蒙羞終身，被夫家遺棄，卻一直把母親的釀酒方子保存著，只因她知道對釀酒師而言，酒方就是一生精魂所化。」

少昊聽得專注，眼內有淡淡的悲憫，阿珩說：「我聽釀酒女講述了這段故事後，生了好奇，不惜動用靈力四處查探，後來終於找到另外一家擁有酒方的後人。」

「查出真相了嗎？」

「的確不是那個心靈手巧的女子洩漏的方子，而是他們早慧的兒子。他們夫婦釀酒時，以為小孩子還不懂事，並不刻意迴避，沒想到小孩子善於模仿，又繼承了父母的天賦，別的小孩玩泥土時，他卻用各種瓶瓶罐罐抓著藥草學著父母釀酒，他只是在玩，但在釀酒大師的眼裡別有意味，細心研習後就獲得了釀酒方子。女子自刎後，這位釀酒大師雖然一生享盡榮華富貴，卻總是心頭不安，臨死前將這段往事告訴了兒子。」

少昊輕嘆口氣，「後來呢？」

「因為我幫那個山野小店中的釀酒女查清了這樁冤案，她出於感激，就把密藏的雌酒方給了我，不過我只會喝酒，不會釀酒，拿著也沒用，我寫給你。」

「我不是問這個，我是說那個女子的屍骸呢？妳不是說她被棄置於荒野嗎？」

阿珩看了少昊一眼，心中有一絲暖意，他這麼愛酒，首要關心的卻不是酒方，她說：「他們在先祖的墳前祝禱，把事情的來龍去脈講清楚後，把女子的屍骨遷入了祖墳，沒有和男子合葬，但是葬在了她的兒子和女兒的旁邊。」

少昊點點頭，舉起酒壺喝了一大口，「這應該是雄酒吧？」

「嗯，他們家族的人一直以女子為恥，都不釀造雌酒，以至於世間無人知道曾有一個會釀造絕世佳釀的女子，幸虧女子的女兒偷偷保留了方子。不過現在你若去滇邑，只怕就可以喝到雌酒了。」

少昊把酒壺傾斜，將酒往地上倒去，對著空中說，「同為釀酒師，遙敬姑娘一杯，謝謝妳為我等酒客留下了雌滇酒。」他又把酒壺遞給阿珩，「也謝謝妳，讓我等酒客有機會喝到她的酒。」

阿珩也是不拘小節的性子，笑接過酒壺，豪爽地仰頭大飲了一口，又遞回給少昊，「好酒，就是太少了！」

少昊說：「酒壺看著小，裡面裝的酒可不少，保證能醉倒妳。」

阿珩立即把酒壺取回去，「那我不客氣了。」連喝了三口，瞇著眼睛，慢慢地呼出一口氣，滿臉都是陶醉。

少昊看著阿珩，臉上雖沒什麼表情，可眼裡全是笑意，「可惜出來時匆忙，忘記帶琴了。」

阿珩笑起來，「以樂伴酒固然滋味很好，不過我知道一樣比高士琴聲、美人歌舞更好的佐酒菜。」

「什麼？」

「故事。你嘗試過喝酒的時候聽故事嗎？經過一段疲憊的旅途後，拿一壺美酒，或坐在荒郊篝火旁，或宿在夜泊小舟上，一邊喝酒一邊聽那些偶遇旅人的故事，不管是神怪傳說，還是紅塵愛恨都會變得溫暖而有趣。」

少昊笑起來，被阿珩的話語觸動，眼中充滿了悠悠回憶，「兩千多年前，有一次我誤入極北之地，那個地方千里雪飄、萬里冰封、寒徹入骨，到了晚上，天上沒有一顆星星，地上也沒有一點燈光，四野一片漆黑，我獨自一個走著，心中突然湧起了很奇怪的感覺，不是畏懼，而是……似乎整個天地只剩下了我一個，好像風雪永遠不會停，這樣的路怎麼走都走不到盡頭。就在我踽踽獨行時，遠處有一點點光亮，我順著光亮過去，看見……」少昊看了眼阿珩，把已到嘴邊的名字吞了回去，「看見一個來獵冰狐的人躲在倉促搭建的冰屋子裡烤著火、喝著酒。獵人邀請我進去，我就坐在篝火旁，和他一起喝著最劣質的燒酒，聽他講述打獵的故事，後來每次別人問我『你喝過最好的酒是什麼酒』，不知道為什麼我總會想起那晚上的酒。」

阿珩笑說：「我喜歡你這個故事，值得我們大喝三杯。」她喝完三口酒後，把酒壺遞給少昊。

輪到阿珩開始講她的故事，「有一年，我去山下玩……」

漫天繁星下，少昊和阿珩並肩坐於大石上，你一口、我一口喝著美味的雄滇酒，講述著一個又一個大荒各處的故事，少昊閱歷豐富，阿珩慧心獨具，有時談笑，有時只是靜靜看著星星，一夜時間竟是眨眼而過。

當清晨的陽光照亮他們的眉眼時，阿珩對著薄如蟬翼的第一縷朝陽微笑，難以相信居然和少昊聊了一晚上，可是真暢快淋漓。這麼多年來，少昊這個名字承載了她太多的期盼和擔憂，還不能讓別人知道，每一次別人提起時，都要裝作完全不在乎，而這麼多年後，所有的期盼和擔憂都終於化作了心底深處隱祕的安心。

少昊卻在明亮的朝陽中眼神沉了一沉，好似從夢中驚醒，微笑從眼中褪去，卻從唇角浮出。

他微笑著站起，「我們上路吧。」

阿珩凝視著他，覺得他好似完全不是昨夜飲酒談笑的那個男子。昨夜的少昊就像那江湖岸畔綠柳蔭裡相逢的不羈俠客，可飲酒可談笑可生死相酬，而朝陽裡的他像金玉輦道宮殿前走過的孤獨王者，有隱忍有冷漠有喜怒不顯。

阿珩默默追上了他，正要踏上玄鳥，少昊仰頭看著山峰，朗聲說道：「閣下在此大半夜，一直徘徊不去，請問有什麼為難的事情嗎？」

是蚩尤？阿珩的心一下提到了嗓子眼，一個箭步就躥到了前面，不想從山林中走出的是雲桑。

阿珩失聲驚問：「妳怎麼在這裡？」

雲桑微微一笑，「我有幾句話問少昊殿下，聽你們的故事聽得入迷，就沒忍心打擾。」

少昊疑問地看著阿珩，阿珩忙說：「這位是神農國的大王姬雲桑。」

少昊笑著行禮，「請問王姬想要問什麼？」

雲桑回了一禮，卻遲遲沒有開口，十分為難的樣子。少昊說道：「王姬請放心，此事從妳口出，從我耳入，離開這裡，我就會全部忘記。」

雲桑說：「父王很少讚美誰，卻對你和青陽讚賞備至，我不是不相信你，只是所說的事情實在有些失禮。」

「王姬請講。」

「在玉山上時，聽說諾奈被你關了起來，不知是為什麼。如果牽涉高辛國事，就當我沒問，可如果是私事，還請殿下告訴我，這裡面也許有些誤會，我可以澄清。」

少昊說：「實不相瞞，的確是私事。」

「啊——」阿珩吃驚地掩著嘴，看看雲桑，看看少昊。難道少昊知道了「軒轅王姬」和諾奈……

少昊說：「諾奈與我自小相識，因為儀容俊美，即使高辛禮儀森嚴，也擋不住熱情爛漫的少女們，可諾奈一直謹守禮儀，從未越矩。這些年，不知為何，諾奈突然性子大變，風流多情，惹了不少非議。男女之情是私事，我本不該多管，但我們是好友，所以常旁敲側擊地提起，規勸他幾句，可不談還好，每次談過之後，他越發放縱。諾奈出身於高辛四部的羲和部，有很多貴族都想把女兒嫁給他，有一次他喝醉酒後竟然糊裡糊塗答應了一門親事。」

「什麼？他定親了？」雲桑臉色霎時變得慘白。

「不僅僅是定親，婚期就在近日。聽說王姬博聞多識，想來應該知道高辛的婚配規矩很嚴，諾奈雖然是酒醉後的承諾，但婚姻大事不是兒戲，諾奈根本不能反悔，他日日抱著個酒瓶，醉死酒鄉，任由他們安排，甚至醉笑著勸我也早點成親，好好照顧妻子，但我看出他心裡並不願意娶對方，所以尋了個罪名，把他打入天牢，也算是先把婚事拖延下來。」

雲桑眼神恍惚，聲音乾澀，「那個女子是誰？」

「因為事關女子的名譽，越少人知道越好，實在不方便告訴王姬，請王姬見諒。」

阿珩氣問：「怎麼可以這樣？諾奈糊塗，那家人更糊塗，怎麼能把諾奈的醉話當真？雲桑，我們現在就去高辛，和那家人把話說清楚！」

少昊看了阿珩一眼，沒有說話。雲桑對阿珩笑了笑，卻笑得比哭都難看，「那家人不是糊塗，而是太精明！諾奈是羲和部的將軍，他們都敢『逼婚』，只怕那女子來歷不凡，不是常曦部，就是白虎部。」她又看著少昊說：「殿下拖延婚事只怕也不僅僅是因為看出諾奈心裡不願意。」

少昊微微而笑，沒有否認，「早就聽聞神農的大王姬蕙質蘭心、冰雪聰明，果真名不虛傳。」

「那殿下有把握嗎？」

「高辛的禮儀規矩是上萬年積累下來的力量，我實沒有任何把握，也只能走一步是一步。」

「你們在說什麼?」阿珩明明聽到了他們倆的對話，卻一句沒聽懂。

雲桑對少昊辭別，召喚了坐騎白鵲2來，笑握住阿珩的手，對少昊說：「我有點閨房私話和王姬說。」

少昊展手做了個請便的姿勢，主動迴避到一旁。

雲桑對阿珩說：「不用擔心我的事，回朝雲峰後，代我向王后娘娘問安。」

「姐姐……」阿珩擔心地看著雲桑。

雲桑心中苦不堪言，可她自小就習慣於用平靜掩飾悲傷，淡淡笑道：「我真的沒事。」她看少昊站在遠處，低聲說：「我和諾奈的事不要告訴少昊。」

「為什麼?妳怕少昊……」

「不，少昊很好、非常好，可我就怕他對妳而言太好了!妳凡事多留心，有些話能不說就別說。要記住身在王族，很多事情想簡單也簡單不了。」

阿珩似懂非懂，愣了一瞬，小聲問：「姐姐，蚩尤回神農了嗎?」

「不知道。當時心裡有事，沒有留意，這會妳問，我倒是想起來了，蚩尤的性子說好聽點是淡然，說難聽了就是冷酷，萬事不關心，可昨天竟然反常地問了我好多關於妳和少昊的事，什麼時候定親，感情如何。」雲桑盯著阿珩，「現在妳又問蚩尤，妳和蚩尤……怎麼回事?我竟然連你們什麼時

---

2. 白鵲，古代又叫白羽鵲，祥瑞之鳥，姿容端美，性情高潔。「霜毛皎潔，玉羽鮮明，色實殊常，性惟馴狎。」

候認識的都不知道。」

阿珩嘆氣，「說來話長，先前沒告訴姐姐，是怕妳處罰他，以後我慢慢告訴妳。」

「我處罰他？」雲桑哼了一聲，苦笑著說：「他那天不能拘、地不能束的性子，誰敢招惹他？他別折磨我就好了。」雲桑上了白鵲鳥，「我走了，日後再拷問妳和那個魔頭的事情，我可告訴妳，蚩尤是個惹不起的魔頭，妳最好也離他遠點。」對阿珩笑笑，冉冉升空。

「阿珩，我們也出發。」少昊微笑著請她坐到玄鳥背上，可那溫存卻疏離的微笑令他顯得十分遙遠，就像是天上的皓月，不管再明亮，都沒有一絲熱度，阿珩覺得昨天晚上的一切都是一場錯覺，那個漫天繁星下，和她分享一壺酒，細語談笑一夜的少昊只是她的幻想。

阿珩和少昊一路沉默，凌晨時分，到了軒轅山下，少昊對阿珩說：「我沒有事先求見，不方便冒昧上山，就護送妳到此。」

阿珩低聲說：「謝謝。」

少昊微笑著說：「謝謝妳的酒方子，下次有機會，請妳喝我釀的雌滇酒。」他抬頭看了一眼山頂，「接妳的侍從來了，後會有期。」說著話，玄鳥已載著他離去。

雲輦停在阿珩身邊，侍女跪請王姬上車。

阿珩卻聽而不聞，一直仰頭望著天空，看見一襲白衣在火紅的朝霞中越去越遠，漸漸只剩下了一個白點，最後連那個白點也被漫天霞光淹沒，可他的山水風華依舊在眼前。

第七章
最是一生好景時

蚩尤凝視著她，「阿珩，我不會讓妳嫁給少昊！」
唇邊慢慢地露出一個心滿意足的笑，
就像小孩子終於吃到了自己想要的糖果。
笑容還在臉上，蚩尤就昏死在阿珩懷裡。

軒轅山1有東西南北四峰。黃帝的正妻嫘祖、次妃方雷氏、三妃彤魚氏、四妃嫫母各居一峰。最高峰是東峰朝雲峰，嫘祖所居，山高萬仞，直插雲霄，是軒轅國內第一個看見日出的地方。

阿珩還在雲輦上，就看到四哥昌意站在朝雲殿前，頻頻望向山下，初升的朝陽很溫暖，可昌意的等待和關切比朝陽更溫暖。

阿珩不等車停穩就跳下車，「四哥。」撲進了昌意懷裡。

昌意笑著拍拍她的背，「怎麼還這個性子？還以為王母把妳管教得穩重了。」

阿珩笑著問：「大哥呢？母親呢？」

「母親在殿內紡紗，大哥不知道怎麼了，前天一來就把自己封在山後的桑林內，不許打擾。」

阿珩竊笑，一邊和哥哥往殿內行去，一邊在他耳畔低聲說：「他受傷了。」

「什麼？」昌意大驚。

「他為了讓少昊出手去救我，和少昊不知道打了什麼賭，兩個都受傷了，大哥雖然贏了，可傷得更重。」

昌意這才神色緩和，搖頭而笑，「他們平時一個比一個穩重，一個比一個精明，卻和小孩子一樣，每次見面都要打架，打了幾千年還不肯罷手。」

寬敞明亮的正殿內鴉雀無聲，他們的足音異樣清晰，阿珩和昌意都不禁收斂了氣息。

經過正殿，到達偏殿，偏殿內光線不足，只窗前明亮，一個白髮老婦正坐於一方陽光中，搓動著紡輪紡紗，光線的明亮越發映照出她的蒼老。

阿珩想起在桃花林內翩翩起舞的王母，只覺心酸，她輕輕跪下，「母親，我回來了。」

嫘祖紡完一根紗後，擱下七彩紡輪，才抬頭看向女兒，阿珩也不知道為什麼，突然跪行了幾步，貼到母親身旁，輕輕叫了聲，「娘親。」

嫘祖淡淡說：「我給妳做了幾套衣服，放在妳屋子裡，過幾天妳下山時帶上。」

「謝謝母親。」阿珩低著頭想了一下又說：「這次我不想下山了，我想在山上住幾年。」

嫘祖問：「為什麼？」

「女兒就是有點累了，想在山上住幾年。」阿珩自小到大總是想盡辦法往山下溜，可玉山的六十年，讓她突然發現朝雲峰和玉山沒有任何區別，一樣的寂寞，一樣的冷清，她想陪陪母親。

嫘祖對昌意吩咐：「去幫我煮盅茶。」

昌意行禮後退下。

嫘祖站了起來，向殿外走去，阿珩默默跟隨著母親。

朝雲殿後遍植桑樹，枝繁葉茂，鬱鬱蔥蔥，燦爛的陽光灑在桑樹上，滿是勃勃生機，頓覺心神開闊。

嫘祖問阿珩：「我已有幾百年沒動過怒，卻在六十年前大怒，甚至要親上玉山向王母要妳，妳知道我為什麼會這麼生玉山王母的氣？」

阿珩說：「母親相信女兒沒有拿王母的神兵。」

嫘祖冷漠的臉上露了一絲笑，「真正的原因並不是這個，這是青陽以為的原因，青陽說妳哪裡有偷神兵的眼界，頂多就是去偷個桃子。」

阿珩心中腹誹著也許娘親和王母有怨，嘴裡卻恭敬地說：「女兒不知道。」

嫘祖停住了腳步，回頭看向朝雲殿，「妳是軒轅族的王姬，遲早一日要住進這樣的宮殿，可在這之前，我要妳擁有八荒六合的所有自由，王母卻生生地剝奪了妳最寶貴的一百二十年。她在玉山那鬼地方已經住了幾千年，比我更清楚這世上最寶貴的是什麼。一百二十年的自由和快樂！天下有什麼寶物能換？她比誰都清楚她的刑罰有多重，明明拿走了妳最寶貴的東西，卻在那裡假惺惺地說

1.《山海經・西山經》云：「又西四百八十里，曰軒轅之丘。」大荒的西部有一座叫軒轅的山。丘，就是山的意思。《史記・五帝本紀》：「黃帝居軒轅之丘。」

給我面子。」

煙霞繚繞中，雲閣章台、雕欄玉砌的朝雲殿美如工筆畫卷，阿珩看著看著卻覺得眼眶有些發酸。

嫘祖的目光落回了女兒的臉上，「阿珩，趁著還年輕，趕緊下山去，去大笑大哭、胡作非為、闖禍打架。住在宮殿裡的日子妳將來有的是，能在外面的日子卻非常有限，不要再在朝雲峰浪費。我不需要妳的陪伴，我只需要妳過得快活。妳現在不明白，等妳將來做了母親就會明白，只要你們過得好，我就很好。」

阿珩終於明白了為什麼她每次偷偷下山，母親都不知道，她還曾經得意於自己的聰明；明白了為什麼她可以順利地離家出走，父親和大哥都沒有派侍衛來追她；明白了為什麼她可以和別的王姬不一樣，自由自在地行走於大荒內。

「母親。」她語聲哽咽。

昌意捧著茶盤而來，把茶盅恭敬地奉給母親。

嫘祖慢慢飲盡茶，冷淡地下令：「阿珩，明天妳就下山，去哪裡都成，反正不要讓我看到妳就行。」說完，扔下茶盅離去。

阿珩眼眶紅紅的，昌意對著她笑，用力刮了下她的鼻頭，牽起她的手，「走，我們去找大哥。」就如同小時候一般。

昌意和阿珩躡手躡腳地往桑林深處潛行，走著走著就碰到了禁制，不過這禁制對昌意和阿珩都沒有用，他們輕鬆穿過，看到了一幕奇象。

這裡的桑樹只三尺來高，卻都是異種，樹幹連著葉子全是碧綠，如同用上好的碧玉雕成。此時，參差林立的碧玉桑上開著一朵又一朵碗口大的白牡丹花，實際是一朵朵冰雪凝聚而成的牡丹，卻比一般的白牡丹更皎潔。

碧玉桑顏色晶瑩，冰牡丹光澤剔透，整個世界清純乾淨得如琉璃寶界，不染一絲塵埃。在琉璃寶界的最中間，一朵又一朵白牡丹虛空而開，重重疊疊地堆造成一個七層牡丹塔，虛虛實實地掩映著一個男子，看不清面目，只看見一襲藍衣，藍色說淡不淡，說濃不濃，溫潤乾淨到極致，卻也冷清遙遠到極致，就像是萬古雪山頂上的那一抹淡藍的天，不管雪山多麼冷，它總是暖的，可你若想走近，它卻永遠遙不可及，比冰雪的距離更遙遠。

阿珩和昌意相視一眼，遠遠地站住，各自把手放在了一株碧玉桑上，都把命門大開，任由靈力源源不斷地流入桑樹，想幫助大哥療傷，一時間桑樹綠得好像要發出光來，而整個琉璃界內的白牡丹越開越多，寒氣也越來越重。

可他們的大哥青陽不但沒有接受他們的好意，反倒嫌他們多事，幾朵冰牡丹突然飛起，砸在阿珩和昌意臉上，他們根本連抵抗的時間都沒有，就被冰封住，變成了兩根冰柱。

所有的白牡丹都飄了起來，繞著那襲藍色飛舞，而桑林上空，千朵萬朵碗口大的冰牡丹正在絡繹不絕、繽紛搖曳地綻放，整個天地都好似化作了琉璃花界，美得眩目驚心。

半晌後，青陽緩緩睜開了眼睛，所有的白牡丹消失，化作了一天一地的鵝毛大雪，紛紛揚揚地下著。

青陽負手而立，仰頭欣賞著漫天大雪，他站了很久，身上未著一片雪，可昌意和阿珩連眉毛都開始變白。

青陽賞夠雪了，才踱步過來，昌意和阿珩身上的冰消失，昌意凍得膚色發青，阿珩上下牙齒打著冷戰，不停地用力跳，青陽冷冷地看著她，「妳在玉山六十年，竟然一點長進都沒有，就是頭豬放養到玉山上，也該修成內丹了。」

青陽罵完阿珩，視線掃向昌意，昌意立即低頭。

阿珩不敢頂嘴，卻跳到青陽背後，對著青陽的背影一頓拳打腳踢，邊打邊無聲地罵，青陽猛地回頭盯住她，阿珩立即裝作在活動手腳，揮揮手，展展腿，若無其事地說：「手腳都被凍僵了，得活動活動，省得落下殘疾。」

她跳到昌意身邊，「難得六月天飄雪，我們去獵隻鹿烤來吃，去去身上的寒意。」拽著昌意的手就要走。

昌意叫：「大哥，一起去！難得今天我們三個都在，明日一別，還不知道下次聚齊是什麼時候。」

青陽淡淡說：「我還有事要處理。」話音剛落，他的身影已經在三丈開外。

昌意默默看著大哥的背影，眼中有敬佩，還有深藏的哀傷。

阿珩拽拽四哥的袖子，「算了，他一直都這個樣子，我們自個去玩吧，他若真來了，肯定一會罵我不好好修行，一會訓斥你在封地的政績太差，最後搞得大家都不高興。」

昌意張了張嘴，好像要說什麼，卻又吞了回去。

阿珩和昌意取出他們小時候用過的弓箭，入山去獵鹿，彼此約定不許動用靈力搜尋，只能查行辨蹤。

阿珩和昌意找了好幾個時辰，連鹿影子都沒看到，他們倒不計較，仍舊一邊四處找，一邊聊天。

昌意試探地問：「妳覺得少昊如何？」

阿珩四處張望著，隨意說：「能如何？不就是一個鼻子兩個眼！不過我倒挺好奇，若天下英雄真有個排名榜，大哥到底排第幾？我在玉山上才聽說，大哥竟然參加過蟠桃宴，這可很不像大哥的性格。」

昌意笑著說：「這事別有內情，那時候高辛族的二王子宴龍掌握了音襲之術，能令千軍萬馬毀於一旦，不要說高辛，就是整個大荒都對宴龍推崇有加，可有一年大哥突然跑去參加蟠桃宴，在蟠桃宴上令宴龍慘敗，軒轅青陽的名字也就是那個時候真正開始令大荒敬畏害怕。」

「敗就敗了，為什麼要慘敗？宴龍得罪過大哥嗎？」

「不知道，大哥從不說自己的事。我自私下裡猜測也許和少昊有關。有一年我出使高辛，宴龍正聲名如日中天，又得俊帝寵愛，在高辛百官面前羞辱少昊，少昊卻不知道在想什麼，一言不發，只是默默忍受。我回來後，大哥查問我在高辛的所見所聞，我就把宴龍和少昊不合的事情告訴了大哥，大哥當時沒一點反應，結果第二年他就跑去參加蟠桃宴，在整個大荒面前羞辱了宴龍，那年的彩頭是一把鳳凰骨做的五弦琴，大哥得到寶琴之後，當著眾神族的面麻煩高辛使節把琴轉交給少昊，說是他比鬥輸給了少昊，承諾給少昊一把名琴。」

阿珩咂舌，「這不就是告訴全天下宴龍給少昊提鞋都不配嘛！」

昌意道：「是啊！」

阿珩很是納悶：「大哥和少昊怎麼會有那麼深的交情呢？」

「大哥認識少昊的時候，我們的父親不過是一個小神族的族長，大哥只是一個普通的神族少年，少昊也只是一個很會打鐵的打鐵匠。」昌意嘆了口氣，「大概那個時候，朋友就是最純粹的朋友，像傳說中的那種朋友，一諾出，托生死。」

阿珩說：「聽起來很有意思，四哥，再講點。」

「我只知道這些，他們認識好幾百年後我才出生，也許將來妳可以問問少昊，希望他比大哥的話多一點。」

阿珩想起雲桑說的話，問道：「四哥，你和諾奈熟悉嗎？」

「說起來，我在高辛國內最熟的朋友就是諾奈，他在設置機關、鍛造兵器上都別有一套，善於畫山水園林，常與我交流繪圖心得。大哥說他要成親了，我本來還準備了厚禮，可大哥又讓我先別著急。」

「為什麼？」

「高辛的軍隊分為五支，一支是王族精銳，叫五神軍，只有俊帝能調動，其餘四支是青龍部、羲和部、白虎部、常曦部。少昊的母親出自青龍部，青龍部算是少昊的嫡系，現在的俊后出自常曦部，宴龍和中容幾個同母兄弟掌握了常曦和白虎兩部，羲和部一直中立，所以不管是少昊還是宴龍都在爭取羲和部，諾奈是羲和部的大將軍，大哥說諾奈要娶的女子來自常曦部，似乎還和宴龍是表親，對少昊很不利，這樁婚事能不能成還很難說……」昌意突然驚覺說得太多，笑拍拍阿珩的頭，「是不是很複雜？不說這些無趣的事了。」

原來是這樣，難怪雲桑說王族的事情都不可能簡單，阿珩只覺心裡沉甸甸的，蟠桃宴上大哥出手打敗了宴龍，看似朋友情深，為少昊打抱不平，可有沒有可能是因為軒轅與少昊聯姻，一榮俱榮，一損俱損，青陽捍衛的不過是自己的利益？

昌意看阿珩一直沉默著，笑道：「這些無聊的事情妳聽聽就算了，不用多想。」

阿珩笑了笑，問道：「四哥，你可有喜歡的女子？」

昌意沒有說話，臉上卻有一抹可疑的飛紅。

阿珩看著哥哥，撫掌而笑，驚得山林裡的鳥撲落落飛起一大群。

「她是什麼樣的？你可告訴她了你喜歡她？她可喜歡你？」

昌意板著臉說：「女孩兒家別整天把喜歡不喜歡掛在嘴上。」

阿珩笑得前仰後合，跳開幾步，雙手圈在嘴邊，對著山林放聲大喊：「我哥哥有喜歡的姑娘了！」喊完，她就跑。

山谷發出一遍又一遍的回音——有喜歡的姑娘了，有喜歡的姑娘了，有喜歡的姑娘了……

阿珩一邊得意地笑，一邊對昌意做鬼臉，你不讓我說，我偏要說，你奈我何？

昌意捨不得罵、更捨不得打，只能板著臉快步走。

阿珩背著雙手，歪著腦袋，笑嘻嘻地跟在昌意身後，看昌意的怒氣平息了，才又湊上去，拽哥哥的袖子，「那個姑娘是什麼樣子？她會不會喜歡我？」

昌意唇角有溫柔的笑意，「她肯定會喜歡妳。她倒是經常打聽妳和大哥的喜好，擔心你們會不喜歡她。」

阿珩笑抱住昌意的胳膊，「只要哥哥喜歡她，我就會喜歡她，我會當她是姐姐一樣敬愛她。」

昌意笑著不說話，只是突然伸出手，揉了幾下阿珩的頭，把她的頭髮揉得亂七八糟，未等阿珩反應過來，他就笑著跑了。

阿珩氣得又叫又嚷地去追打他。

阿珩和昌意在山裡跑了一天，也沒打到一頭鹿，不過他們回來時，卻興致很高，又說又笑，你推我一下，我搡你一下，嘰嘰咕咕個不停。

嫘祖和青陽正坐在殿內用茶，本來一室寧靜，可阿珩和昌意還沒到，已經笑聲叫聲全傳了進來。

青陽抬頭看向他們，阿珩衝青陽做了個鬼臉，挨坐到嫘祖身邊，甜甜叫了聲「娘」，好似表明我有母親撐腰，才不怕你！

阿珩一邊咯咯笑著，一邊說，「娘，我告訴妳一個祕密。」

昌意立即漲紅了臉，「阿珩，不許說！」

阿珩不理會他，「娘，四哥他有……」

昌意情急下去拽妹妹，想要捂住阿珩的嘴，阿珩一邊繞著嫘祖和青陽跑圈子，一邊笑，幾次張口，都被昌意給打了回去，她的靈力鬥不過昌意，鬧得身子發軟，索性耍賴地鑽到了母親懷裡，「娘，妳快幫幫我，哥哥他以大欺小。」

嫘祖終年嚴肅冷漠的臉上，綻開了笑顏，一邊摟著阿珩，一邊說：「你們兩個可真鬧，一回來就吵得整個朝雲殿不得安靜。」

阿珩在母親懷裡一邊扭，一邊笑，雙手攬著母親的脖子，嘴附在母親的耳畔，說著悄悄話，一邊說，一邊瞟昌意，嫘祖側低著頭，邊聽邊笑。

昌意看到母親的笑容，突然忘記了自己要幹什麼，此時的母親，眼裡沒有一絲陰翳，只有滿溢的喜悅。他下意識地去看大哥，大哥正凝視著母親和妹妹，唇角有隱約的笑意。

昌意惡狠狠地敲了下阿珩的頭，「妳個小告密者，以後再不告訴妳任何事情。」

阿珩衝他吐吐舌頭，壓根不怕他，嫘祖笑看著昌意，「你選個合適的時間，帶她來見見我。」想了下又說：「這樣不好，我們是男方，為了表示對女方的尊重，還是應該我們先登門，你覺得什麼時候合適了，我就去一趟若水，親自拜訪她的父母，你回頭留意下她的父母都喜歡什麼，寫信告訴我，我好準備。」

若水是昌意的封地，山水秀麗，民風淳樸，昌意中意的姑娘就是若水族的姑娘。

昌意已經連耳朵都紅了，低著頭，小聲說：「我和她現在只是普通朋友。」

嫘祖笑著搖頭，「你是男子，難道要等著姑娘和你表白？如果心裡喜歡她，就要事事多為她考慮，不要委屈了女兒家的一番情思。」

「嗯，我知道了。」

阿珩在母親懷裡笑得合不攏嘴，「幸虧娘開口了，要不然四哥這個溫軟的性子非活活把姑娘給著急死，說不準我那個未來的嫂嫂天天深夜都睡不好，數著花瓣卜算四哥究竟對她有意思還是沒意思呢！」阿珩隨手一招，一朵花從花瓶中飛到她手裡，她裝模作樣地數著花瓣，「有意思，沒意思，有意思，沒意思……」

昌意氣得又要打阿珩，「娘，妳也要管管阿珩，讓她尊敬一下兄長。」

嫘祖摟著女兒，看看昌意，再看看青陽，心裡說不出的滿足，對侍女笑著吩咐：「去拿些酒來，再把白日採摘的冰椹子拿來。多拿一些，昌意和阿珩都愛吃這個，還有罈子裡存的冰茶酥，別一次拿，吃完一點取一點，青陽喜歡吃剛拿出來的。」

侍女們輕快地應了一聲，碎步跑著離去，很快就端了來。

阿珩靠在母親的懷中，笑看著哥哥，抓了把冰椹子丟進嘴裡，一股冰涼的甘甜直透心底，她微笑著想，我錯了，朝雲殿和玉山截然不同！

母子四個一邊聊著家常瑣事，一邊喝酒，直到子時方散。

青陽吩咐昌意送母親回房，他送阿珩回屋，到了門口，阿珩笑著說：「我休息了，大哥，你也好好休息一下。」

不想青陽跟著她進了屋，反手把門關好，一副有事要談的樣子。

阿珩心內長長地嘆了口氣，面上卻不敢流露，打起精神準備聽訓。

青陽淡淡問：「從玉山回來，按理說昨日就該到了，為什麼是今日清晨？」

「少昊身上有傷，耽擱了一些時辰。」

阿珩在哥哥冰冷銳利的目光下，知道不能蒙混過關，只能繼續說：「後來，我們沒有立即上路，聊了一會。」

「一會？」

「一晚上。」

青陽走到窗前，看著外面的桑林，「妳覺得少昊如何？」

早上四哥已經問過這個問題，可阿珩沒有辦法用同樣的答案去敷衍大哥，只能認真思索著，卻越思索越心亂。

青陽等了很久都沒有等到阿珩的答案，不過，這也是答案的一種。他輕聲笑起來，「少昊他非常好，只要他願意，世間沒有女子捨得拒絕他。」阿珩的臉慢慢紅了，青陽轉身看著妹妹，「可是，妳就要是世間那唯一的一個必須拒絕他、不能喜歡他的女子。」

阿珩太過震驚，脫口而出，「為什麼？你們不是好友嗎？」

「青陽和少昊是好友，軒轅青陽和高辛少昊卻不見得。妳應該知道父王渴望一統中原、甚至天下的雄心，說不定有一天我和少昊要在戰場上相見，殫精竭慮置對方於死地。」青陽唇邊有淡淡的微笑，好似說著「唉，明天天氣恐怕不好」這樣無奈的小事。

阿珩臉上的緋紅一點點褪去，換成了蒼白，「可我還是要嫁給他，因為我是軒轅妭，他是高辛少昊。」

「是，妳還是要嫁給他，妳唯一能做的就是不要對他動心。」青陽輕哼一聲，眼神驀然變冷，「我以為少昊會看在我的面子上，手下稍稍留情，沒想到他竟然花費了一整個晚上的心思在妳身上。」

阿珩低下了頭，低聲說：「和他無關，是我想多了解一點他，主動和他親近，我知道他喜歡酒，刻意用酒挑起了他談話的興趣。」

青陽走到阿珩面前，抬起了阿珩的頭，盯著她的眼睛，神色凝重，「小妹，千萬不要再做這樣危險的事情！他是高辛少昊，是我都害怕的高辛少昊！他永遠不會看在我和他的交情上，仁慈地提醒自己不要把妳做了他手中的棋子……」

阿珩眼中有了濕漉漉的霧氣，卻倔強地咬著唇。

青陽說：「對我和少昊來說，心裡有太多東西，家國、天下、責任、權力……女人都不知道排在第幾位。為了自己，妳還是視他為陌路最好。」

阿珩冷冷譏嘲，「真該謝謝大哥為我考慮如此周詳。不知道你究竟是擔心少昊拿我做了棋子，還是擔心我不能做你和父親的棋子。」

青陽默不作聲，好一會後才說：「不管妳接受不接受，這就是事實，誰叫妳的姓氏是軒轅呢？」他拉門而去。

阿珩疲憊地靠著榻上，心頭瀰漫起悲涼。母親和四哥總是盡量隔絕著一切陰暗的鬥爭，希望她永遠是自由自在的西陵珩，大哥卻時時刻刻提醒著她是姓軒轅、名妭，是軒轅族的王姬。

因為太累，阿珩靠著榻，衣衫都沒脫就迷迷糊糊地睡著了，半夜時分，被外面的聲音吵醒。她匆匆拉開門問侍女，「怎麼這麼吵？」

「有賊子深夜潛入朝雲殿。」侍女似乎仍然不敢相信，說話的表情和做夢一樣。

阿珩也吃了一驚，「這賊子也算倒楣，什麼日子不好來？偏偏往大哥的劍口上撞，這不是找死嘛！」

侍女點頭，一臉不可思議，「是啊，做賊都做得不敬業，怎麼撿這麼個日子？真是膽大包天！」

膽大包天？阿珩心頭跳了一跳，「賊子長什麼樣子？」

「他臉上戴著個木面具，看不清楚長相。」

「賊子在哪裡？」

「在四殿下和大殿下所住的左廂殿。」

阿珩撒腿就跑，侍女忙喊，「王姬，您慢點，殿下吩咐我們保護您。」

阿珩一口氣跑到左廂殿，抓住個侍衛問：「賊子在哪裡？」

侍衛回道：「賊子闖入了四殿下的屋子，抓住了四殿下。」

阿珩氣得咒罵，「真是個混蛋！」

侍衛立即跪下，惶恐地說：「屬下知錯。」

阿珩無力地揮揮手，「我不是在罵你。」

阿珩硬著頭皮走了進去，整個左廂殿只青陽一個，負手而立，神態十分平和，聽到阿珩的腳步聲，他說：「誰讓妳來了?出去!」

阿珩看了一眼四哥的屋子，房門緊閉，她嘗試著用靈識去探，可自己的靈力太低微，越不過禁制。

青陽站在門前，緩緩抽出了長劍，「我數三聲，如果你自己出來，我給你個全屍。」

屋裡傳來懶洋洋的笑聲，「我數三聲，如果你敢進來，你就是個大王八，如果你不敢進來，你就是個大烏龜。」

天下間還有誰敢這麼對軒轅青陽說話?雖然蚩尤變化了聲音，可這口氣真是除了他再不可能有第二個。阿珩咬著唇，看著青陽，青陽絲毫沒有動怒，面色平靜無波，輕輕舉起了劍，沒有任何聲音，可面前的屋子一片一片地破裂，就像是朽木一樣開始分崩離析，一瞬後，青陽的面前已經沒有屋子，只是一片空地。

地上長滿了粗壯的綠色植物，一直蔓延到桑林內。昌意被藤條吊在半空，歪垂著腦袋，全身都是鮮血，四周瀰漫著死氣，沒有一絲生機。

「四哥——」阿珩心神俱裂，慘叫著飛撲上前。

青陽的劍也抖了一抖，只是抖了一下，可隱匿在植物中的蚩尤已經抓住了這個千載難逢的契機，他全力躍起，手中握著一把鮮血淋漓的刀，嬉皮笑臉地叫，「這就是殺死你弟弟的刀！」

青陽盛怒下揮劍，霎時，整個天地都是霍霍劍光。十幾招後，青陽的劍刺入了蚩尤的胸口，殺氣直奔心臟而去，就在蚩尤要斃命的一刻，青陽把劍停住，幾絲靈力遊走他的心臟尖上，疼得蚩尤整個身子都在輕顫。

蚩尤臉色煞白，卻不見畏懼，反而笑著點頭，「不愧是軒轅青陽！我布置了一個又一個謎障，只想激怒你，讓你怒中犯錯，卻壓根沒有用，反中了你的計，你剛才的那一下手抖壓根就是抖給我看，讓我以為自己有機可乘，主動送上門。」

青陽微笑著，淡淡說：「怎麼沒有用呢？我不會殺你，我會讓你後悔活著。」

蚩尤咧著嘴笑，他臉上的木質面具只遮著上半邊臉，一笑就一口雪白的牙，滿是不在乎，好似那個身體內插著把劍、心臟被劍氣擠壓的不是他，「那你可犯了個大錯誤。」

他猛地舉起刀，用力向下劈去，刀鋒攜雷霆之力，流星般落下，所指卻是自己，而不是青陽。

青陽愣了一愣，待反應過來，已經晚了，刀刃貼著蚩尤的胸膛飛過，青陽的劍被劈斷，而蚩尤付出的代價是傷口從胸口的一個點延伸到了腹部，變成一條長長的月牙，鮮血如泉水一般噴湧出來。

蚩尤在大笑聲中，身子一翻，就退入了桑林，迅速被桑林的綠色吞沒。

青陽提著斷劍追趕，可桑林內到處都是飄舞的桑葉，鋪天蓋地，什麼都看不清楚。青陽停住了步子，朗聲說：「看在你這份孤勇上，我會安葬你。」

沒有任何聲音，只有漫天的桑葉徘徊飛舞著。

月色十分明亮，青陽舉起斷劍細看，這把劍在他手中千年，居然斷在了今夜。青陽將劍收起，回身看到阿珩軟坐在地上，懷中抱著渾身是血、無聲無息的昌意。

阿珩眼睛驚恐地瞪著前方，瞳孔卻沒有任何反應。

青陽走過去，蹲到阿珩身邊，「沒事了，別害怕，昌意沒有真受傷，這是那個賊子為了激怒我設置的謎障。」他的手從昌意身上撫過，昌意身上的血全沒了。

阿珩的血液這才好像又開始流動，她張著嘴，「啊、啊……」了幾聲，全身都在發抖，一句話都說不出來，只是眼淚滾了下來，她揮著拳頭，猛地打了青陽一拳。

青陽沒有避讓，剛才他明知道昌意沒死，卻任由阿珩悲痛欲絕，等於間接利用了阿珩去誘導敵人。

昌意迷迷糊糊地睜開眼睛，「怎麼了？」

青陽向桑林內走去，「昌意，你帶阿珩回右廂殿休息。賊子傷得很重，應該沒命衝破朝雲峰的禁制逃走，不過我還是去查看一圈。」說著話，青陽已經消失不見。

阿珩不停地哭，昌意完全不知道發生了什麼，只能抱著妹妹，不停地說：「沒事，別哭，別哭，沒事，乖，乖……」

阿珩哭著哭著，忽然抬頭問：「大哥剛才說什麼？」

昌意說：「他說要去查看一圈。」

阿珩立即跳起來，提著裙子就跑，昌意在她身後追，「妳要幹什麼？」

阿珩停住了步子，低著頭想了想說：「我們回去休息吧。」昌意喃喃說：「這個闖進朝雲殿的賊子能在大哥手下成功逃走，應該不是無名之輩，可誰會做這樣的事情呢？朝雲峰上又沒有什麼寶物。」

回到自己的屋子後，阿珩拿下駐顏花，將它變成一枝桃花，插入瓶中。

她合衣躺到榻上，接著睡覺。

一會後，窗戶喀噠一聲輕響，一個人影摸到了榻邊，阿珩翻身而起，手中的匕首放在了來者的脖子上。

蚩尤摘掉面具，面具下的臉慘白，卻依舊笑得滿不在乎。

阿珩十分恨他的這種滿不在乎，匕首逼近了幾分，刀刃已經入肉，隱隱有血絲滲出，「你究竟想幹什麼？」

「我來見妳啊！」

阿珩的匕首又刺入了一分，幾顆血珠滾出，「為什麼要夜闖朝雲殿？不會正大光明求見嗎？」

「如果我直接求見軒轅妭，軒轅妭會見我嗎？軒轅妭的母親會允許我上山嗎？再說了，我想見的女子是西陵珩，不是軒轅妭。」蚩尤的手握住了阿珩握著匕首的手，「妳更願意做西陵珩，對不對？」

阿珩不吭聲，手卻慢慢鬆了勁，匕首掉落在蚩尤腳下。蚩尤笑睨著她，「這樣多好，我不但進入了朝雲殿，還能進入妳的閨房。好媳婦，如果妳肯讓我摟著在榻上躺一會，那我就不虛此行了。」

阿珩氣得直想劈死他，咬牙切齒地說：「也得要你有命來躺！」

屋子外面突然響起了說話聲，是昌意的聲音，「大哥，找到了嗎？」

阿珩嚇得立即把蚩尤往榻上拽，迅速放下簾帳，用被子蓋住蚩尤，自己趴在簾子縫，緊張地盯著門，豎著耳朵偷聽。

「沒找到。這個賊子要麼是在山野中像野獸一般長大，要麼就受過野獸般的特殊訓練，非常善於隱藏蹤跡，不過我總覺得他就在附近，沒有逃遠，你帶侍衛把朝雲殿仔細搜一遍，所有屋子都查一下。」

昌意應了聲「好」，再沒有了說話聲音。

阿珩已經提到嗓子眼的心才算放下，撫著胸口回頭，卻看蚩尤躺在她的枕頭上，擁著她的被子，笑得一臉得意，比黃鼠狼偷到雞還得意。

阿珩真想一耳光搧過去，把他的笑都搧走。

蚩尤笑著說：「榻已經睡到了，就差摟著妳了。」

阿珩冷笑，「你就做夢吧！」

「做夢嗎？」蚩尤一臉笑意，朝阿珩眨了眨眼睛。阿珩頭皮一陣發麻，剛想狠狠警告他不要胡來，就聽到外面有匆匆的腳步聲，昌意大力拍著門：「阿珩，阿珩……」

阿珩立即說：「怎麼了？我在啊！」

昌意說：「我感受到妳屋子裡有異樣的靈氣，妳真的沒事？」

「我沒事。」

昌意卻顯然不信，猛地一下撞開了門，阿珩立即哧溜一下鑽進被子，順便把蚩尤的頭也狠狠摁進被子裡，蚩尤卻藉機摟住了她。

阿珩不敢亂動，只能在心裡把蚩尤往死裡咒罵，她挑起一角簾子，裝作睡意正濃地看著昌意，「究竟怎麼了？」

昌意閉著眼睛，用靈識仔細探查了一番，困惑地搖頭，「看來是我感覺錯了。」

阿珩的心剛一鬆，昌意又盯著阿珩問：「妳往日最愛湊熱鬧，怎麼今天反倒一直老老實實？」

阿珩笑著，故作大方地說：「我累了呀！四哥，你要不要坐一會，陪陪我？」

阿珩本以為四哥領了大哥的命令，肯定會急著完成任務，沒想到四哥竟然真坐了下來，他朝侍衛揮揮手，讓他們退出去。

他默默地盯著阿珩，阿珩漸漸再笑不出來。

昌意輕聲問：「妳真希望我在這裡陪妳嗎？」

阿珩咬著唇，搖搖頭。

「妳知道自己在做什麼嗎？」

阿珩想了一下，點點頭。

昌意嘆了口氣，「我搜完朝雲殿後，會帶著所有侍衛集中搜一次桑林。」

昌意站起來要離開，阿珩叫，「四哥，我只是……他並不壞，也絕沒有想傷你……」

昌意回頭看著她，「我知道。不管妳做什麼，我都會選擇幫妳，誰叫妳是我妹妹呢？」說完話，他走了出去，又把房門緊緊關好。

阿珩立即掀開被子跳下榻，蚩尤笑嘻嘻地看著她，一臉得意洋洋。

阿珩實在沒力氣朝他發火了，只想把這個不知死活的瘟神趕緊送走。

她一邊收拾包裹，一邊說：「我們等侍衛進入桑林後就下山，四哥會為我們掩護，你最好別再惹事，你該慶幸剛才是我四哥，若是我大哥，你就等死吧！」

阿珩收拾好包裹後，又匆匆提筆給母親寫了封信，告訴她自己趁夜下山了。她可不敢保證事情不會被精明的大哥察覺，為了保命，還是一走了之最好。

一切準備停當，她對仍賴在榻上的蚩尤說：「我們走吧，你的靈力夠嗎？能把自己的氣息鎖住嗎？」

蚩尤點了點頭，「只要妳大哥在三丈外，時間不要太長，就沒有問題。」

阿珩說：「那你就求上天保佑你吧！」

朝雲峰的禁制雖然厲害，卻對阿珩不起作用，阿珩帶著蚩尤成功地溜下了朝雲峰，沿著只有她和四哥知道的小徑下山。

到半山腰時，一頭黑色的大獸突然衝出來，直撲阿珩身上，阿珩嚇了一跳，正要躲避，發現是阿獙，她驚喜地抱住牠，用力親了牠好幾下，「阿獙，你來得正好，帶我們下山吧。」

阿獙蹭著阿珩的臉，發著愉快的嗚嗚聲。

烈陽落在樹梢上，倨傲地看著他們，好似很不屑阿獙的小兒撒嬌行徑。

烈陽在前面領路，阿獙馱著他們向遠離軒轅山的方向飛去。

蚩尤看著阿珩，滿臉笑意，「阿珩，妳還是和我一塊下山了。」

阿珩冷冷地說：「看在你受傷的份上，我送你一程，明天早上我們就分道揚鑣。」

阿珩忽覺不對，蚩尤的靈力突然開始外洩，她一把抓住蚩尤的胳膊，「你別逞強了，實話告訴我究竟傷得如何？輸給軒轅青陽可不丟面子，也許整個大荒的神族高手中，你是唯一一個能從他劍下逃脫的。」

蚩尤凝視著她，似低語、似輕嘆，「阿珩，我不會讓妳嫁給少昊！」唇邊慢慢地露出一個心滿意足的笑，就像小孩子終於吃到了自己想要的糖果，卻絲毫不顧忌後果是所有牙齒都會被蛀蝕光，笑容還在臉上，蚩尤就昏死在阿珩懷裡。

昏迷的蚩尤再沒有了往日的張狂乖戾，臉上的笑容十分單純滿足，這樣的笑容幾乎很難在成年男子臉上看到，因為年齡越大，欲望就越複雜，只有喜好單純直接的孩子才會懂得輕易滿足。

天色青黑，一輪圓月溫柔地懸在中天，整個天地美麗又寧靜，阿獙的巨大翅膀無聲無息地搧動著，飛翔的姿態十分優雅，像一隻正在天空與月亮跳舞的大狐狸，牠載著蚩尤和阿珩穿過了浮雲，越過了星辰，飛向遠處，阿珩卻很困惑茫然，不知道他們究竟該往哪裡去。

第八章 青杠木百角藤

阿珩漸漸失去了意識，嘴角帶著笑意，心中的最後一幅畫面，安寧美麗：

蚩尤一身紅袍，立在舟頭，沿江而下，夾岸數里，俱是桃花，香雪如海，落英繽紛……

阿珩一夜未合眼，天明後才累極打了個盹，驚醒時發現已日薄西山，阿獙停在一個山谷中。

阿珩一個骨碌坐起來，伸手去摸身旁的蚩尤，觸手滾燙，傷勢越發嚴重了。

阿珩看看四周，全是鬱鬱蔥蔥的莽莽大山，她十分不解，問停在樹梢頭的烈陽，「蚩尤和你說清楚去哪裡了嗎？你是不是迷路了？」烈陽對阿珩敢質疑牠，非常不滿，嘎一聲尖叫，把一隻翅膀豎起，朝阿珩惡狠狠地比劃了一下，轉過了身子。

阿珩正在犯愁，她不會醫術，必須找到會醫術的人照顧蚩尤，忽然聽到遠處有隱約的聲音，她決定去看一看。

她在前面走著，阿獙馱著蚩尤跟在後面，烈陽趾高氣揚地站在阿獙頭頂上。

轉過一個山坳，阿珩的眼前突然一亮。

兩側青山連綿起伏，一條大江從山谷中蜿蜒曲折地流過，落日的餘暉從山勢較低的一側斜斜映照過來，把對面的山全部塗染成了橙金色，山風一吹，樹葉顫動，整座山就都嘩嘩地閃著金光。

寬闊的江面上也泛著點點金光，有漁家撐著木筏子，在江上捕魚，他們用力揚手，銀白的網高高飛起，再緩緩落入江面，明明只是普通的細麻網，卻整張網都泛著銀光，合著江面閃爍的金光，炫人眼目，比母親紡出的月光羅還漂亮。

漁人們彼此大聲呼號，一邊喊著號子，一邊配合著將網拉起，魚網內的魚爭先恐後地跳躍出水面，在空中擺尾翻轉，水花撲濺，陽光反照，好似整個江面都有七彩的光華。

那麼忙碌辛苦，可又是那麼鮮活生動。

阿珩看得呆住，不禁停住了腳步。

在魚兒的跳躍中，漁人們滿是收穫的歡喜，一個青年男子一邊用力拉著魚網，一邊放聲高歌，粗獷的聲音在山谷中遠遠傳開。

太陽落山魚滿倉，唱個山歌探口風，高山流水往下沖，青杠樹兒逗馬蜂。

對面小妹在採桑，背著籮筐滿山摸，叫聲我的情妹妹，哥哥想妳心窩窩……

漁人的歌聲還沒有結束，清亮的女兒聲音從山上傳來。

哥是山上青杠林，妹是坡上百角藤。

不怕情郎站得高，抓住腳杆就上身，幾時把你纏累了，小妹才得鬆繩繩……

因為被山林遮擋，看不到女子，可她聲音裡的熱情卻如火一般隨著歌聲，從山上直燒到了江中。

漁人們放聲大笑，唱歌的男子臉上洋溢著喜悅和得意。

「不怕情郎站得高，抓住腳杆就上身，幾時把你纏累了，小妹才得鬆繩繩。」阿珩默默想了一瞬，才體會到歌詞裡隱含的意思，頓時面紅耳赤，第一次知道男女之事竟然可以如此明目張膽地表達。

她隱隱明白他們到了哪裡。如此的原始質樸，又如此的潑辣熱情。在傳說中，有一塊不受教化的蠻荒之地，被大荒人叫做九黎，據說那裡的山很高，男兒都壯如山，那裡的水很秀，女兒都美如水。

阿珩囑咐了阿獙幾句，讓牠先帶著蚩尤躲起來，而她在山歌聲中，依著山間小道向山上行去。

一棟棟竹樓依著山勢搭建，背面靠山，正面臨水，一樓懸空，給家畜躲避風雨，二樓住人，有突出的平臺，上面或種著花草，或晾著魚網獵物。此時家家的屋頂上都飄著炊煙，正是勞作了一天的人們返家時。

因為阿珩與眾不同的衣著，牽著青牛的老人笑咪咪地打量她，背著豬草的兒童也笑嘻嘻地偷看她。

一個扛著鋤頭、牽著青牛的白鬍子老頭含笑問：「姑娘是外地人吧？」

阿珩笑著點頭，問道：「這裡是九黎嗎？」

老頭發出爽朗的笑聲，「這裡是我們祖祖輩輩居住的家，這個寨子叫德瓦寨，聽說外面的人把這裡上百座山合在一起給起了個名字，叫什麼九夷還是九黎的，妳來這裡是……」

「我聽說九黎的山中有不少草藥，特意來尋找幾味草藥。」蠻荒之地，人跡罕至，阿珩不想引人注意，假扮採藥人，正是遊歷四處最好的身分。

老人熱情地邀請阿珩，「那妳還沒有落腳的地方吧？我兒子和孫子入山打獵去了，家裡有空置的屋子，妳可以到我家歇腳。」

阿珩笑著說：「好的，那就謝謝……爺爺了。」

老人可不知道阿珩已經幾百歲，微笑著接受了阿珩的敬稱，帶著阿珩回到家裡。

「這是我的孫女米朵，今年十九歲，不知道妳們兩個誰大。」老人蹲在火塘邊，一邊燒水，一邊笑咪咪地打量著阿珩和米朵。

阿珩忙說：「我大，我大。」

米朵已經做好飯，可看到有客人，就又匆匆出去，不一會，拎著一條活魚回來。

阿珩笑著向德瓦爺爺打聽：「不知道寨子裡誰主事？有人懂醫術嗎？」

「各個寨子都有推選出來的寨主，要說醫術就要去求見巫師了，我們這上百個山寨——就是你們說的九黎，都是找巫師看病，平日裡什麼時候播種，什麼時候圍獵，什麼時候祭天，也要寨主去詢問巫師。」

「誰的醫術最好？」

「當然是無所不知的巫王了。」德瓦爺爺說著話，把手放在心口，低下了頭，恭敬和虔誠盡顯。

「我能見見巫王嗎？」

德瓦爺爺的表情有些為難，「恐怕不行，不過我可以幫妳去問問。」

「您知道巫王住哪裡嗎？」

「巫王平時都住在另外一個山寨，叫蚩尤寨，蚩尤寨有祭天臺，巫王要守護我們的聖地。」

「蚩尤寨？」

德瓦爺爺笑著，滿臉驕傲，「蚩尤就是我們族的大英雄，據說好幾百年前，大英雄曾經救過全族人，山寨本來不叫這個名字，後來為了紀念他才改成了蚩尤寨。」

阿珩問：「蚩尤寨在哪裡？」

德瓦爺爺拿著燒火棍，在地上邊畫邊說蚩尤寨在哪座山上。

阿珩笑著站起，向德瓦爺爺告辭。

德瓦爺爺猜到她的心思，「我說姑娘啊，蚩尤寨還遠著呢，要翻好幾座山，妳吃過飯，好好睡一覺，明天我們起個大早，準備好乾糧，我帶妳去。」

米朵站在廚房門口，一邊在衣裙上擦手，一邊看著阿珩，隱約可見廚房裡豐盛的飯菜，對一個貧寒的山野人家簡直是傾家相待。

阿珩對德瓦爺爺說：「實不相瞞，我有急事，必須要出去一趟。你們先吃，把給我做的飯菜留下，我今天晚上一定會回來吃米朵妹子做的飯菜。」

德瓦爺爺笑著說：「那好，我給妳熱幾筒酒嘎[1]，等妳回來。」

阿珩點了點頭，表示感謝。

阿珩剛出德瓦爺爺家，就看到烈陽閃電一般飛來，不停地嘎嘎叫。阿珩大驚，若不是出了事，烈陽不會如此著急，忙跟著烈陽飛奔。

阿獙一見她，立即著急地跑過來。阿珩扶起蚩尤，看到他臉色轉青，身子冰冷，空氣中瀰漫著奇怪的香氣。她撕開他的衣服，發現傷口都變成了黑色，香氣越發濃郁。

即使阿珩再不懂醫術，也知道傷口不該是這個樣子，更不可能異香撲鼻。這樣的症狀只能是中毒了。

阿珩用靈力探了一下他的脈息，發現蚩尤的靈體都受到波及，被嚇得一下子軟坐到了地上。

不會是大哥下毒，大哥雖然狠辣，可也驕傲，他不屑於用這些東西。能給蚩尤下毒的人只能是蚩尤身邊的人。據雲桑所說，這幾十年，炎帝對蚩尤十分倚重，大大小小的政事都讓蚩尤參與，這次來玉山，明明雲桑在，都只讓蚩尤處理政事，儼然有獨當一面的趨勢。阿珩雖心性單純，畢竟從小在王族長大，自然明白，此消彼長，蚩尤的崛起肯定會威脅到別人的權勢利益，因權利相爭而引起的陷害暗殺都很平常。

想除掉蚩尤的人會是誰呢？是祝融？榆罔？共工……或者他們都有份？

阿珩不敢再想下去，大哥的警告就在耳邊，父王一直想稱霸中原，絕不會允許她捲進神農族的內鬥中。

她抱著蚩尤坐到阿獙背上，「我們走吧。」

天還未全黑，阿珩就到了蚩尤寨。

一進山寨，她就明白了為什麼這裡被選為祭天臺的所在地，如果把九黎族的上百座山看作龍的一塊塊脊骨，這裡就是龍靈匯聚的龍頭。

並不需要打聽巫王的居住地，整個山寨全是竹屋，只有一個地方用白色的大石塊砌成了石屋，像堡壘一樣把守著靈氣最充盈的山峰。

阿珩直接走到了白色的石頭屋子前。

幾個少年正在院子裡忙碌，都打著光膀子，下身穿著散口的寬腳褲，赤著腳，看到阿珩，也並不以自己穿著不雅而迴避，反倒全好奇地看她。

一個二十多歲的男子走了出來，「您找誰？」

阿珩向他行禮，「我求見巫王。」

男子看著她，眼中隱有戒備，「巫王不見外地人。」

「我求醫而來。」

男子笑了，「你們外面的人提起我們時，連九夷這個帶著輕蔑的稱呼都不用，只叫我們野人，我們這些野人哪裡懂得什麼醫術？姑娘請回吧！」

阿珩知道這些巫師和一輩子都住在寨子裡的村民不同，他們很有可能去過外面的世界，因為了

---

1. 苗族奉蚩尤的九夷族為先祖。每年農曆七月，苗族山寨中的婦女採摘祖祖輩輩傳下來的九種草藥，在苗家特有的碓窩中做成酒藥，每年九月初九前後，用白糯米和黑糯米釀造美酒，苗語叫做酒嘎。

解，反倒很戒備。

阿珩無奈地說：「我必須要見到巫王，冒犯了！」她從男子身邊像條泥鰍一般滑過，溜入了院子，不等他們反應過來，就沿著白石子鋪成的道路猛跑。

「抓住她，快抓住她！」

一群人跟在她身後追，更多人從屋子裡出來堵截她，阿珩像條小鹿一般，靈活地躲過所有的追擊，跑進了後山，看見了高高佇立著、樸素卻莊嚴的白色祭臺。

她一口氣衝上祭臺，站在了祭臺的最中央，笑著回頭，所有巫師都站住了，那是祭拜天地的神聖地方，就連巫師都不一定有資格進入。

他們憤怒地盯著她，阿珩抱著雙臂，笑咪咪地說：「現在巫王肯見我了嗎？」

一個鬚髮皆白的長袍老者，拄著拐杖而來，眼神堅定而有智慧，「姑娘，我們對天地敬畏並不是因為愚昧無知，而是我們相信人應該有一顆感恩敬畏的心，才能與天地萬物和諧相處。」

阿珩說：「巫王，我站在這裡也不是因為要侮辱你們，而是我必須親眼看到你。現在我放心了，有一件事情想託付給你，你能不能讓其他人迴避？」

「這裡都是我的族人，妳有什麼事情就直接說吧。」

阿珩無奈地嘆了口氣，面朝大山，發出清嘯。在她的嘯聲中，一道白色的身影猶如流星般劃過天空，降落在神臺上，是一隻一尺多高、通體雪白的鳥，一對碧綠的眼睛驕傲不屑地打量著所有的巫師。

巫師們越發憤怒，幾個可以進入祭臺的大巫師想去捉住阿珩，巫王伸手攔住他們，示意他們仔細傾聽。

不知道從哪裡颳來了風，神臺上懸掛的獸骨風鈴發出清脆的鳴叫，剛開始，聲音還很細微，隨著風勢越來越大，風鈴的聲音也越來越大。

在風鈴叮叮咚咚地瘋狂響聲中，一道巨大的黑色身影出現在空中，是一隻異常美麗的大狐狸，隨著牠的徘徊飛翔，整個祭臺都被狂風席捲。

巫師們仰望著飛翔的狐狸，目瞪口呆，那隻白色的鳥似乎還嫌他們不夠受刺激，居然一張嘴開始噴出火焰，紅色的，藍色的，黃色的……一團又一團的七彩火焰綻放在夜空，像一朵朵美麗的花，映照得整個祭臺美麗莊嚴如神仙宮邸，而青衣女子就站在這幅奇景的最中央。

巫王吩咐了幾句，圍在祭臺周圍的人迅速離開，只留了幾個年長的大巫師。

巫王神色凝重地問：「姑娘來自神族嗎？不知所為何事而來？」

阿獙停在了阿珩身邊，阿珩扶起躺在阿獙背上的蚩尤，「不知道巫王可認識他？」

巫王看清楚蚩尤的樣貌後，面色大變，立即跪倒在地，整個身體都在激動地顫抖，「怎麼會不認識？我們每一代的巫師在拜師時，都要先跪他的木像，對他起誓要守護這方山水的自由安寧，只是、只是……從不敢奢想竟然能在有生之年真看見蚩尤大人。」

阿珩說：「他受傷了。」

巫王急忙跪行到蚩尤身旁，查探傷口，從蚩尤的身體內小心翼翼地取出一截斷劍，又仔細地檢查著毒勢，臉色越變越難看。

阿珩側身坐到阿獙背上，想要離去。巫王知道阿珩來歷不凡，忙攔住她，著急地說：「求您幫幫蚩尤大人，大人的傷勢非常重，這個劍上凝聚的劍氣又非常特殊，我從未見過這麼厲害的劍氣，再加上毒……」

阿珩取過斷劍刃看了一眼，劍刃邊緣刻著一隻隻凹凸起伏的玄鳥紋飾，正是高辛王室的徽記，阿珩記起自己的身分，心中一凜，看向巫王，「你要我幫他？我第一次幫他，被囚禁了六十年，第二次幫他，背叛了我的大哥。」她舉起斷劍，「這劍是我的未婚夫所鑄，他的鑄造技藝非常好，蚩尤的傷口肯定不容易癒合；這把劍是我大哥的貼身佩劍，是我大哥親手把劍插入了蚩尤胸口。」

巫王面色發白，呆呆地看著阿珩。阿珩問：「你現在還要我幫忙嗎？」

巫王立即搖頭，阿珩說：「很好。」她拍拍阿獙，阿獙載著她飛上了天空，祭臺四周的風鈴又開始叮叮噹噹地響。

阿珩聽著風鈴聲，有些失神，她在玉山時，屋簷下掛的風鈴和這些風鈴一模一樣，那漫長的六十年回想起來，似乎唯一的色彩就是蚩尤的書信。

她一邊摸著阿獙的頭，一邊對阿獙說：「大荒人暗中把九黎族的巫王叫做毒王，他一定能救蚩尤，我又不懂醫術，留下也幫不上忙。對吧，阿獙？」

沒有人回答她，她所需要說服的不過是自己。

阿珩回到德瓦寨時，德瓦爺爺和米朵才吃完晚飯沒多久。

阿珩說：「我來吃飯了。」

米朵高興地去熱飯菜，德瓦爺爺笑呵呵地說：「明天我和寨主說一聲，再帶妳去蚩尤寨。」

「不用了，我的事情解決了，不用去蚩尤寨。」

「啊，那就好。」

九黎人善於釀酒，他們釀造的酒嘎濃烈甘醇，讓阿珩一喝鍾情，德瓦爺爺看她喜歡，樂得鬍子都在笑。

在德瓦爺爺和米朵的熱情款待下，阿珩享用了一頓異常豐盛的晚餐。

交談中，阿珩知道米朵年齡已經很大，早該出嫁，可老人的兒媳因為生病，常年躺著，家裡的事情全靠米朵操持，所以她遲遲沒有出嫁。

米朵把自己的房間讓給阿珩住，那是家中最好的屋子。

阿珩已經感受到九黎族人的待客之道，他們總是盡力把最好的給客人，所以她沒推辭地接受了。

洗漱後，阿珩坐在竹臺上晾頭髮。

黛青色的天空上，掛著一彎淡淡的新月。晚風從山上吹來，帶著草木的清香，不遠處的溪水潺潺流淌，叮叮咚咚的，就像是一首天然的曲子。

一個男子從山下上來，坐在溪邊的大石上，吹起了竹笛。

竹樓的門吱呀一聲拉開，米朵輕快地跑向溪邊，不一會，阿珩看到溪水邊的兩個人抱在了一起。

對話聲隱約可辨。

「客人可喜歡我打的魚？」

「很喜歡，一直誇讚好吃。」

「那是妳做的好。」

兩個人彼此摟著，向山上走去。

阿珩忍不住笑起來，眺望著遠處的大山想，男兒就如那青杠木，女兒就如那百角藤，木護藤來藤纏樹，風風雨雨兩相伴，永永遠遠不分離。

隔壁房間裡傳來咳嗽聲、喝水聲。

德瓦大爺竟然醒著！他知道孫女去和男人私會？

阿珩有微微的困惑，也有淡淡的釋然。男歡女愛本就是天地間最自然的事情，只不過在這裡保留了它本來的樣子。

不知道為什麼，她眼前浮現出蚩尤的身影，蚩尤就是在這般的山水中長大嗎？他可會打漁？他也會唱那樣嘹亮深情的山歌嗎？他唱給誰聽過呢……

阿珩枕著山間的清風明月，進入了夢鄉。

第二日，阿珩被公雞的啼叫聲吵醒。

這裡的清晨不是玉山上死一般的寂靜，也不是朝雲峰上清脆悅耳的鸞鳥鳴唱。

人們碰見的相互問好聲，少女們相約去採桑的清脆叫聲，男人們取工具的撞擊聲，婦人們高聲叫喚孩子的罵聲，孩子們吵鬧啼哭的聲音，牛的哞哞聲、羊的咩咩聲、母雞的咯咯聲……

太吵鬧了！可是——

阿珩微笑，也真是生機勃勃啊！

阿珩見到了米朵的母親。因為長年生病，已經被折磨得皮包骨頭，連句完整的話都說不出來。

阿珩也知道了米朵的情郎叫金丹，這兩天都不在山寨，米朵告訴阿珩，金丹去別的山寨相親了。

阿珩大驚，「你們倆不是……妳不生氣？」

米朵笑著搖搖頭，「阿媽癱在床上，弟弟還小，我現在是家裡唯一的女人，家裡離不開我，他已經等我四年，不能再等了。」

「那你們就分開了？」

「嗯，他以後要對別的妹子好了。」米朵雖然神色黯然，可仍然笑著。

「妳明知道你們要分開，妳還、還和他晚上私會？」阿珩不能理解。

米朵很詫異，反倒不能理解阿珩，「正因為我們要分開，我們才要抓緊能在一起的時間盡量在一起啊。」

阿珩說不清楚米朵的道理哪裡對，也說不清楚哪裡不對。也許，在這個遠離俗世的深山中就是對的，在那個被禮儀教化過的繁華塵世就是不對的。

阿珩不想金丹離開米朵，而唯一能讓米朵嫁給金丹的方法就是讓米朵的家裡多一個能操持家計的女人。

阿珩讓米朵去找巫師來給阿媽看病，米朵說一年前金丹和幾個寨子裡的阿哥們抬著阿媽去了蚩尤寨，大巫師說不是人力所能救治，只能聽憑天地的意志。

阿珩也明白並非世間所有的病都可以醫治，炎帝的醫術冠絕天下，也救不活女兒瑤姬。

因為心情不好，她跑到人跡罕至的山頂上去看阿獙和烈陽，這兩個傢伙把包裹弄得亂七八糟，阿珩只能重新整理，在一堆雜物中看到了一袋桃乾。

這是她在玉山上曬的蟠桃乾，本來是給阿獙和烈陽的零嘴，可阿獙和烈陽吃了幾十年，都吃得噁心了，碰都不樂意碰。

阿珩撿了塊蟠桃乾，隨手丟進嘴裡，吃著吃著，猛地跳了起來，往山下衝。

阿珩決定用蟠桃去救米朵的阿媽，不過有阿獙的先例，她不敢直接給阿媽吃，於是拿了一小塊來泡水，把泡過的水倒給米朵的阿媽喝。

第一天，阿珩提心吊膽，阿媽沒任何不好的反應，第二天，阿媽居然開始喊餓，想吃飯。驚得米朵又是哭又是笑，因為阿媽已經四五年沒主動要過飯吃了。

阿珩看著好像有效果，就接著用那塊蟠桃乾泡水。

阿媽連喝了三天蟠桃乾水後，飲食逐漸正常，雖然還不能坐起來，可顯然已經有好轉的趨勢，只要慢慢調養，下地走動是遲早的事。

金丹回寨子後，聽說米朵阿媽的病情好轉。他立即扛起家裡最大的一隻羊，咚咚地大踏步衝進米朵家，說不出話來，只用力把大肥羊往阿珩懷裡塞。

阿珩驚恐地跳到桌子上，大聲呼救，「米朵，米朵……」一邊瞪著那頭羊，很慶幸地想幸虧不是一頭牛。

米朵從阿媽的房間跑出來，看到金丹，愣了一愣，猛地捂住臉，蹲在地上放聲大哭起來，德瓦爺爺坐在火塘邊，側著身子，用手遮著額頭，偷偷抹眼淚。

阿珩跳下桌子，拍米朵的背，「別哭，別哭，妳的金丹哥哥走時，妳沒有哭，怎麼他回來，妳卻哭起來了？」

阿珩治好米朵阿媽的病的事情在山寨裡不脛而走，山寨裡生了重病的人紛紛來找阿珩看病。

阿珩心驚膽戰，可她喝過山寨裡所有人家的酒嘎，吃過山寨裡所有人家的飯，壓根不能拒絕，只能依樣畫葫蘆，繼續用桃乾泡水。她一邊泡水，一邊心內叫王母，希望她這千年開花、千年結果的桃子真的像大荒內人們傳說的那麼厲害。

在阿珩的戰戰兢兢中，喝過水的人，即使病沒有好轉，痛苦也大大減輕，至少能安詳從容地迎接死亡。

喜悅的人們用山歌唱出對阿珩的感激。在嘹亮的山歌聲中，阿珩的醫術慢慢傳遍了九黎族大大小小的上百個山寨。各山各寨的人，但凡患有疑難雜症的，都懷抱著一線希望，跑來求阿珩。

他們翻山越嶺、爬山涉水而來，牽著家裡最值錢的牛，抱著家裡最能生蛋的母雞，虔誠地跪在阿珩面前，被風霜侵蝕的臉上滿是渴望和祈求。

阿珩沒有辦法拒絕，只能來者不拒。其實，她一直想走，可不知道為什麼，總是在走前的一刻告訴自己再住一天。阿珩不知道究竟什麼羈絆著自己，也許是九黎族雄壯的山、秀麗的水；也許是德瓦寨每一張熱情善良的笑臉；也許是粗放熱情的山歌；也許是醇厚濃烈的酒嘎；也許是少女們偷偷放在她門口的甘甜山果；也許是孩童們抓著她裙角的黑黑小手；也許只是田埂邊那頭青牛犁地時的叫聲。

在無數個莫名其妙的理由中，她就這麼住了一天又一天、一天又一天。

清晨，阿珩剛一睜開眼睛就又開始思考，今天要不要離開？

她一會想這個走的理由，一會想那個留的理由，最後卻什麼都忘記了，只是惦記著蚩尤的病情究竟如何了，巫王已經解了他的毒吧？他是不是已經回神農山？

翻來覆去，她忽然覺得今天早上很異樣，沒有男人招呼去勞作的聲音，沒有女人叫罵孩子的聲音，沒有孩童的哭鬧聲……整個山寨異樣的安靜。

阿珩從竹樓匆匆下去，看到巫王跪在竹樓前，額頭貼著地面，背脊彎成了一個弓，就像一個祈求的石像。

整個山寨靜悄悄，所有人都躲在遠處，困惑畏懼地看著這邊，不明白他們偉大的巫王為什麼要跪在阿珩面前。

阿珩彎身扶起巫王，驚慌地問：「蚩尤的毒還沒解嗎？」

巫王搖搖頭，阿珩立即說：「我們去蚩尤寨。」

大巫師領著阿珩走上祭臺，蚩尤就躺在祭臺最中央。阿珩跪坐下，查看蚩尤的傷勢。

巫王說：「劍傷雖嚴重，但有九黎的山水靈氣護持，蚩尤大人本可以慢慢癒合傷口。」

阿珩說：「致命的是這個毒？」

巫王點點頭，「九黎族也很善於驅使毒物，在大荒中以善於用毒聞名，可我們是蠱毒，而這個毒是藥毒，我想盡了辦法都解不了。」

阿珩說：「你既然知道蚩尤是被我大哥所傷，還敢向我求救？不怕毒是我們下的嗎？」

「我已經九十二歲，別的見識也許少，人心卻見了很多。」巫王摩挲著手中的斷劍，沉聲說：「劍是鑄劍師的心血所化，如果鑄劍人心中沒有天地，他鑄造不出可吞天地的劍，能鑄造出這柄劍的人絕不會把劍送給一個用毒去褻瀆劍靈的人。」

阿珩抬頭盯了巫王一眼，沒有說話。

巫王說：「下毒的人心思十分毒辣，這毒早就潛伏在蚩尤大人體內，至少已有幾十年，平時不會有任何異樣，只有當蚩尤大人受重傷後動用靈力療傷，才會毒發，毒性會隨靈力運行，遍布全身，讓蚩尤大人既不能用靈力療傷，也不能用靈力逼毒，只能坐等死亡降臨，蚩尤大人的靈體已經支撐不住……」巫王面色黯然，「幾個大巫師建議我去神農山求助，但我拒絕了。」

「為什麼？」

「聽師傅講，蚩尤大人生長在荒野，熟知毒蟲毒草，我在九黎被尊奉為巫王，大荒人卻因為我善於用毒，喜歡叫我毒王，就是神族的高手都會讓我三分，可我也不能讓蚩尤大人中毒，能令蚩尤大人中毒的只能是精通藥性的神族高手，天下最精擅醫術的神是神農王族，這個藥毒也許就出自他們，我怎麼敢去和他們求助？如果蚩尤大人真要死，我希望他能安靜地死在九黎的山水間。」

阿珩對眼前的睿智老人又多了一份尊敬。

可現在該怎麼辦？不能向神農族求救，不能向高辛族求救，更不可能向軒轅族求救。思來想去，阿珩覺得自己竟然是走投無路、求救無門。

巫王看阿珩滿面焦灼，反倒不安，「西陵姑娘，妳不必太自責。我們九黎族人崇拜天地，看重的是今朝和眼前，追求及時享樂，生死則交給天地決定。即使就這麼死了，我想蚩尤大人也不會有遺憾。」

阿珩臉色青寒，「蚩尤可不會喜歡這麼窩囊的死，即使要死，他也要死得讓所有恨他的人都不痛快。」說著話，阿珩唇角露了一絲笑意。

巫王不禁也笑了，「用生命去愛，用死亡去恨，這就是九黎的兒女，外人看我們野蠻凶狠，其實只是我們更懂得生命寶貴，我們敬畏死亡，卻永不懼怕死亡，所以我會盡全力救治蚩尤大人，但也會平靜地接受他的離去。」

阿珩說：「謝謝你的開導，不過蚩尤欠了我兩次救命之恩，我還沒和他收債，他可別想這麼輕易地賴帳！」

阿珩抬起頭長長吟嘯了一聲，嘯聲中，烈陽和阿獙從天而降，停在了祭臺上。

阿珩摸著阿獙的頭，「蚩尤病了，我需要你的鮮血，可以嗎？」阿獙在玉山長大，吃的是蟠桃、飲的是玉髓，全身都凝聚著玉山的天地靈氣。

阿獙頭貼著阿珩溫柔地蹭著，好似在安慰她。

阿珩對巫王說：「麻煩你了。」

巫王拿著祭祀用的玉碗和銀刀走到阿獙身旁，阿獙非常善解人意地抬起一隻前腿，大巫師舉起銀刀快速割下，鮮血湧出，一股異香也撲鼻而來。

阿珩背朝著他們，割開自己和蚩尤的手掌，兩手交握，將蚩尤體內帶毒的血液牽引入自己體內。

巫王端著滿滿一碗血走過來，阿珩讓他把血餵給蚩尤，「這血不能解毒，但應該能延緩毒勢蔓延，你每日從阿獙身上取一碗血餵給他，我要離開一段時間，過幾日會讓烈陽送解藥回來。」

阿珩已經轉身離去，可走了幾步發現自己的裙裾不知道被什麼絆住了，邁不開步子，她回身去看，發現蚩尤緊握著她的裙裾。

巫王說：「蚩尤大人不想妳離去。」

阿珩用了點靈力，掰開蚩尤的手，俯在蚩尤耳畔低聲說：「我不會讓你死。」快步跑下了祭臺。

沒了阿獙充當坐騎，阿珩的速度不快，烈陽卻沒有往日的不耐煩，在她頭頂盤旋著，來來回回地飛。

阿珩一直在全力催動靈力，既為了快速趕路，也為了讓毒氣遍布全身。一人一鳥連趕了一天路，遠離了九黎族。

傍晚時分，夕陽漸漸將天地裝扮成橙紅色，阿珩的臉色卻開始越來越蒼白，心跳越來越慢，漸漸有喘不過氣的感覺。

她在一片樹林中，坐了下來。

烈陽落到她身前，焦急不解地看著她，發出嘎嘎叫聲，嚇得林子裡所有鳥都趴到地上。

阿珩撕下一片衣袖，把衣袖綁在烈陽腳上，「去神農山，找雲桑。」她氣喘得再說不出話來，身子靠在大樹上，手指了指天空。

烈陽仰頭衝著天空幾聲大叫，四周的鳥兒全都哆嗦著走過來，自發地環繞著阿珩一隻挨一隻站好。烈陽展開翅膀，騰空而去，快如閃電，眨眼就沒了影蹤。

此處本就在神農境內，以烈陽的速度，應該很快就能趕到。別人即使看到這截斷袖也不會知道是什麼意思，不會發現蚩尤性命垂危的事，可雲桑曾跟著母親學藝十載，很熟悉母親紡織出的布匹，她一看到東西就知道是她在求救，肯定會立即趕來。

阿珩再支撐不住，慢慢閉上了眼睛。

夕陽下，荒林內，受了烈陽脅迫的鳥兒們，一個個擠挨在一起，形成一道五彩斑斕的百鳥屏障，將阿珩保護在中央。

阿珩眼前泛著迷迷濛濛的金色流光，心中浮現出一次又一次見蚩尤的畫面，還有六十年的書信往來，她的記憶好得令她驚奇，那麼多的書信，她居然都記得。

「行經丘商，桃花灼灼，爛漫兩岸，有女漿衣溪邊，我又想起了妳。」

阿珩嘴角帶著笑意，今年已經錯過了花期，明年吧，明年她想看看人間的桃花，那一定比玉山上的蟠桃花更美。其實，她一直都想問蚩尤，為什麼是又想起，難道你常常想起嗎？

阿珩漸漸失去了意識，嘴角彎彎，帶著笑意，心中的最後一幅畫面，安寧美麗：丘商的綠水猶如碧玉帶，蜿蜒曲折，蚩尤一身紅袍，立在舟頭，沿江而下，夾岸數里，俱是桃花，香雪如海，落英繽紛……

當阿珩滿心期盼著雲桑趕來時，她不知道雲桑此時並不在神農國。

雲桑在荒谷中辭別少昊和阿珩後，喬裝改扮趕往了高辛。

她一直糾結於自己的擔憂，卻從沒有想過諾奈的感受，諾奈作為臣子，作為少昊的朋友，卻雨夜與少昊的妻子相擁一夜，高辛禮儀森嚴，諾奈又心性高潔，那一夜後，他心裡究竟有多少的無奈、惶恐、羞恥、愧疚？

無奈於自己無法控制的情感，惶恐著與王子奪妻也許會讓家族大禍，羞恥著自己的卑鄙下流，愧疚於背叛了朋友。也許只有日日縱情於聲色，踐踏自己才能面對少昊，可少昊什麼都不知道，反而憂心忡忡地關心著他，勸他潔身自愛，少昊每一次的真誠關心都像是在凌遲著諾奈，諾奈只會更憎惡鄙視自己。

玉山上相逢時，雲桑只是一時衝動地試探，從沒有想過有朝一日事情竟會到此，她的無心之過竟然會被宴龍他們利用，把諾奈、諾奈的家族，甚至少昊未來的帝位都陷入了危機。

雲桑深恨自己，身在王族，自小到大，從未行差踏錯，可偏偏那一日，水凹石凸間，驚鴻相逢，水月鏡像，芳心萌動，忽喜忽嗔，讓她忘記了自己的身分，像個普通少女一般，莽撞衝動，忐忑不安，自以為是地去試探、去接近。

這樣孤身一人趕往高辛，她不知道能否見到被關押在天牢的諾奈，更不知道當她坦白告訴諾奈她的身分時，諾奈會怎麼看她，也許他壓根不會原諒她。

但是，她一定要見到諾奈。

漆黑的夜晚，顆顆星辰如寶石般綴滿天空，閃閃爍爍，美麗非凡。不管荒涼的曠野，還是堂皇的宮殿，不管是神農，還是高辛，不一樣的地方，都有著一樣黑夜，一樣的星空。

曠野寂靜，漫天星辰，百鳥保護中，阿珩唇邊含著微笑，昏昏而睡，她的生命卻正在昏睡中飛速流逝。

雲亭章台，雕梁畫棟，府邸中，面帶倦容的少昊放下手中的文書，走到窗邊，拿起酒壺，慢慢地喝著酒，突然想起什麼，從懷裡拿出一方絲帕，上面是阿珩寫給他的雌酒方。他低頭看了一會，抬頭望向天空，繁星點點，猶如人間萬家燈火，不知道阿珩此時又在哪盞燈下聽故事。不知不覺中，疲倦散去，少昊的唇邊隱隱帶上了笑意。

金甲銀槍，守衛森嚴，天牢外，雲桑臉上戴著一個面具，面具是用人面蠶所織，輕薄如蟬翼，將她化作了一個容貌普通的少女，因為不是用靈力變幻容貌，即使碰到靈力遠遠高於她的神也窺不破她的身分。雲桑抬頭看了看天，恰一顆流星劃過天空，她望著天際的星辰默默祈禱。

定了定心神，她左手提著一個纏絲玉蓮壺，裡面裝滿清水，右手握著一把長劍。雲桑將一顆炎帝給她用來危急關頭逃生的藥丸放入水壺中，可以迷幻心智的嫋嫋青煙從她右手的玉蓮花中升起，縈繞在她周身，她提蓮帶劍飛掠入天牢。

大山肅穆，清風徐暖，祭臺周圍的獸骨風鈴叮叮噹噹，聲音柔和，吟唱不停，猶如一首催人安眠的歌謠。

蚩尤躺在祭臺中央，沉沉而睡。巫王和阿獙守在祭臺下。

巫王靠著石壁打瞌睡，阿獙看似也在睡覺，兩隻尖尖的狐狸耳朵卻機警地豎著。

很久後，蚩尤竟然緩緩睜開眼睛，凝望了一會星空，慢慢地舉起手，看著掌上的刀痕，心中對事情的來龍去脈漸漸分明，他凝著一口氣，用力翻身坐起，阿獙也立即站了起來。

「阿獙，我們去神農山。」蚩尤坐到阿獙背上。巫王驚醒了，急忙抓住蚩尤衣襬，「您的毒還未解，不能駕馭坐騎飛行。」

「你是第幾代的巫王？竟然敢來告訴我應該做什麼？」蚩尤眼神如野獸般冷酷無情，好像沒有一絲人性，巫王畏懼地跪下，頭都不敢抬。

蚩尤拍了拍阿獙，阿獙立即騰空而起，一人一獸消失在夜空。

第九章 醫天下者不自醫

這麼多年三國鼎立，太平無事，
就是因為炎帝德高望重，天下民心所向，
即使雄才偉略如黃帝也不敢逆天而行，
如果炎帝一死……阿珩不敢再想下去。

神農山位於中原腹地，風景優美，氣勢雄渾，共有九山兩河二十八峰，北與交通要塞澤州相連，南望富饒的燕川平原，東有天然屏障丹河守衛，西是天下最繁華的都城軹邑。看到神農山，才能真正理解什麼叫王者氣象，什麼是中原富庶，為什麼神農族會是三大神族中人口最多的神族。

阿珩悠悠醒轉時，已經在神農山下。她看看蚩尤，再看看烈陽和阿獙，「你、你……我、我怎麼在這裡？雲桑姐姐呢？」

蚩尤嬉皮笑臉地湊在她眼前，「好媳婦，原來妳竟然捨得以命換命來救我。」

「胡說！你這個惹禍精，我巴不得你早點死！」

蚩尤掰開她的手掌，傷口仍未癒合，「只要雲桑帶妳上山，炎帝肯定會救妳，可解藥只有一份，妳若偷偷換下解藥，派烈陽送給我，妳自己呢？」

阿珩被戳破心中打算，羞惱成怒，甩開蚩尤的手，「別自作多情，十個你死了，我都會活得好好的！」

蚩尤笑咪咪地說：「這就對了！以後千萬不要做這樣的傻事，我只要我活著時，妳對我好。我若死了，把我的屍骨隨便扔到山裡，野獸自然會來打掃乾淨，像從來沒存在過一樣，妳也應該立即忘掉我，高高興興地繼續過妳的日子。」

他表情雖然嬉笑，可說的話很認真，真不知道他究竟經歷過什麼，竟然把生死看得如此透。阿珩臉色發白，「別瘋言瘋語了，雖然有阿獙的鮮血，可我們支撐不了多久，不知道把守神農山的是誰，得趕緊想想如何見到炎帝。」

蚩尤說道：「祝融、共工、后土。」

祝融有神農族第一高手之稱，共工被稱為水神，后土是近些年的後起之秀，在神農族內聲名不弱於蚩尤。阿珩臉色晦暗，「這哪裡是在守護神農山？擺明了另有所圖。究竟是誰給你下的毒？有沒有值得信賴的朋友能設法給炎帝傳個信？」

蚩尤眼神陰戾，冷冷說：「人心難測，生死關頭，除了自己，任何人都不可靠！」

這會的蚩尤多疑謹慎，和剛才笑談生死的樣子截然不同，阿珩不禁隱隱地對蚩尤的過去越發好奇起來，他究竟經歷過什麼，性格才如此複雜？

蚩尤望著神農山沉思，似乎在想對策。阿珩心中一橫，顧不得父親和大哥知道了會如何，說道：

「我去以軒轅王姬的名義求見炎帝。」

蚩尤抓住她，「我不同意！西陵珩！」他伸手撥弄了一下她髻上的駐顏花，「桃是五木之精，玉是石之靈，駐顏花是玉山的玉靈和桃樹的木靈匯聚了十幾萬年才凝結而成的奇寶，所謂『駐顏』二字的真正意思是它會為妳停駐任何妳想要的容顏，並不是簡單的不老。想想自己喜歡變成什麼樣，過一會，妳絕不會想承認自己是軒轅妭。」

阿珩還沒理解他的意思，他笑嘻嘻地對烈陽說：「你在玉山這麼多年，靈力應該大有長進，看到那座城池了嗎？去那裡練習一下你的鳳凰玄火，看什麼不順眼就噴它一團火。」

烈陽是唯恐天下不亂的，一聽就來了精神，立即展翅而去，阿珩叫都叫不住，嚇得抓住蚩尤，「那可是神農族的都城！你讓烈陽去放火燒城？你瘋了嗎？」

蚩尤一臉不解，「我又不是在放火燒軒轅族的都城，妳緊張什麼？」

「我緊張什麼？那是一國之都啊！如果讓人知道那隻鳥是我的，神農族會立即發兵討伐軒轅族！」

阿珩說著話，已經看見軹邑的東城門燒了起來，她捂住臉，喃喃說：「我真的不應該和你這個瘋子有任何瓜葛，我為什麼不長記性？」

蚩尤冷眼看著軹邑漸漸變成了一片火海，抬頭望向天空，看到祝融駕馭著坐騎畢方鳥急急飛向軹邑，祝融號稱自己掌控了天下所有的火，可蚩尤知道，他還缺鳳凰玄火，可惜鳳凰是祥鳥，又是百鳥之王，祝融也不敢輕起貪心，今天卻有鳳凰玄火從天而降，他肯定再顧不上神農山。

蚩尤拍拍阿獙，示意牠帶著他們飛向神農山的主峰紫金頂。

阿珩顧不上再生氣，摸摸臉頰，緊張地問：「碰到靈力遠比我高強的神也不會認出我嗎？」

「這不是依靠靈力的幻形術，再高的修為都抵不過天地造化，只要妳自己小心，沒有人能看破。」

阿珩剛鬆了口氣，又緊張地問：「四周都有重兵把守，你究竟想做什麼？」

蚩尤笑著展開雙手，「害怕嗎？好媳婦，我的懷抱永遠可以讓妳躲避。」

阿珩深吸口氣，強忍下把他一腳踹下去的衝動。

山峰兩側出現了侍衛，「炎帝閉關煉藥，來者退！」

蚩尤讓阿獙停在了山谷中，阿珩全神戒備，蚩尤卻蹲在阿獙身旁和阿獙說悄悄話，「你是不是很喜歡阿珩啊？」

阿獙立即用力地搖尾巴，咧著嘴幸福地笑，又把頭往阿珩身上靠，阿珩卻緊張地顧不上牠，小聲對蚩尤說：「我們已經被包圍了。」

蚩尤充耳不聞，摸摸阿獙，「可是阿珩將來會成婚，她的夫婿卻不見得喜歡你，說不定還會很討厭你。」

阿獙一怔，眼睛立即瞪得圓滾滾的，尾巴直直地豎在了半空，上彎的嘴角慢慢扯平。

蚩尤又說：「阿珩成婚後會生自己的小孩，她會喜歡自己的孩子，到時候肯定顧不上你了。你還記得我在去軒轅山的路上給你講的繼父的故事嗎？那些繼父都會想方設法把前面的孩子趕出去！」

阿獙打了個寒戰，尾巴啪一下子掉了下去，嘴角開始慢慢往下彎，眼睛裡瀰漫起霧氣。

阿珩無限緊張中仍爆起了怒氣，「你給阿獙講繼父虐待小孩的故事？」趕緊去拍阿獙，「你別聽這個混蛋的話，他在故意嚇唬你。」

蚩尤卻盯著阿獙，很認真地說：「你想想啊，到時候阿珩有了自己的孩子，不要你了，烈陽也不要你了，你多可憐！」

阿獙啊嗚一聲就哭了起來。自從出生以來，牠就把阿珩看作母親，天經地義地認為阿珩和牠永遠在一起，每天都十分開心，後來又有了烈陽，每天一起玩耍，更是無憂無慮，現在才意識到原來牠所擁有的一切瞬間就會失去，牠第一次有了「失去」的概念。

阿珩不能置信地瞪著蚩尤，「這都什麼時候了？你還欺負小孩，真是個瘋子！」

阿珩著急地安撫阿獙，可阿獙想到有一天牠會失去這麼好的阿珩，越想越難過，越哭越傷心，就好像那悲慘的一天已經來臨。

蚩尤選擇停歇的這個山谷叫回音谷，是上紫金頂的必經之路，把守山谷的侍衛都是精挑細選的神族精銳。

回音谷地勢特殊，一點細微的聲音就會引發回音，被擴大傳出，某代的炎帝利用這個天然地勢，在各個特殊的音壁點上安置了侍衛，只要有人潛入，立即會引起侍衛注意，所以上萬年來從沒有人能強行通過回音谷。

因為回音谷的回音效果，阿獙的放聲大哭就如同有上百個阿獙在悲痛，哀音如春雷一般滾滾地傳出去。狐族的叫聲本就可以魅惑人心，獙獙又是狐族裡叫聲最悅耳動聽的一族，阿獙食蟠桃、飲玉髓，靈氣充盈，此時發自內心的哀哭簡直令山河同悲，草木哀戚，天地都變色。

神農族的侍衛本已經包圍了他們，卻在阿獙的哭聲中難以自持，剛開始還能用靈力相抗，可誰心中沒有過失去的哀傷呢？阿獙的聲音把他們深藏在內心的哀傷挑起，往事紛紛浮現，生命中一次又一次的離別全部交疊在一起，痛苦匯聚成江海，不禁悲從中來，放聲痛哭。

整個回音谷中竟然響起了一曲令天地都哀慼的離歌，連神力高強的后土和共工都不敢輕動，只能各自據守一個山頭，盯著蚩尤。

蚩尤坐在大石上，對共工和后土勾勾手，共工和后土遲疑了一下，駕馭坐騎降落在他面前。蚩尤笑看著周圍哀哭成一片的侍衛說：「回音谷就像是一個天然的音陣，侍衛無形中用自己的靈力啟動了陣法，他們越難過越哀哭，越哀哭就越難過，直至精血衰竭而亡。」

共工和后土都色變，這上百名侍衛是守護神農山的精銳，他們無法想像神農山失去他們的後果。

共工對蚩尤行禮，「奉命把守神農山只是我們的職責所在，還請你手下留情。」

蚩尤說：「我要見炎帝。」

共工為難，「我必須去向祝融大人請示。」

蚩尤笑道：「祝融應該已經囑託你全權負責神農山的事情，你若非要請示就去吧，反正我沒什麼事，倒是等得起，可這些侍衛等得起嗎？難道你打算看著這些侍衛哭死在此？」

共工遲疑不決，看著后土，后土容貌秀美宛如女子，說起話來也十分柔和，「一切聽從共工大人安排。」頓了一頓又說：「炎帝是吩咐過誰都不見，可蚩尤是炎帝唯一的徒弟。」

共工看看周圍哀哭欲絕的侍衛，嘆了口氣，對蚩尤說：「我只能答應帶你去紫金頂求見炎帝，至於炎帝今日能不能見你，就不是我能做主的。」

蚩尤拱拱手，「共工一諾重千金！」他抓著阿獙的尖耳朵，附在牠耳畔嘀嘀咕咕地說著，阿獙的眼睛慢慢亮了，哭聲突然就沒了。牠歪著腦袋看蚩尤，蚩尤很鄭重地說：「我保證！」

阿獙嘴巴一下就上彎，變成了一個快樂的月牙。

阿珩揪著阿獙的另一隻尖耳朵，痛心疾首地說：「你怎麼這麼傻啊？他說什麼你就信什麼？」阿獙啊嗚一聲，把頭貼到阿珩身上，毛茸茸的狐狸大尾巴掃來掃去，拂著阿珩的臉，眼睛都笑成了兩隻彎彎的小月牙。

阿珩只能無奈地搖頭。

阿獙停止了哭泣，陣眼已去，共工運足靈力，對著回音谷幾聲氣吞山河的虎嘯，所有侍衛一個激靈，停止了哭泣。

阿珩聽到共工的嘯聲，心內暗驚，不禁認真地打量了一眼這個與祝融齊名、卻一直被遮擋在祝融陰影中的神，忽地明白了為什麼蚩尤說「共工一諾重千金」。

共工和后土護送蚩尤和阿珩到達紫金頂，正欲求見，在殿前掃地的白鬍子老頭抬起頭，面無表情地說：「炎帝說共工、后土都留下，蚩尤去小月頂見他。」

共工和后土都面色一變，蚩尤和他們拱手道別。

阿珩看距離遠了，才低聲問：「小月頂有什麼特殊嗎？」

蚩尤眼內思緒重重，「小月頂唯獨的特殊……」他猛地咳嗽了一聲，噴出一口黑血。剛才他雖然沒出一絲力，可僅僅為了維持在共工和后土面前的氣勢已經十分辛苦，「就在於我們都沒去過。」

阿珩輕聲說：「你休息一會吧。」

蚩尤疲憊地笑了笑，把頭靠在阿珩肩膀上，阿珩伸出手，想推開他，卻又收了回來，只默默地坐著。

不一會，小月頂就到了。

非常普通的一座山峰，沒有宮殿，沒有侍衛，什麼都沒有，就是草木異常繁盛。一隻梅花鹿站在崖頂的松樹下眺望，看到他們，呦呦鳴唱，似在迎客。

阿獙也高興地唱起來，應和著呦呦鹿鳴，一時間好似山水都笑開顏。

梅花鹿昂起頭，對他們長長鳴叫了一聲，在前面輕盈地跳躍，好似在說：「客人們，隨我來吧！」

他們隨在梅花鹿身後，沿著山澗小徑，一路穿花拂柳，轉過一個山坳，進入了一個山谷。

霎時，只覺眼中藍光浮動，以為一腳踏上了藍天。

整個山谷沒有一絲雜色，密布著各式各樣藍色的花，杜鵑、百合、辛夷、芙蓉、薔薇……全是藍色，幽幽藍色合著山谷中濕漉漉的霧氣，氤氤氳氳，有一股說不出的纏綿相思之意，好似江南初春時節，乍暖還寒時，輕輕飄著的毛毛雨，天仍舊是藍的，甚至有輕薄的日光灑下，可人的心裡心外都瀰漫著濕意。

放眼望去，只山坡上有墳塋三座，安靜地休憩在藍色的花海中。

阿珩沒有跟隨梅花鹿前行，突然爬上山坡，跑到墳前，分開半人高的藍色山茶花，看到墓碑上分別寫著：

愛妻神農聽訞之墓，夫神農石年泣立。

愛女神農女娃之墓，父神農石年悲立。

愛女神農瑤姬之墓，父神農石年哀立[1]。

阿珩第一次知道嘗遍百草的炎帝神農氏的名字是石年，她摸了摸墓碑上的字，這並非刻印上去，而是用心頭精血直接書寫而成，一個墓碑就是無數滴寶貴的心頭精血，寫字的人在用生命哀慟。

炎帝只娶過一位妻子。一千多年前，炎后就已經去世。這千年來，各族出於各種目的，紛紛進獻美貌賢德的女子，卻全被炎帝拒絕了。眾人猜測的原因各式各樣，最可靠的解釋是如果再立炎后，勢必會令一族坐大，炎帝不想打破現在各族之間的均衡，所以虛懸后位。

阿珩凝視著墓碑上的字，心內暗想，也許所有人都理解錯了原因，炎帝只是為了一個世間最簡單的原因虛懸后位。

梅花鹿看他們沒有跟來，不解地鳴叫催促。阿珩站了起來，回頭看到蚩尤站在山谷中的小徑邊，仰頭看著她，目光柔和卻堅定，似乎不管她流連多久，他都會一直等下去。

在一片波濤起伏的藍色憂傷中，他好似成了唯一的明亮。

阿珩心中急跳幾下，不敢直視蚩尤，向山坡下衝去，蚩尤展顏而笑，溫柔地說：「慢一點，別摔了。」

梅花鹿領著他們穿過山谷，到了一片開闊的山地，顏色頓時明媚起來，一方方的田地，種著各式各樣的藥草。

一個穿著葛麻短襦、捲著褲腳的老者在地裡勞作，聽到鹿蹄聲，他直起身子，扶著鋤頭，笑看向他們。

眼前的老者乍一看面目平凡，穿著普通，再看卻生出高山流水、天地自然之感，阿珩心中一震，明白這就是三帝之首的炎帝了。

炎帝說：「沒想到蚩尤還帶了客人。」

蚩尤開門見山地說：「解藥，兩份！」話還沒說完，他就成了強弩之末，軟坐到田埂上，唇角全是黑血。

炎帝把一顆解藥遞給蚩尤，「這毒藥只有一份，解藥也只準備了一份。」又對阿珩說：「小姑娘，讓我看看妳。」

阿珩把手遞給他，炎帝把了一下她的脈，含笑問：「為什麼要把毒引入自己體內？」

阿珩瞪了蚩尤一眼，對炎帝說：「不是您想的原因，我是他的債主。」

蚩尤把手裡的藥丸一分兩半，自己吞了一半，剩下一半遞給阿珩。炎帝說：「即使你天賦異稟，能撐到現在也到了極致，還是先給自己解毒吧。」

蚩尤沒理他，只看著阿珩。

炎帝眼中有了詫異，仔細看著阿珩，「小姑娘的毒暫時沒有事，我會立即再給她配置解藥。」

蚩尤想了想，把剩下的半顆藥丸丟進嘴裡。

一隻顏色赤紅的鳥飛落在炎帝肩頭，炎帝取下牠爪上的玉簡，看完後苦笑著問：「軹邑的火是你放的嗎？」

蚩尤閉著眼睛不回答，他的雙手插在土地中，臉色漸漸好轉，整個山坡上種植的靈花異草，甚至

---

1. 根據《山海經》和《太平御覽》記載，炎帝有三個女兒。一個女兒叫瑤姬，自幼體弱多病，正值妙齡就亡故，死後化作露草。神農氏嘗百草救天下，卻不能救自己的女兒。一個女兒叫女娃，溺水而亡，化為精衛鳥，日日填海。

連土地的顏色都在迅速黯淡，就好似整個大地的光華都被蚩尤吸納了去。

阿珩驚駭地看著，炎帝說：「他是自己悟得了天道，功法自成一套，非我們能理解。」

阿珩訥訥地問：「琅鳥被捉住了嗎？」

炎帝輕撫了下肩頭的赤鳥，赤鳥展翅而去，「我已經傳命讓榆罔把琅鳥看好，不會讓祝融動牠。」

阿珩放下心來，「謝謝。」

炎帝嘆道：「祝融深惡蚩尤，如果他在，蚩尤絕不能這麼輕易上山，可一動貪念，就被蚩尤利用了。」

阿珩已經越來越糊塗，難道不是應該下毒的人阻止蚩尤見炎帝嗎？怎麼聽著好似炎帝故意命人把守神農山？

「你什麼時候為阿珩配置解藥？」蚩尤站在了他們面前，雙目精光內蘊，顯然傷口已經開始癒合。

炎帝轉身向竹屋行去，「解藥明天才能配好，你們要在這住一天了。」

阿珩和蚩尤隨在炎帝身後進了竹屋，炎帝取出茶具烹茶，蚩尤盤膝坐到了窗下，阿珩可不好意思讓炎帝為她烹茶，「我來吧，我在家裡時經常為母親烹茶。」

炎帝笑點點頭，把蒲扇交給阿珩，坐到了蚩尤對面，卻不說話，一直沉默著。

蚩尤突然說：「我懷疑過祝融，共工，后土，連榆罔和雲桑都懷疑過，卻一直堅信你什麼都不知道。到了神農山才突然發覺，最有可能下毒的人是你，只有嘗遍百草、精通藥性的神農氏才能配出這麼厲害的毒。為什麼？師傅！」

蚩尤的一聲「師傅」寒意凜凜，令整個屋子都好似要結冰。阿珩屏息靜氣，偷偷去看蚩尤，卻看他臉朝著窗戶，壓根看不到他臉上的神色。

炎帝默默地凝視著蚩尤，一室令人窒息的寧靜。

水驀地翻滾起來，打破了寧靜，阿珩手忙腳亂地煮茶，匆匆把茶端到案上，「我出去看看阿獙和小鹿在玩什麼。」想要迴避。

蚩尤把她摁坐到身邊，「妳有權知道自己為什麼中毒。」眼睛卻是挑釁地盯著炎帝，「師傅，你既然想殺我又何必要收留我？」

炎帝笑對阿珩說：「妳可知道蚩尤如何成了我唯一的徒弟？」

阿珩搖搖頭。

炎帝捧著茶盅，視線投向了窗外，「有一塊不受教化的蠻荒之地，被大荒人稱為九夷。九夷族被列為賤民，男子生而為奴，女子生而為婢，只能供別的民族驅使，因為祖祖輩輩都這樣，也沒有人覺得這有什麼不對，就如同神族比人族高貴，人族又天生比妖族高貴，神族、人族、妖族內部又分三六九等，高貴的驅使低賤的，一直都很正常。幾百年前，有一次朝會，管理西南事務的官員說賤民九夷造反了，竟然殺害了數百名人族和一個神族官員，我當時因為瑤姬的病，心思煩亂，就命榆罔負責此事。一百多年後，祝融上書彈劾榆罔，原來九夷的禍亂起自一隻不知來歷的妖獸，因為自悟了天道，能號令百獸，九夷族敬稱他為獸王，卻比虎豹更凶狠殘忍。榆罔心憐九夷賤民，不忍對野獸下殺手。可野獸冥頑不靈，已經重傷了十幾個大將。為了這事，祝融和榆罔兩邊的人吵得不可開交，我問清楚野獸所犯的殺孽，斥責了榆罔，同意祝融去誅殺九夷的獸王。」

阿珩已經猜到那隻野獸就是蚩尤，雖然事過境遷，仍心驚肉跳，蚩尤竟然被神族高手追殺了上百年，難怪他一旦藏匿起來，連神力高強的大哥都找不到。

炎帝喝了口茶，休息了一下，繼續講述：「我以為此事結束了，可沒想到一個深夜，榆罔突然來求見，說九夷族投降了，甘願世世代代做賤民，唯一的條件就是饒恕他們的獸王。榆罔苦求我召回祝融，我不禁對這隻野獸生了好奇，於是當日夜裡就趕往九夷。在一個沼澤裡找到了他們，當時的形勢又凶險又好笑，野獸用自己做餌把急躁自負的祝融誘進了屍毒密布的沼澤，裡面的毒蟲千奇百怪，幾個神將都中了毒，祝融明明可以一把火就把野獸燒死，可他若引火，就會引爆沼澤裡積累了幾萬年的沼氣，祝融火靈護體，頂多受點輕傷，其他神將卻會死。當時祝融破口大罵，一定要把野獸挫骨揚灰，野獸還不太會說話，一邊齜牙咧嘴地咆哮，一邊不停地敲打自己的胸膛，好像在說，來啊，來啊，燒死老子啊！」

炎帝說著，忍不住笑看了一眼蚩尤，對阿珩說：「當時我心裡非常震驚，野獸生於山野，懂得利用蟲蛇毒瘴沒什麼，可他選擇同歸於盡的地點大有學問，沼澤是個很奇怪的地方，水土混雜，都剋制火靈，卻又充滿沼氣，一點火星就能爆炸，祝融在這裡完全無法自如控制一切。這隻話都不會說的野獸比許多神族高手都懂得利用天勢地力。」

阿珩想到剛才的哀音陣，贊同地點點頭。炎帝說：「我看出這隻野獸壓根不是野獸，只是一個無父無母、被百獸養大的人。我先下令祝融閉嘴，開始和野獸慢慢溝通，他對我充滿敵意，一邊看似在聽我說話，一邊卻狡詐地用各種毒蟲毒獸偷襲我，試探著我的弱點，但他不知道我熟知藥性，一般的毒根本傷不到我。我越是觀察他，越是驚嘆他的天賦，可也越是心驚，這樣卓絕的天賦卻這樣暴戾嗜殺，我一時欣喜於發現了一個天賦異稟者，一時又覺得應該立即殺了他。」

蚩尤顯然也是第一次知道自己的生死竟然就在炎帝一念之間，回頭盯著炎帝，沒有一絲表情，看不出他心裡究竟在想什麼。

「就在我猶豫不決時，不知道從哪裡飄來一朵落花，這隻凶蠻狡詐的野猴子抓住落花，左右看看，四周都汙穢不堪，他好似生怕把花弄髒了，小心翼翼地把花插到頭上。我看著他滿頭亂毛，頂著一朵野花，模樣十分滑稽，兩隻眼睛卻狠狠地瞪著我，忍不住大笑起來，殺意頓消。下令祝融他們都離開，我和野猴子在沼澤裡單獨待了十天十夜，終於贏得了一點他的信任，讓他出了沼澤。我用治好他的傷、補好他的腳筋做條件，請他跟我回神農山，被他拒絕了。我漸漸發現他雖然暴虐，可也單純，和他相處的唯一方法就是坦誠相待，我直接告訴他我覺得他很聰慧，不應該和百獸為伍，想把他變得和我一樣，他竟然就同意來神農山了。」

蚩尤凝視著阿珩，目光清澈明亮，就像春夜的如水月光，山澗的爛漫野花，阿珩又是困惑，又是慌亂，逃開蚩尤的目光，「那隻小野獸後來就成了您的徒弟，有了一個名字叫『蚩尤』。」

炎帝苦笑，「到神農山後，我說服他做我的徒弟可沒少花心思，先和他反覆解釋師傅和徒弟的意思，他明白後竟然頻頻搖頭，覺得自己吃了大虧。我承諾取消九夷的賤籍，賜名九黎。又用一個北冥鯤的卵做交換，告訴他只要把卵孵化了，將來就可以在天上飛，他才勉強答應。」

阿珩很能理解炎帝的苦笑，只怕整個天下的少年都夢想成為炎帝的徒弟，他收蚩尤卻還要又哄又誘。

炎帝看著蚩尤，眼中感情複雜，「你的天賦驚人，一日千里的進步，我一面欣喜，一面害怕。自從決定收你為徒，你在我心中就和雲桑、榆罔、沐槿一樣，是我至親的人，我高興於你的每一點進步；可我還是一國之主，作為炎帝，我無法不恐懼你。我生怕有一天，你因為祝融或者其他刺激，狂性大發，把你所學會的一切都用來對付神農百姓，所以我給你下了毒。」祝融再暴躁貪婪，后土再隱忍深沉，也有弱點和牽絆，蚩尤卻無父無母，無牽無掛，性子又狂妄不羈，天不能拘，地不能束。

蚩尤不耐煩地說：「算了，我懶得聽你囉嗦，也懶得和你算下毒的帳了！你給阿珩配好解藥，我就會永遠離開。」

炎帝笑看著蚩尤，眉目間有淡淡的溫柔，「一百八十年前，你狂怒下離開神農山，我以為你絕不會回心轉意，榆罔卻星夜把你追了回來。那時，我就知道我看錯了你，可一瞬的猶豫，終究是沒有為你解毒。我本來決定等你從蟠桃宴歸來，親口告訴你此事，再替你把毒解了，可沒想到你會受重傷，導致隱藏的毒爆發。我下令祝融他們把守神農山，嚴禁任何人上山，不是阻撓你，而是因為我自己中毒，快要死了。」內容太詭異，幾乎讓人覺得聽錯了，可炎帝又明明白白地說了一遍，「蚩尤，我中毒，活不了多久了。」

蚩尤去抓炎帝的手腕，炎帝沒有任何防備，任由他扣住命門，「軒轅族有青陽，高辛族有少昊，神農族卻沒有一個可堪重任的繼承者，榆罔心地仁善，可能力平平，祝融過於貪婪殘忍，野心大過能力，共工又太古板方正，不懂變通，后土倒是可造之才，但他看似柔和謙遜，卻機心深藏，過於隱忍小心，這樣一群不爭氣的小混蛋還一個不服一個，只怕我一死，他們就要忙著鬥個不停，榆罔根本鎮不住他們。」

炎帝憂心忡忡，「軒轅黃帝已經厲兵秣馬、隱忍千年，我的死訊，就是為他吹響了大軍東進的號角。高辛和神農已經鬥了幾萬年，當年俊帝繼位的關鍵時期，我父王派十萬大軍壓境，若沒有少昊力挽狂瀾，只怕俊帝早已成了枯骨，這樣的仇豈能不報？」

炎帝眉間有一重又一重的憂慮，就像一座又一座的山即將傾倒，阿珩身發冷，心狂跳，似乎已經看到了千軍萬馬在怒號奔騰，蚩尤卻好似什麼都沒聽見，只專注地用靈力探查炎帝的身體。

炎帝的語聲無奈而蒼涼，「大荒幾萬年的和平安寧就要徹底終結，天下蒼生又要陷入連綿不斷的戰亂中。」

蚩尤默默拿開了手，炎帝凝視著蚩尤，「你能看在我命不久矣的份上，原諒我這個老頭子嗎？」

蚩尤冷著臉說，「你還沒死呢！」語氣雖然仍然不善，卻再沒提要離開。

炎帝笑道：「我打算在死前封你為督國大將軍，不僅神農國的全部軍隊都歸你統領，你還有權駁回炎帝的決策。不過，神農國的軍隊分為六支，一支是炎帝的親隨，只炎帝能調動，另外五支則……」炎帝嘆口氣，「實際上你能不能調動所有軍隊就要靠自己的本事了。」他站了起來，「我去給阿珩配置解藥。」

炎帝一走出去，阿珩立即抓住蚩尤的胳膊，結結巴巴地問：「炎帝，他、他、他說的都是真、真、真的嗎？他是醫術冠絕天下的神農氏，怎麼可能治不好自己？」

蚩尤淡淡說：「他這一生為了治病救人，研習藥性，嘗試了太多毒物，各種藥性在他體內混雜，一直在磨損他的身體，他這兩年應該又嘗試了不知名的毒草，毒草本身的毒，他已經解了，可毒草引發了幾千年來鬱積在體內的毒素，現在是萬毒齊發，無藥可解。」

「那也有辦法的，對不對？」

蚩尤低頭看著阿珩，輕撫了下阿珩的頭髮，沉默地搖搖頭。

阿珩猛地放開蚩尤，跑出屋子，抬頭望著藍天，大口大口地吸氣，可仍覺得喘不過氣來。

這麼多年三國鼎立，太平無事，就是因為炎帝德高望重，天下民心所向，即使雄才偉略如黃帝也不敢逆天而行，如果炎帝一死……阿珩不敢再想下去。

遠處的山坡上，夕陽把層林都染成了金色，阿獙和小鹿正在玩耍，一追一逃，一躲一藏間，歡快的鳴叫聲傳遍了山林。

阿珩不知不覺中追著牠們的步伐，走進了那個藍色的山谷，阿獙和小鹿卻不知道哪裡去了。

她坐在山坡高處，看著紅霞密布的西邊天空。

夕陽正一點點墜落，這是最後的美麗安寧了。

她隨手摘了兩片葉子，放在唇邊吹奏著，滴滴溜溜的聲音在山谷裡傳開。

有人聞曲而來，坐在了不遠處，阿珩沒有理會，依舊吹著曲子。

一曲完畢，她才側頭看向坐在墳塋旁的炎帝。

傍晚的風大了，藍色的花海一波又一波翻滾著浪花，時起時伏，炎帝的身影時而模糊，時而清楚。

阿珩走到炎帝身邊坐下。

炎帝微笑地看著夕陽：「妳有點像我的一個朋友，不是容貌，而是一些小動作。」

阿珩望著夕陽沒說話。

「她叫西陵嫘，現在知道她名字的人很少了，可在三千多年前，她曾是整個大荒最有名的女子，被稱為西陵奇女，我父王還曾命我的兄長去求過親。」

阿珩問：「她答應了嗎？」

炎帝搖搖頭，「沒有，如果她答應了，也許我的兄長就是炎帝了。」

阿珩問：「您的妻子是個什麼樣的人？」

炎帝笑了，有濃濃的惆悵，「妳們果然是很像。阿嫘在很多年前也問過我這個問題，在她之前從沒有人關心，在她之後沒有人再敢問，妳是第二個問我這個問題的朋友。」

炎帝的手放在妻子的墓塚上，神色溫柔，眉眼間有綿綿不絕的相思，「我自小靈力低微，不善於那些打仗的法術，長相也不出眾，一直不受父親看重，兄弟們也不大和我一起玩，我喜歡一個人種植花草。都城軹邑的外面有一條河叫濟河，濟河岸邊住的都是靈力低微的神族，他們沒有能力做官也不能參軍，只能靠打些零工做點小生意為生，一個賣花女就住在濟河畔，她喜歡用靈力培植各式各樣藍色的花，有藍色的牡丹、藍色的芙蓉、藍色的風信子……」

炎帝的手從身邊的藍色山茶花上撫過，「我第一次看見她時，是一個濕漉漉的清晨，我去河邊採摘藥草，她出門汲水，穿著一襲白底藍花的長裙，鬢邊簪著一朵藍色的山茶花。當時河上的人還很少，我們隔河而立，視線交投，她微微笑了一下，我卻驚慌得看都不敢看她，掄起鋤頭就往地下鋤，結果鋤到自己的腳，她在對岸大笑。我在榻上休養了一個月，也不知道怎麼回事，傷一好，就算著她汲水的時點去河邊，剛開始是幾個月去一次，慢慢變成幾天去一次，再後來我天天都去河邊挖草藥，可我不敢和她說話，年少時的我十分內向靦腆，一看到她就臉紅心跳，連多看一眼都不敢。我們一直隔河相望，卻一直一句話都沒有說過。三年後，父王命我陪哥哥去西陵家求親，因為阿嫘很會養蠶，我正好培育出一株碧玉桑，父王覺得我能幫著哥哥投阿嫘所好，就讓我一塊去。那次求親很失敗，阿嫘把哥哥刁難得狼狽不堪，不過我和阿嫘卻成了好友，阿嫘邀請我和她一塊去大荒遊歷，我自然忙不迭答應了，後來我們又認識了能歌善舞的阿湄，三個人結成了兄妹。三人中我最年長，阿嫘卻膽子最大，總是帶我們去做一些我想都不敢想的事情。」

炎帝笑著搖頭，眉宇間有疏朗開闊、意氣飛揚，「那真是我生命裡最瘋狂的一段歲月，我自己都不相信原來我也會醉酒鬧事，打架鬥毆。我們三個還約定『要永遠在一起，永遠像現在一樣快樂』。阿嫘大聲地說誰要是違約，她就會懲罰誰。可是，她碰見了那個光華耀眼的少年，她自己先違約了。她離開的那天，我們也是坐在一個山坡上，像今天一樣眺望著夕陽，我吹曲子，阿嫘唱歌，阿湄跳舞。我的曲子還沒吹完，阿湄的舞還沒跳完，阿嫘突然說她要走了，要去找那個光華耀眼的少年。阿湄非常生氣，怒氣沖沖地跑了。我去送阿嫘，她問我『可有喜歡的姑娘，可有想永遠在一起的人』，我突然就想起了濟河岸邊的藍衣女子。阿嫘說『你若喜歡她就該告訴她，你難道不怕她會嫁給別人嗎？』突然之間，我就慌了，都來不及和阿湄告別，就匆匆往回趕。」

阿珩明知道他們最後結成了夫妻，仍然很緊張，「你找到她了嗎？她還在濟河邊嗎？」

「我半夜就到了河邊，一直守到太陽出來，都沒有看到她。岸邊的藍花依舊在春風中絢爛，可簪花的女子已經不知何處去。我又是失望又是難過，失魂落魄地傻站在江邊，從清晨站到了晚上，等天色黑透，我回頭時，卻發現她就站在我身後，鬢邊簪著藍色的離花，含淚看著我。我以為她的親人過世了，擔心下竟然忘記了我們並不認識，對她說的第一句話是『妳別傷心，以後我會照顧妳。』她微笑著取下離花，扔到河裡，『你二十年都未出現，我以為你出事了。』我這才明白她鬢邊的離花是為我而戴。」

「後來呢？」

「後來，我們當然還經歷了很多風波，因為她的身分太低微，我父王堅決不同意，幸虧赤水氏幫了大忙，將聽訞寫入族譜，聽訞才以赤水氏的身分嫁給了我。」炎帝微笑著撫摸過墓碑。「聽訞就像這些山坡上的野花，看著柔弱，可不管再大的風雨也不能摧毀它們，但我卻害死了她。聽訞的身體不適合生養孩子，可我身為炎帝，必須要有子嗣，她為了我一次又一次懷孕，榆罔出生時，她的身體終於垮了。」炎帝把頭靠在妻子的墓碑上，低聲說：「都說我醫術冠絕天下，卻救不活她，我沒有救活女娃，也沒有治好瑤姬，我這個無能的醫者只能看著她們死在我面前。阿嫘，妳說聽訞會不會怨怪我？」

阿珩知道炎帝心神已渙散，竟然把她和母親搞混了，怕刺激到他，一句話都不敢說。

炎帝喃喃說：「阿嫘，我很自私！我知道自己死後會有很多人受苦，但我竟然在偷偷地盼著自己快點死，瑤姬死時，我真想跟著她一走了之，這樣我和聽訞就又可以團聚了，天下人都以為炎帝哀傷成疾是一句誇張的託辭，卻不知道自從聽訞離開，我就生病了，已經病了上千年。」

炎帝握住阿珩的手，「自從我做了炎帝，妳就再沒和我私下通過消息，可瑤姬死後，妳卻給我寫信，讓我不能放任自己的悲痛，必須明白自己不僅僅是一個女人的丈夫，三個女兒的父親，還是天下人的炎帝！我如何不明白呢？如果不明白，我當年不會違背新婚之夜許給聽訞的誓言，繼位做炎帝，也不會一年又一年撐到今日。可是，阿嫘，我真累了！這一次毒發，我甚至暗暗地想，這下妳沒有辦法再用大道理來規勸我了，我是必須要死了！阿嫘，妳我情如兄妹，可因為我是炎帝，連通個信都要迴避，聽訞也因為我是炎帝，才早早亡故。這一生，自從登基，細細數來，快樂的日子竟沒有多少，生命太長太長，歡樂卻太少太少，我太累，想休息了，我自私地想休息了……」

阿珩眼中的淚珠滾滾落下，輕聲說：「沒關係，你休息吧，沒有人會怨怪你自私，你已經為神農百姓撐了很久。」

她忽看到蚩尤飛奔而來，人未到，靈力已到，把炎帝護持住，四周抽出了無數朵白色的小花，把炎帝包裹起來，炎帝的靈識漸漸平穩，人沉睡過去。

蚩尤問阿珩：「妳在和他說什麼？他現在禁受不起大的刺激。」

阿珩十分懊惱，「我不該一時好奇問他關於炎后的事情。」

蚩尤盯著阿珩，「妳怎麼把真容露出來了？」

阿珩摸了下自己的臉頰，「剛才炎帝提到了我的母親，不知不覺中我老是想著年輕時候的母親，大概駐顏花就把我的容顏變回去了。」難怪炎帝心神會那麼激動，原來錯把她當作了母親。

第十章 桃花樹下約今生

兩人之間隔著一段親近卻不親密的距離，
阿珩有一種莫名的心安，就好似一切的危險苦難都被蚩尤阻擋，
這一刻就算天塌下來，也有個人保護她，陪著她。

阿珩一夜輾轉反側，幾乎沒有合眼。清晨，她起來時，只覺疲憊不堪，可精神緊繃，竟然一絲睏意都沒有。

她看到炎帝坐在廊下雕刻木頭，走過去坐到炎帝對面，看著眼前的慈祥老者，還是沒有辦法接受這個維繫著大荒太平的人竟然就要死了。

炎帝說：「昨天晚上居然在一個小姑娘面前失態，真是讓人見笑。」

阿珩取下髻上的駐顏花，「伯伯，我是西陵嫘的女兒，小字珩，娘親叫我珩兒。」

炎帝凝視了她一會，視線慢慢移向她手中的駐顏花，阿珩嬌俏地一笑，把駐顏花插回髻上，「這

是從湄姨那裡贏來的。」

炎帝笑起來，「聽說她把妳關了六十年，她倒還是老樣子，動不動就生氣。」炎帝說著話，神思怔怔，笑意淡了，「我最後一次見她是我成婚之日，沒想到一別就是兩千多年，她可好？」

阿珩想了一會說：「挺好的，她常常一個人站在懸崖邊看落日，哦，對了！她還喜歡做傀儡，很多宮女都是傀儡人。」

炎帝專注地雕刻著木鳥，「她的傀儡術還是我和妳娘教她的，她一直想要一隻會唱歌的木鳥，那時候她的靈力做不出來，總是央求我和阿嫘幫她做。」

阿珩怕勾起往事，不敢再談，轉移了話題，問：「蚩尤呢？」

炎帝說：「他一直在各個山頭忙碌，布置什麼陣法，我猜他是想借天勢地氣為我續命。蚩尤他雖然沒有學過一天陣法，可他天生對五行靈氣感覺敏銳，布陣破陣自有一套。」

正說著蚩尤回來了，看到炎帝手裡的東西，皺了皺眉，「要做傀儡？你還有靈力浪費在這些事情上？我幫你做。」

炎帝說：「我想自己做。」

蚩尤說：「紫金頂比小月頂靈氣充盈，你應該去紫金頂住。」

「我想在這裡。」

蚩尤哈哈大笑起來，「你這老頭臨死了才算有點意思，以前從不說我想什麼，永遠都是什麼黎民啊蒼生啊！你看，說說『我想』也沒什麼大不了！是不是比整天惦記著天下痛快多了？」

炎帝一巴掌笑打到蚩尤頭上，「你這潑猴！阿珩的藥在屋子裡，去煎了。」

「我說了多少遍了？別打頭！」蚩尤一邊嘟囔，一邊從屋子裡拿了藥，蹲在泉水邊煎藥。每一味藥的先後順序和份量都有嚴格要求，往日大大咧咧的蚩尤格外小心專注。

阿珩凝視著蚩尤，心中有感動，也有惶恐。

炎帝笑問她：「妳在想什麼？」

「沒什麼。」阿珩低下了頭。

炎帝說：「蚩尤喜歡妳，妳想過怎麼辦了嗎？」

阿珩驚慌地抬頭，急急否認，「蚩尤不是認真的，他就是一時好玩貪新鮮。」

炎帝凝視著蚩尤，眼中有父親般的慈祥和擔憂，「妳錯了，他是這世間最認真的人，他的喜歡就是喜歡，發自內心，沒有一絲雜念，真摯無比。」他們頭頂正好飛過一對燕子，炎帝指了指說道：「牠們看似輕率，只是年年求歡，從沒有許諾過一生一世在一起，可牠們卻終生不離不棄，妳爹爹給了妳母親盛大的婚禮，承諾了終生結髮，這些年他又是如何待她的？」

阿珩怔怔地望著遠去的燕子，半晌後低聲說：「我在九黎族住了一段時間，發現九黎族信奉人只活在今朝，他們認為只要眼前快活了，就是明天立即死了也沒什麼；可自小到大，父親對我們的教導都是三思後行，一舉一動必須從長遠的利益考慮，不能貪圖眼前的一時之歡，到底哪個對？」

炎帝想了一會說：「妳爹爹也沒有說錯，處在他的位置必須如此，但這些年我常常後悔，後悔沒有多陪陪聽訞，總以為將來有很多時間可以彌補她，卻不知道天下的事，我們能擁有的只有現在，即使是神，也不知道明天會發生什麼。」

阿珩默默沉思。

「吃藥了。」蚩尤端著藥，走過來。

阿珩喝完藥，對蚩尤甜甜一笑，「謝謝你。」

阿珩難得對他和顏悅色，蚩尤意外地愣住。

一隻赤鳥飛來，落在炎帝肩頭，炎帝道：「榆罔和沐槿上山來了。蚩尤，你帶阿珩去山裡走走，榆罔和沐槿還不知道我的病情，我想單獨和他們待一會。」

阿珩低聲問：「沐槿是誰？」

蚩尤對這些事情很淡漠，簡單地說：「炎帝的義女。」

「哦，那也是神農的王姬了，難怪有時候聽人說神農有四位王姬，我還以為是誤傳。」

蚩尤帶著阿珩去白松嶺。

白松嶺十分秀麗，崖壁上長滿獨特的白皮松，各具姿態，遊走其間，一步一景，美不勝收。不過，這並不算什麼，真正令人驚奇的是蚩尤，他對山林有一種天生的熟悉，哪裡有山泉可以喝，哪裡有野果子可以吃，哪裡可以看到小熊仔……他一一知道，就好似他就是這座大山的精魂所化。

兩人渴了時，蚩尤帶著阿珩到了一處泉眼。

阿珩彎身喝了幾口水，又洗了洗臉，回身看向蚩尤，此時正午的明亮日光透過松樹林照射下來，泉水邊的青苔都泛著翠綠的光。蚩尤蹲踞在大石上，姿勢很不雅，卻有一種猛獸特有的隨意和威嚴。他朝阿珩咧嘴而笑，眼神明亮，阿珩也不知道為何，心就猛地幾跳，竟然不敢與蚩尤對視。

她扭回頭，隨手把鞋子脫去，把腳浸在泉水中，一蕩一蕩地踢著水。

蚩尤跳坐到阿珩身邊，和阿珩一樣踢著水玩。

日光從樹葉的間隙落下，水潭上有斑斑駁駁的光影，蚩尤像個貪玩的孩子一般，不停地用腳去踢水潭中的光點，每踢碎一個，他就歡快地大笑，那些因為炎帝病逝即將而來的煩惱似乎一點都沒影響到他。

阿珩的疲倦與恐懼從心裡一點點湧出，不知不覺中靠在蚩尤的肩膀上。

蚩尤輕聲問：「怎麼了？」

阿珩問：「炎帝還有多長時間？」

「他的病情越到後面會越痛苦，萬毒噬心，痛到骨髓，難以忍受，越早走越少受罪，可師傅他表面上什麼都看得通透，其實什麼都放不下，肯定會盡力為他的子民多活一天，總是要撐到不能撐時，才不得不放手。」

「那究竟能撐多久？」

「不知道，也許三年，也許五年，不過即使我們都動用靈力為他續命，也不會超過十年。」

「蚩尤，我覺得很累，很害怕。」也許因為此時的山水太溫柔，蚩尤的肩膀又很牢靠，阿珩第一次打開了心懷，戰爭一旦開始，首先被捲入的就是他們這些王族子弟。

蚩尤臉貼在她的頭髮上，「如果妳累了，就靠在我肩頭休息，如果妳害怕，就躲到我懷裡，讓我來保護妳。」

阿珩能感受到他溫熱的呼吸，一呼一吸之間，讓她有一種異樣的安心，「如果靠的時間久了，你會不會累，會不會不耐煩？」

蚩尤的唇好似從她髮絲上輕輕掃過，停在了她的耳畔，「不會。阿珩，難道妳到現在還不明白？

我願意為妳做任何事情。」

就好似有燦爛溫暖的陽光射進了她的心裡，阿珩整個身子都暖洋洋的，疲憊和恐懼都消失了。一夜未睡，濃重的睏意湧上來，她像個貓兒般打了個呵欠，「好睏。」仰躺到青石上。蚩尤也躺了下來。兩人之間隔著一段親近卻不親密的距離，阿珩有一種莫名的心安，就好似一切的危險苦難都被蚩尤阻擋，這一刻就算天塌下來，也有個人保護她，陪著她。

山風輕拂，有泉水叮咚聲隨風而來，越發凸顯出山中的靜謐，陽光慷慨地灑下，隔著樹影，明亮卻不刺眼，將融融暖意鐫刻入他們心底。閉上眼睛好似能聽到歲月流逝的聲音。蚩尤與阿珩都閉目休憩，似乎一起聆聽著那歲月靜好、現世安穩。

夕陽西下時分，阿珩緩緩睜開了眼睛，只看眼前山水清秀，林木蔥蘢，四野緋色的煙霞瀰漫，紋絡天成，整個天空都化作了精美的七彩錦緞，對對燕子在彩雲間徘徊低舞。阿珩目眩神迷，恍恍惚惚。她側頭，恰恰對上了一雙漆黑狡黠的雙眸，猶如夜晚的天空，深邃遼闊，璀璨危險，阿珩怔怔地看著，忘記了今夕何夕，身在何處。

蚩尤輕輕地靠近她，唇剛剛碰到阿珩，林間突然傳來一聲老鴰啼叫。阿珩驚醒，猛地坐了起來，面紅耳赤，一顆心跳得咚咚，卻強作鎮靜地說：「我們該回去了。」

蚩尤愣了一瞬，氣惱地仰天張口，野獸一般怒嗥，霎時，山林內的走獸飛禽都倉惶地逃命，不一會就逃了個一乾二淨，靜得連一聲蛐蛐叫都再聽不到。

蚩尤坐了起來，凝視著阿珩，阿珩匆匆避開他的視線，快步趕回小月頂，「走吧！」

蚩尤默默跟在她身後，走了好久，忽然說：「我身上的這件衣袍是妳親手做的，對嗎？」

阿珩腳步頓了一頓，沒有說是，也沒有說不是，只是越走越快。

蚩尤喜笑顏開，追上她，得意地說：「妳又是養蠶又是紡紗，折騰了二十多年，玉山上那麼多宮女，誰不知道啊？我早就問得一清二楚了。」

阿珩羞窘不堪，沒好氣地說：「有什麼大不了？不就是一件破袍子嗎？」說著快步跑起來，再不肯理會蚩尤。

蚩尤在她身後邊追，邊說：「我會永遠都穿著它。」

阿珩嘴角忍不住露出笑意，越發不敢看蚩尤，越跑越快。

阿珩像小鹿一般敏捷地在山林間奔跑，像一陣風一般衝上了小月頂，因為草木茂密，不提防間，一頭撞到了一個人身上。阿珩腳下打滑，差點扭傷腳，幸虧對方扶了她一把。

阿珩笑著抬頭道謝，「謝……」

竟然是少昊。阿珩心突突亂跳，身子發軟，面紅耳赤地呆立在當地。

少昊抱歉地說：「姑娘可有傷著？」他看向阿珩身後，微笑著點點頭。蚩尤的笑容卻立即消失。

蚩尤大步走了過來，一手扶住阿珩，一手推開少昊，「高辛的王子殿下怎麼會在神農山？」

少昊沒有回答，榆罔和一個紅衣少女並肩走來，阿珩猜測紅衣姑娘應該就是炎帝的義女沐槿，明豔動人猶如木槿花，難怪叫沐槿。

沐槿笑看著蚩尤，「雲桑姐姐受傷了，幸虧遇到少昊殿下，殿下就護送了雲桑姐姐回來。」當她視線掃到蚩尤對阿珩的呵護時，笑容立即消失。

阿珩一時心急，立即問道：「雲桑怎麼了？」

沐槿盯著她，眼中隱有敵意，「王姬的名字是妳能直呼的嗎？」

蚩尤冷冷道：「名字本來就是用來被叫的。」

沐槿意外地瞪著蚩尤，顯然沒想到萬事冷漠的蚩尤竟然會出言相護，眼睛中漸漸浮上一層淚意，卻倔強地咬著唇。

榆罔深深看了一眼阿珩，謙和地回道：「路上遇到幾個為非作歹的妖族，傷勢沒有大礙，休養幾個月就能好。姑娘認識我的姐姐嗎？」

阿珩點了點頭，心中蹊蹺，雲桑怎麼會到高辛去？又怎麼會那麼巧地碰到少昊？

一隻赤鳥飛來，落在榆罔肩頭，榆罔笑對大家說：「已經準備好晚飯，父王請我們過去。」

廳堂內，擺放著一桌簡單的飯菜，炎帝坐在首位，他們一一給炎帝行禮，炎帝凝視著他們，心情頗為複雜。這簡陋的毛竹屋內，居然機緣巧合地雲集著一群掌握未來天下走勢的後生晚輩，不知道再過幾百年，他們還會記得今日嗎？

阿珩問道：「炎帝，我不餓，想去看看大王姬，可以嗎？」

炎帝看了一眼少昊，說道：「妳去吧。這丫頭大了，很多心事都不肯和我說，妳去陪她聊聊也好。」炎帝顯然也察覺出雲桑被妖怪所傷是胡說八道。

阿珩行禮後，告退。

等她走了出去，沐槿按捺不住地問：「父王，她是誰？」

炎帝看看蚩尤，看看少昊，對榆罔和沐槿說道：「是我結拜妹妹的女兒，自從妹妹出嫁後，因為我的身分所限，我們很少來往，所以你們都沒見過她。」

炎帝的神情十分感慨，顯然語出真摯，連心思縝密的少昊都相信了，不再懷疑阿珩的身分。

阿珩輕輕走進屋子，看到雲桑神色黯然，呆呆地盯著窗外。

「姐姐。」阿珩拔下駐顏花，坐到雲桑身邊。

雲桑意外地盯著她，本來還納悶她怎麼在神農山，看到阿珩手中嬌豔欲滴的桃花，拿過來把玩了一會，嘆口氣，「原來蚩尤奪取它是為了送給妳。」又把花插回阿珩的髮髻上，「少昊在山上，小心一點，別露出真容。」

「我剛已見到他了。」阿珩的人和花都變換了模樣，「姐姐，妳怎麼會被少昊所救？」

「我去見諾奈了。」

「諾奈不是在天牢嗎？」阿珩一驚，反應過來，「妳闖了高辛的天牢？」

「嗯。」

「那妳見到諾奈了嗎？」

雲桑點點頭。

「妳告訴他妳是誰了？」

雲桑點點頭。

「他怎麼說？」

雲桑珠淚盈盈，泫然欲泣，「他看到我時看似無動於衷，不停地催我趕緊離開，可我能看出來他又是吃驚又是高興，我鼓起勇氣告訴他，我不是軒轅的王姬，軒轅妭，我叫雲桑，是神農的王姬。他的表情……」

雲桑的眼淚潸然而落，「他一句話都沒有說，可是他的表情，他的表情……從不相信到震驚，從震驚到憤怒，又漸漸地從憤怒變成了悲傷。他死死地盯著我，那種悲傷空洞的眼神，就好像他的心在一點點地死亡。當他憤怒的時候，我十分緊張害怕，可當他那樣悲傷地看著我時，我寧可他憤怒，寧可他打我罵我……」

阿珩問：「後來他說什麼了？」

雲桑哭著搖頭，「沒有，他一直什麼都沒有說，後來天牢的士兵們趕來，漸漸把我包圍住，生死關頭，我求他說句話，不管是恨我還是怨我，都說句話，他卻決然地轉過了身子，面朝牆壁，好似入定。我一邊和士兵打鬥，一邊和他說你今天若不說話，我就一直留在這裡，後來，後來……他終於說了句話……」

阿珩心下一鬆，「他說什麼？」

「滾！他讓我滾！」

雲桑泣不成聲，嗚嗚咽咽地說：「我當時也瘋了，對他吼，你叫我滾，我偏不滾。我雖然有父王的靈藥保護，可仍然受傷了，被士兵捉住，這個時候我心裡十分害怕，如果被俊帝知道我的身分，肯定是一場軒然大波，但我不後悔！幸虧少昊趕來，他十分精明，下令所有士兵迴避，問我究竟是誰，我一句話不肯說。他說，『我雖然看不出妳的真容，可我能看出妳是用了人面蠶的面具，這個天下能把人面蠶的蠶絲紡織成如此精巧面具的神只有軒轅山上的嫘祖，但聽聞她也只紡織了四面，分贈給了四個兒女，妳的這面既然是女子的，想來應該是軒轅妭轉贈給妳。』我越聽越緊張，豁出去地想，反正他沒有辦法摘下這個面具，只要我不承認，他休想知道我是誰。這個時候少昊說了句話，深深打動了我。」

雲桑抬頭看著阿珩，「他說軒轅妭是我的未婚妻，她的朋友就是我的朋友，既然妳不想別人知道妳的身分，那也不用告訴我，妳只需告訴我哪裡安全，我派心腹護送妳去。」

阿珩胸膛起伏，雲桑輕輕嘆了口氣，「他這般君子，我豈能再猜忌他？所以我就告訴他，請送我回神農山。他立即明白了我的身分，沉默了一瞬說，這事越少人知道越好，我親自送妳回去。一路之上，他沒有問過一句我為何夜闖高辛天牢，回到神農山，也隻字不提我受傷的真正原因。父親知道我說的是假話，不過他一向對我很放心，沒有多問，若知道我做的事情，父王肯定……」

雲桑低頭，用手絹擦拭著眼淚。

阿珩默默坐了一會，說道：「姐姐，其實諾奈依舊很在乎妳。」

雲桑慘笑，「我是自作自受，不用安慰我。」

「他罵妳，讓妳滾，其實是變相地在保護妳，和剛見到妳時，不停地催促妳離開的心是一樣的。」

雲桑在人情世故上遠比阿珩精明，可她關心則亂，此時聽到阿珩的話，仍舊將信將疑，別的思緒卻越來越清楚。夜闖天牢雖然嚴重，可也不至於驚動少昊，少昊能那麼迅速地趕來，肯定是因為諾奈。少昊也是看出她和諾奈關係異樣，所以從一開始就很客氣有禮。少昊袒護她不僅僅是因為軒軒妭，也許更是因為諾奈和諾奈身後的羲和部。

雲桑低著頭默不作聲，神情卻漸漸好轉。阿珩凝視著她，心中暗暗難過，雲桑還不知道炎帝的病，等知道後還不知道要如何悲痛。

雲桑抬頭，納悶地問：「妳怎麼了？為什麼這麼悲傷？」

阿珩站起來，「我出去看看他們，少昊應該要告辭下山了。」

雲桑重重握住她的手，「替我謝謝少昊。」

阿珩點點頭。雲桑似乎還想說什麼，沉吟了一瞬，輕嘆口氣，放開了阿珩。

阿珩向著山崖外信步而行，烈陽不知道從哪裡飛來，繞著她打了個轉，似乎也看出她心情很低落，安靜地落在她的肩膀上。

阿珩撫著烈陽說：「雲桑遲早會知道炎帝的病情，瑤姬姐姐死時，雲桑大概以為一切終於結束了，所有痛苦終於爆發出來，可哪裡知道……這個時候，是雲桑最需要諾奈諒解的時候，諾奈只要心中還關心雲桑，肯定不忍心讓她背負雙重痛苦，一定會來探望雲桑。」

烈陽歪頭看著她，阿珩拿出一枚玉簡，用靈力給諾奈寫信，剛寫下「炎帝病危……」，耳邊突然響起雲桑的話「王族的事情永遠不會簡單」，發現事情遠沒有她想得那麼簡單。

炎帝的病情關係到天下局勢，牽涉到神農帝位的繼承，是最高機密，不要說其他國家，就是神農重臣祝融、后土他們都要隱瞞，只怕連雲桑自己都不可能把炎帝的病情告訴諾奈，阿珩又怎麼敢擅自將炎帝的病情洩露給一個兵權在握的高辛將軍？

阿珩怔怔地站著，為什麼會這樣？如果是普通人家，父親病重，人生最痛苦時，肯定最渴盼戀人能陪伴在自己身邊，可雲桑居然連告訴諾奈的權利都沒有。不管再痛苦，雲桑都要裝作若無其事，諾奈不可能知道雲桑即將要經受的痛楚。

阿珩默站了半晌，把關於炎帝的話語全部塗去，只從諾奈在凹凸館內錯認了雲桑的誤會講起，詳細解釋了一切都是雲桑一時衝動的無心之過，絕不是有意欺騙。懇請諾奈原諒雲桑。

炎帝向少昊再次道謝後，命榆罔和蚩尤送少昊。榆罔和少昊並肩而行，邊走邊談笑，蚩尤微微落後了幾步，沐槿蹦蹦跳跳地跟在蚩尤身旁，嘰嘰喳喳地纏著蚩尤講講蟠桃宴。蚩尤壓根不吭聲，她卻早就習慣，自得其樂地自問自答。

一行人出了山谷，看到阿珩站在山崖邊，靜看著遠處，一隻白色的琅鳥停在她的肩頭。她聽到他們的說笑聲，回過了頭，暮色蒼茫，山嵐浮動，霧靄迷濛，阿珩的面容看不分明，可隱隱的憂傷卻流淌在每一片飄拂的衣袂間。

少昊心中一動，覺得似曾相識，可又想不起來在哪裡見過。

蚩尤快步過去，琅鳥嘎一聲，飛到了蚩尤的肩膀上，沐槿從沒見過鳥兒長得這麼漂亮神氣，伸手去摸，琅鳥狠狠啄向她，幸虧沐槿手縮得快，未見血，可也很疼，她氣得要打琅鳥，蚩尤警告她：「別惹牠。」

沐槿委屈地叫：「蚩尤！」

榆罔和少昊彼此行禮告別，阿珩走過來，對少昊說：「王姬讓我替她轉達謝意。殿下，能借一步說話嗎？」

榆罔知趣地避讓到一邊，蚩尤盯著阿珩，阿珩裝作不知道，把一塊玉簡遞給少昊，低聲說：「麻煩殿下把這封信交給諾奈將軍。」

少昊接過玉簡，「姑娘放心，我會親手交給諾奈。」

阿珩行禮道謝，少昊盯著她看了一瞬，搖搖頭，「真奇怪，我總覺得見過妳。」

阿珩心中一驚，少昊卻未再深究，哂然一笑，躍上了玄鳥的背，對大家拱拱手，「諸位，後會有期。」

目送著玄鳥消失在雲間，榆罔心悅誠服地感嘆，「難怪連父王都盛讚少昊和青陽。幾百年前，我見到青陽時想，這世間怎麼可能還有哪個神能和青陽並駕齊驅？今日見到少昊，才真正相信了，高辛和軒轅有他們，真是大幸！」

沐槿不屑地說：「我們神農有蚩尤！」

榆罔嘆口氣，言若有憾，實則喜之地說：「可惜蚩尤和他們不同！」

「哪裡不同了？蚩尤……」沐槿回頭，看到蚩尤站在阿珩身邊，一邊和阿珩說話，一邊指間蘊著一團火焰，和琅鳥在打架，顯然壓根沒聽榆罔和她說什麼。

沐槿氣惱地跺腳，大叫，「蚩尤！父王叮囑我們送完少昊趕緊回去，他有重要的事情告訴我們。」

阿珩神情一黯，和榆罔告辭，「殿下，我不方便……」

榆罔親切地說：「父王讓我請妳一塊去。父王說妳是姑姑的女兒，咱倆也算兄妹了，我該叫妳什麼呢？」

「我叫阿珩。」

「珩妹妹，妳叫我榆罔就好，或者叫我哥哥。」

阿珩跟著榆罔回到居所，炎帝獨自一人坐在篝火前，看到他們，示意他們過去坐。

他對榆罔和沐槿說：「本來想一塊告訴雲桑，不過雲桑如今有傷，這事先瞞她一段時間。你倆要記住，這件事情關係到神農安危，沒有我的允許，再不可告訴任何人。沐槿，妳明白嗎？」

沐槿的神情一肅，竟有幾分雲桑的沉穩風範，「我和后土自小一起玩大，感情深厚，我知道父王擔心我會不小心讓他知道，請父王放心，我雖然平時蠻橫了一點，但不是不知輕重。」

炎帝點點頭，慈祥地看著榆罔和沐槿，鄭重地說：「我中毒了，大概只能再活三五年。」

榆罔和沐槿震驚地瞪著炎帝，都不願相信，可又都知道炎帝從不開玩笑，眼內漸漸浮現出驚恐。

炎帝也不再說，只微笑地凝視著他們，似乎等著他們慢慢接受這個事實。

半晌後，沐槿尖銳地乾笑了兩聲，「父王，你的醫術冠絕天下，哪裡會有你解不了的毒？」說著，視線投向蚩尤，似乎盼著他幫忙說話。

蚩尤淡淡說：「師傅是活不長了。」

沐槿愣了一愣，眼淚飛濺出來。

榆罔怒吼著，撲上來要打蚩尤，「你胡說八道！」

「榆罔！」炎帝沉聲喝斥，榆罔緊緊抓著蚩尤的衣領，蚩尤看似冷漠，卻凝視著榆罔，眼神堅毅，似乎在告訴榆罔，現在是炎帝最需要他堅強的時刻，榆罔漸漸平靜下來，鬆開了蚩尤，面朝炎帝跪下，「父王。」為了剋制悲傷，他的身子都在不停顫抖，阿珩不忍心看，低下了頭。

沐槿雖然仍控制不住悲傷，但眾人都神情肅穆，她的哭聲也漸漸小了，阿珩把一條絹帕悄悄塞到她的手裡。

炎帝對榆罔說：「你的神力低微，心地過於柔軟，沒有決斷力，並不適合做一族領袖，我幾次都想過傳位於他人，卻怕會引起更大的風波。畢竟你是名正言順的儲君，祝融他們即使再不服，也不敢輕易起兵造反，可如果換成他人，卻有可能立即令神農國分崩離析。」

榆罔羞愧地說：「兒子明白，兒子太不爭氣，讓父王為難了。」

炎帝笑著輕拍了榆罔的肩一下，「你母親連花花草草都捨不得傷害，在她懷著你時，我們常常說我們的兒子應該是什麼樣，她說『不要他神力高強，也不要他優秀出眾，只希望他溫和善良，一輩子平平安安』。」

榆罔身子一顫，不能相信地看著炎帝。炎帝說：「我很高興，你母親一定更高興，我們的兒子沒有辜負我們的期望，不僅溫和善良，還胸懷寬廣。」

榆罔的眼中有些晶瑩的東西在閃爍，他匆匆低下了頭，聲音哽咽，「我一直、一直以為父親對我很失望。」

炎帝搖搖頭，「我從來沒有對你失望過，是我一直對不起你，讓你不得不做炎帝的兒子，如果你生在一個平凡的神族家中，你會過得比現在快樂很多，可以做你想做的任何事情。我對你和你的姐姐們都很抱歉。因為我，讓你們的母親承受了她不該承受的重擔，又因為我，雲桑一直想做的事情也做不了，只能日復一日地做著神農國的大王姬，我也許是一個不算失敗的帝王，可我不是個好丈夫，更不是一個好父親。」

榆罔再忍不住，眼淚滾了下來，「父王，別說了！母親和我們都沒有怪過您。」

「如今我又要把神農一族的命運全部交托到你的手上，讓你承擔起你不想承擔的責任。」

榆罔彎身磕頭，「兒子會盡力。」

炎帝雙手放在他的肩膀上，眼中有太多擔憂，可最終只是用力地按住兒子的肩膀，像是要把他按趴下，榆罔用力地挺直背脊，無論如何都不肯倒下去，好似在一個用力按、一個用力抗的過程中，承接著什麼。

半晌後，炎帝說：「我想封蚩尤為督國大將軍，你覺得呢？」

榆罔立即說：「聽憑父親安排。」

炎帝指指蚩尤，對榆罔吩咐：「你去給他磕三個頭，向他許諾你會終生相信他，永不猜忌他，求他對你許諾會終生輔佐你。」

榆罔跪行到蚩尤面前，一手指天，一手向地，說道：「我的父親坐在這裡，我的母親安葬在這裡，我，神農榆罔，在父親和母親的見證下，對天地起誓，不管發生任何事情，我都不猜忌、不懷疑蚩尤，必將終生信他，若違此諾，父母不容，天地共棄。」說完，砰砰地磕了三個頭。

蚩尤淡淡說道：「我答應你，我會盡力幫你。」

蚩尤的誓言簡單得不像誓言，炎帝卻終於如釋重負地鬆了口氣，真正笑了，他一手拉著榆罔，一手拉著蚩尤，把他倆的手交放在一起，「神農族就託付給你們了。」

榆罔用力握住蚩尤的手，眼中含淚地笑看著蚩尤，蚩尤粲然一笑，回握住他的手，用力搖了搖。榆罔用力砸了蚩尤一拳，「別以後我一求你做什麼，你就讓我去偷酒。」這一次才是兩個男人之間真正的盟誓。一握下，從此後，不管刀山火海，兄弟同赴。

炎帝欣慰地開懷大笑，「今日不用你們倆個猴兒去偷，沐槿，去把屋子裡的酒都拿出來。」

雲桑臉色蒼白地從暗中走了出來，微笑著說：「別忘記給我也拿個酒樽。」顯然剛才炎帝所說的話，她已經全聽到了。

阿珩立即站起來扶住她，擔憂地看著她，雲桑捏了捏阿珩的手，表示沒有事，自己撐得住。

被蚩尤的淡然、雲桑的鎮定所影響，榆罔和沐槿雖然心情沉重，也都能故作若無其事，一杯杯飲著酒，陪著炎帝談笑，刻意地遺忘著炎帝病重的事。

炎帝走到阿珩身旁，「珩兒，陪我去走一會，醒醒酒。」

阿珩知道他是有話要說，忙站起，扶著炎帝向山谷中走去。

炎帝看出蚩尤喜歡阿珩後，曾有意無意地想撮合他們，既是作為父輩的私心，更是作為帝王的私心，軒轅和高辛的聯姻對神農大大不利。可今日和兒女們朝夕相伴了一天，他那顆帝王的心淡了許多，他甚至心裡對阿珩有隱隱的抱歉。

炎帝拿出一個玉簡交給阿珩，「這個送給妳，希望有朝一日能幫到妳。」

阿珩用靈識探看了一下，看到起首的幾個大字，「神農本草經？」

「這是我一生的心血，就算做伯伯給侄女的見面禮。」

「為什麼不傳給雲桑姐姐？」

「她的天分不在此，大概醫藥總是和死亡息息相關，雲桑一直心裡很排斥這些。而且——這不是什麼好東西，很多人都在覬覦，若留給雲桑，只怕會給她惹來殺身之禍。」

阿珩的神情漸漸凝重，手中的東西是天下第一人的一生心血，可以不動聲色中就令絕代英雄一命嗚呼，也可以憑藉妙手回春之術左右天下。

阿珩提醒炎帝：「我可是軒轅黃帝的女兒！」

炎帝微笑，「妳也是我義妹西陵嫘的女兒！」

阿珩猶豫了一瞬，收起玉簡，「謝謝伯伯。」

炎帝道，「不要謝了，是福是禍都難料。」

阿珩跪下給炎帝磕頭，「伯伯，我打算立即離開。天下沒有不透風的牆，我的身分一旦被人察覺，只怕會掀起驚濤駭浪，給本就形勢嚴峻的神農族雪上加霜，也會把蚩尤置於險地，不管是為了伯伯，還是為了蚩尤，我都應該盡早離去。」

炎帝沉默著，阿珩身處激流漩渦中，有的還是他親手所致，卻仍處處為他考慮，讓他越發憐惜這個女孩，但——也只能是憐惜。

阿珩問：「伯伯有什麼話要我轉告娘親嗎？」

炎帝凝視著夜色的盡頭，神思好似飛回了幾千年前的日子，眼中的愁鬱仍在，笑容卻變得明朗飛揚，依稀少年時，「不用了，我要說的話，她心裡都明白。」

阿珩站了起來，「伯伯，那我走了。蚩尤那裡，就麻煩伯伯替我告別。」

阿珩走到山崖上，召喚烈陽和阿獙。

「妳真就打算不告而別？」

阿珩回頭，看到滿天星辰下，蚩尤靜靜而站，看似平靜，卻怒氣洶湧。

阿珩沉默著。

幾聲咳嗽傳來，雲桑騎著一頭梅花鹿過來，喘著氣對蚩尤說：「你如果真在乎阿珩，就讓她離開。祝融、共工、后土這些人的勢力盤根錯節，父王的病隱瞞不了多久。他們本以為帝位之爭還在幾千年後，不管什麼野心都得壓著，如今事情突然巨變，他們肯定心思大亂，也許一時之間不敢對榆罔下手，可對你不會有任何顧忌。」

蚩尤神情很不屑，雲桑說：「你自然是不怕，可你現在手中一個兵都沒有，你就不怕一個顧慮不周，傷到阿珩嗎？」

蚩尤沉默不語。

雲桑知道已經戳中蚩尤的弱點，也不再多言，拍拍梅花鹿，鹿兒馱著她離開，低低的咳嗽聲斷斷續續地傳來。阿珩叫：「雲桑，妳、妳……一定要保重。」

雲桑回過頭，微笑著說：「放心，我沒有事。妳、妳……也一定要照顧好自己。」兩人眼中都有隱隱一層淚光，阿珩笑著點點頭，雲桑笑了笑，身影消失在林木間。

蚩尤走到阿珩身邊，低聲問：「妳有什麼打算？離開神農山後打算去哪裡？」

「母親不許我回軒轅山，趁著天下還太平，我想再四處走走，和以前一樣。」阿珩微笑著。

想到往事，蚩尤也唇角含著笑意，「能不能答應我一件事情？」

「什麼？」

「每年讓我見妳一面。」

「怎麼見？隨著炎帝的病情加重，神農國的戒嚴會越來越嚴密，只怕連出入都困難。」

「每年四月，當桃花開滿山坡時，是九黎族的跳花節，大家會在桃花樹下唱情歌、挑情郎。從明年開始，每年的四月，我都會在九黎的桃花樹下等妳，我們不見不散。」

想起九黎，那個美麗自由的世外桃源，阿珩心中不禁盈滿了溫馨，一幕幕浮現在眼前：米朵和金丹月下私會，濃烈醇厚的酒嘎，奔放火辣的情歌……炎帝的話也一直迴響在耳邊，她是願意像山野間的燕子一樣雙雙對對共白頭，還是要像母親一樣在富麗堂皇的宮殿中守著自己的影子日日年年？

阿珩思緒悠悠，半晌都沒出聲。

「西陵珩，妳不願意嗎？」蚩尤緊緊抓著她，神色冰冷，眼中卻有熾熱的焦灼、蠻橫的威脅。阿珩忍不住噗哧一聲笑了出來，張口要說，話到嘴邊，已經燒得臉頰滾燙。

她手指微微勾著蚩尤的手，臉卻扭向了別處，不好意思看蚩尤，細聲細氣地說：「你若年年都穿著我做的衣袍，我就年年都來看你。」

蚩尤聽出了她的言外之意，盯著連耳朵都紅透的阿珩，欣喜欲狂，「我穿一輩子，妳就來一輩子嗎？」

阿珩臉紅得好似要滴下血來，聲音小得幾不可聞，「你若穿，我就來。」

蚩尤哈哈大笑，猛地抱住了阿珩，阿珩低著頭，嬌羞默默，只聽到咚咚的心跳聲，慌亂、甜蜜，也不知道究竟是自己的，還是對方的。

半晌後，阿珩說：「炎帝和榆罔都在等你，我得走了。」

蚩尤對繞著阿珩盤旋的烈陽叮囑，「我把阿珩和阿獙都交給你了！」

烈陽第一次被委以重任，而且是一個牠勉強能瞧得起的傢伙，牠也表現出了難得的鄭重，飛落到阿珩的肩頭，一只翅膀張開，拍拍自己的胸膛，好像在說：「有我在，沒問題！」

阿珩和阿獙都樂不可支，烈陽羞惱地飛到阿獙頭上，狠狠地教訓阿獙。

阿獙依依不捨地衝小鹿叫了一聲，展翅飛起，蚩尤仍握著阿珩的手，阿珩冉冉升高，蚩尤不得不一點點放開了她。就在快要鬆脫的一瞬，阿珩忽然抓緊了他，「我是你的債主，這天下只有我才有權取你的性命，不許讓祝融他們傷你！」

蚩尤的笑意加深，重重握了一下她，鬆開，「我答應妳，除了妳，任何人都不能傷到我！」

阿珩和阿獙的身影在雲霄中漸去漸遠。

小鹿仰頭望著天空，喉嚨間發出悲傷的嗚咽聲。蚩尤蹲下，揪著小鹿的兩隻耳朵，「別難過，遲早有一日，我會帶他們正大光明地回來。」

第十一章 然諾重，君須記

如果在幸福的睡夢中，一夜只是一睜眼、一閉眼，
可如果是痛苦的等待，一夜卻好似有千萬年那麼長，
足以令滄海化作桑田，讓希望變作絕望……

被王母幽禁了六十年後，阿珩再次獨自遊走大荒，卻不再是膽大妄為的西陵珩，而是治病救人的西陵公子。

西陵公子為人治病分文不收，只有一個要求，那就是病人全家每日早晚要向神農山的方向誠心祝禱。

傳說人為萬物之靈，只要心誠，千萬人的誠意和天靈地氣融合就可以減少世間的痛楚，這就是為什麼亂世會生英雄，因為世人祈求平定亂世的英雄，英雄也就應天而生。

西陵公子每到一處，必定開堂授課，只要對醫術感興趣，不管身分高低、地位尊卑，都可以

去聽課。

隨著西陵公子在大荒內的四處遊歷，她的醫術越來越好。

很多知名醫者都對西陵公子推崇有加，他們說和西陵公子談一次，常會茅塞頓開，醫術更上一層樓，不過，也有醫者對西陵公子抱有懷疑，因為據說有時候問他一些極簡單的問題，他會突然支支吾吾答不出來。

不管西陵公子的醫術是高是低，反正隨著西陵公子的足跡，他幫助了很多人，令很多人對他感恩戴德。

時光悠悠流轉，轉眼已經是六年。

這一日，西陵公子到了高辛國的雲州城，像往常一樣，他早上和醫者們探討醫術，下午在城外的空曠處接待各地來的病者。

他的醫堂很簡單，就是一張草席。他坐在草席上，為匯聚而來的人診斷病情。

因為西陵公子名氣太大，整個荒野都是人，有衣服都難以遮蔽身體的乞丐，也有坐於軟轎內等候的名門閨秀。幸虧早上聽過他課的醫者慷慨援手，效仿著他，鋪一張草席，就為病者看病。

人雖然很多，卻很安靜，沒有人擠，也沒有人吵，大家都按照順序靜靜等候，以至於偌大的荒野有一種沉默的肅穆。

雲州城主領著高辛的二王子宴龍走到山坡上，宴龍看到黑壓壓的人群，嘆道：「這個西陵公子倒真是個人物！」

雲州城主笑著說：「屬下也正是這麼想，所以聽聞殿下路過，特意請殿下來。」

「哦？」

「屬下琢磨著，若殿下能把西陵公子收歸到帳下，應該對殿下的聲望很有幫助。」少昊在百姓中很受擁戴，宴龍很需要能有助於他聲望的左膀右臂。

宴龍點點頭，城主又說：「他的姓氏是西陵，說不準是西陵世家的子弟。這幾千年來，西陵家子弟凋零，沒有什麼作為，不過百足之蟲，死而不僵，雖然沒落了，可他家與其他三世家都有姻親關係，仍然是不小的助力。」

宴龍淡淡一笑：「我去會會這位西陵公子。」

城主剛要命下屬開路，宴龍斥道：「這麼多人在看病，別打擾了他們，我自己過去就可以了。」

「是，屬下慮事不周。」

宴龍一路慢行，邊走邊留心聽周圍人對西陵公子的議論。他衣飾華貴，品貌出眾，人群自然而然地給他讓開了路。

西陵公子看著年紀不大，一身青衣，端坐於榕樹下，容貌平凡，可神色恬淡，舉止溫和，令人一見就心生好感。

西陵公子抬頭看到宴龍，愣了一愣，宴龍貴為高辛的二王子，宮中醫師眾多，顯然不是找他看病。

宴龍向他微欠了欠身子，笑著示禮。

西陵公子也欠了欠身子，向他回禮，可回過禮後，就沒再理會他，只專心接待病人。

直到天色黑透，人群不得不散時，西陵公子才停止了看病。

宴龍也是好耐心，一直在旁邊靜靜等候，看人群散了，他才上前說話，「在下姓常，非常敬服公子高義，想請公子飲幾杯酒，閒聊幾句江湖散事。」

西陵公子客氣地推辭，「勞累了一天，明日還要出診，今日需早點休息。」

宴龍十分謙遜有禮，並不勉強，「那我等公子義診完再來邀約公子。」

連著三日，宴龍都是早早來，等候在一旁，不但不打擾西陵公子，反倒幫著做了很多事情，比如他組織人把病人分門別類，什麼病就交給擅長看什麼病的醫者，經過他的有效組織後，效率大大提高。

三日後，義診結束。宴龍才又來邀請西陵公子，「今天晚上是高辛的放燈節，在下特意備了一點酒菜，希望公子能大駕光臨，同賞河燈。」

西陵公子未答話，旁邊幾個來幫忙的醫者對宴龍很有好感，不停的鼓動，「公子去吧，勞累了幾天，也該休息一下。」

盛情難卻，西陵公子只能答應了宴龍。

宴龍帶著西陵公子上了一艘非常精緻的畫舫，畫舫上服侍的人都是妙齡少女，就連那撐船的船娘也容貌姣好、體態動人。置備的小菜十分可心，桂花圓子釀，松鼠魚，碧海明月湯……

明眸皓齒的少女穿著南方的輕紗裙，用南人特殊的軟語嬌聲把菜名一道道報出，別有一番情趣。

西陵公子笑讚：「果然是未到南地不知何謂風流。」其實心中戒備，食不知味。

宴龍越客氣，她越緊張。本來她對宴龍一無所知，可因為雲桑和諾奈，對宴龍和少昊之間的帝位爭鬥已經了解點滴，知道宴龍絕不是好相與的人物。

看著眼前的碧波蕩漾，西陵不禁想起相逢於水邊的雲桑和諾奈，也不知道他們究竟怎麼樣了。她曾寫信問雲桑要不要她去高辛代為探望諾奈。雲桑來信說，現在局勢複雜，實在無心他念。阿珩明白雲桑意有所指，帝位交接時，一個不小心就會爆發大亂，雲桑既要照顧病重的炎帝，又要輔助柔弱的榆罔，只怕「心力憔悴」四字都不足以形容她的心境。

宴龍看西陵公子神情緊張，心神恍惚，取出梧桐琴，笑道：「公子醫人身體，在下的琴技只可娛人心靈，願意為公子奏一曲，希望能消解公子的疲勞。」宴龍自負琴技天下無雙，平日並不輕易彈，更不用說為人撫琴取樂，可對西陵公子存了收服之心，所以不惜紆尊降貴。

西陵公子忙行禮道謝。

宴龍琴技不凡，不愧被讚譽為天下第一。起音溫和，有如春風，吹去一切凡塵俗事，令人心神放鬆，不知不覺中忘記了所有煩惱。琴音又與周圍景致水乳交融，音在景中流，景在音中顯，西陵公子隨著琴聲，細細欣賞起周圍的景致。

河畔俱是放燈的人，為了祈求來年太平，紛紛把燈放入河中。點點燈光隨著波濤起起伏伏，流向遠處。

他們的畫舫在河中無聲而行，就如行走在璀璨星光中。此時又正是江南草長鶯飛、花紅柳綠的季節，河岸兩側百花盛開，爛漫四野，晚風徐來，花隨風舞，落英繽紛，美不勝收。

西陵想著再有一個月，九黎深山中的桃花就會盛開，她就又能見到蚩尤，不禁神思飄搖。年年歲歲，他們都按照約定，相會於桃花樹下。相聚雖然短暫，歡樂卻很綿長。

幾聲粗啞難聽的山笛聲驟然響起，不成曲調，打斷了西陵公子的思緒，也打亂了宴龍的琴音，叮的一聲，琴弦斷了。宴龍的臉色變了一變，盯著岸上道：「不如我們上岸去走走。」

西陵公子笑點點頭，「也好。」

船娘將船靠了岸，河燈看得越發清楚，宴龍邊走邊和西陵公子解釋各種花燈。

蓮花燈意寓吉祥安康，桃花燈祈求好姻緣，棗花燈是祝禱早生貴子，並蒂蓮燈是希望永結同心，龜甲燈是祝福父母長壽……

西陵公子原本只是看熱鬧，在宴龍的解釋下漸漸明白了，每一盞燈後都有一個人在虔誠的祈禱，每一盞燈都是一個誠摯的心願。

幾個頑童舉著花燈衝過來，奔跑間花燈著了火，人群為了避火亂起來。

西陵公子眼珠子骨碌一轉，藉著人群的混亂，假裝和宴龍走散，渾水摸魚地溜了。宴龍盛情款待背後的用意，她十分清楚，可她也知道自己永不可能答應，既然如此，不如早早離開。

等到了人少處，西陵公子發現已經看不到宴龍的身影，不禁嘻嘻而笑，不想桃花林內也傳來笑聲。

西陵愣住，「是誰？」

她仰頭去看，一個丰神俊逸的白衣男子斜坐在杏花樹上，手握酒葫蘆，意態瀟灑，猶如花中醉仙，滿樹繁麗的杏花映得他飄逸出塵，卓爾不凡。

竟然是少昊，難怪能驚擾宴龍的琴音，西陵立即傻了。

少昊微笑著問：「公子是來賞河燈的吧？」

「是。」

「其實，最好的賞燈地點不在河上。」

「那是哪裡？」

一隻黑色的玄鳥落在他們身前，少昊笑指指天空，「看天上的星星要在地上，看地上的星星自然要到天上。」

他邀請西陵公子上玄鳥。西陵公子猶豫了一瞬，跳到玄鳥背上。

玄鳥騰空而起，西陵公子和少昊並肩而立，同看著腳下。

高辛國內湖泊密集，河流眾多。放燈節是高辛最大的節日，家家戶戶都會做燈來放，起先坐著畫舫只能看到一條河上的燈，此時，從高空俯瞰，才發現所有的湖泊河流上都飄著點點燈光，光芒搖曳，渺渺茫茫，就好似地上有無數顆星星，而這些星星又匯聚成了無數條星河，或蜿蜒曲折，或浩大壯闊，竟是比浩瀚的星空更璀璨，更美麗。

西陵看得目瞪口呆，喃喃說：「人間天境，不知自己究竟是在天上還是地上。」

少昊凝視著化作了漫天星辰的高辛大地，微笑著說：「我年年都會看，年年依舊震撼。」

西陵問：「放燈節的傳統從何而來？」

「年代久遠，傳說很多。有個傳說是說一個美麗少女的心上人去了遠方戰鬥，一直都沒有回來，悲傷的少女就在河上燃燈，指引他回家，據說奄奄一息的勇士靠著燈的指引，終於找到了回家的路，和少女團聚。還有一個傳說是說在一個美麗安寧的村莊出現了大水怪，一個勇敢的少年為了救全村的人，和水怪搏鬥而死，他的母親非常悲傷，日日夜夜在河邊徘徊，呼喚著兒子的名字，村民們為了安慰悲傷的母親就在河上燃燈。」

「那你相信哪個傳說？」

少昊說：「我相信這些燈就是星星。」

「就是星星？」

少昊不好意思地笑了一下，「我出生的時候，母親就去世了。撫養我的老嬤嬤常常指著天上的星星告訴我，母親從沒有離開，她化作了星星，一直在守護我。我剛開始很相信她的話，不管高興還是悲傷時都虔誠地對著星星傾訴，就好像母親聽到了一切。可是有一次，我受了很大的委屈，弟弟有母親保護，我卻什麼都沒有，只能被欺凌，我就對老嬤嬤說我再不相信妳的鬼話，從來沒有什麼守護的星星！老嬤嬤很難過，帶著我出來看人放燈，和今天晚上一樣，整個高辛的大地似乎都變成了星辰密布的天空。老嬤嬤說『看見了嗎？這些全是守護的星星！』」

西陵凝視著腳下的星辰，明白了少昊的意思，這些燈是無數個少女、無數個勇士、無數個母親、無數個兒子點燃的燈，燈光就是他們守護親人的心，所以是守護的星星。

少昊微笑地看著西陵公子，「在下高辛少昊。」

這是一個令大荒震驚的名字，西陵公子沒想到他會突然道破自己的身分，愣愣地看著他。

「我總覺得能潛心學醫的人，肯定都有心中想守護的東西，不知道西陵公子最想守護什麼？」

西陵公子沉默著，少昊雖然沒看破她是誰，卻看透了她的心思。在父親和大哥的威嚴、力量面前，她顯得太渺小，她不想有朝一日，面對父親和大哥時，她什麼都做不了，所以她要努力研習醫術。

少昊也不繼續追問，微笑著說：「西陵公子的醫術就像是火，能幫助那些少女和母親點燃她們的燈，讓她們幸福，我想為整個高辛的少女和母親請您留下，和我一起守護這幅人間天境圖。」

西陵公子的心咚地一跳，此時的少昊眉宇間盡是堅毅，如若萬仞之山，堅不可摧。隱隱地，她竟然又是尊敬，又是害怕。

少昊笑了笑說：「我也知道這個決定很大，公子不必著急做決定，反正你還要在高辛國繼續遊歷，等考慮後再告訴我。不管你是否願意，我都很感謝你來到高辛，更歡迎你再次來高辛。」

西陵公子只能點點頭。

玄鳥載著他們落在了一處小小的院落中，西陵公子剛想拒絕，少昊笑著推開房門，只看案頭全是書籍，「這是我這些年收集的醫書，希望對公子有所幫助。」

西陵公子不禁心動，快步走進去，拿起一冊翻看，少昊輕輕關上了門，等西陵公子抬頭時，少昊已經不在。

西陵公子想告辭，可又捨不得這些醫書，只得坐了下來，繼續閱讀。

連著幾日，阿珩都在潛心研讀少昊收集的書籍，少昊從不來打擾她，她甚至感覺不到少昊就住在同一座院子中。只有偶爾傳來的酒香讓她明白那個人就在不遠處。

這一日，她正在看書，又聞到酒香，不過這酒香是雌滇酒，她終於按捺不住，拉開了門，卻看不到人影。

她正在納悶，從屋頂上傳來聲音，「書看完了嗎？」

阿珩回身，仰頭，看到少昊側身斜躺在屋頂上，一手支頭，一手抱著個酒葫蘆，身後恰好一輪皓月，溶溶清輝下，他宛若月中醉仙。

「快了，你喝的是什麼酒？」

「雌滇酒，要不要嚐一下？」少昊把酒葫蘆拋給西陵公子。

阿珩淺淺喝了一口，裝作不勝酒力，又扔回給少昊，「怎麼酒還分雌雄？」

少昊微笑地望著天空，似乎想起了什麼，「這是一個同樣喜歡飲酒的朋友告訴我的，酒的確還分雌雄。」

阿珩呼吸一滯，坐到院子裡的石桌上，裝作很好奇地問：「什麼樣的人能讓名滿天下的少昊視作酒中朋友？」

少昊喝著酒，唇畔含著笑，一直不說話，過了一會才說：「她挺有趣的。」少昊說著望向西面，「不知道她現在又在哪個地方喝著酒，聽人講故事。」

阿珩默不作聲，少昊搖著酒葫蘆問：「要不要再嚐嚐？」

阿珩笑，「好啊！」

少昊把酒葫蘆扔了過來。

兩人一個坐在石桌上，一個躺在屋頂上，一邊喝酒，一邊說著閒話。

阿珩知道少昊所圖其實和宴龍一樣，他先是故意破壞了宴龍的計畫，之後又步步為營，讓西陵公子無法拒絕他的好意，可同樣的事情，少昊做來卻自然而然、透著真誠。阿珩突然想，如果她真的只是西陵公子，只怕早已經對少昊心悅誠服，甘願供他驅使。

兩人聊到半夜，阿珩怕露餡，不敢再喝，裝作醉了，踉踉蹌蹌地走回屋子休息。

清晨時分，阿珩正在洗漱，突然看見無數蠶湧進屋中，蠶兒排成兩個大字「速回」。

阿珩手中的毛巾掉到地上，臉色發白。

等心神恢復鎮定後，她走出屋子，發現少昊站在院子中，目送一隻傳遞消息的玄鳥遠去，面色透著異樣的沉重。

什麼樣的事情才能同時驚動軒轅和高辛？阿珩確實了自己的猜測，心情越發沉重起來。

少昊說道：「我本想陪公子在高辛四處走一走，可現在家中有急事發生，召我回去，只能先走一步，抱歉！公子想去什麼地方，我派屬下護送。」

阿珩說：「不必了，因為有些私事要處理，我也正想和您辭行。」

少昊笑著點點頭，「那請保重，我很期待與公子的來日重逢。」

阿珩幾分無奈地笑了笑，「一定會重逢。」

少昊不再逗留，行色匆匆地駕馭玄鳥而去。

阿珩等他走了，也立即召喚阿獙和烈陽，匆匆趕往軒轅山。能同時驚動母親和俊帝，召喚他們回家，目前只有可能是炎帝病危的消息。看來高辛和軒轅在刺探他國消息的實力上旗鼓相當。

阿珩望向神農山的方向，蚩尤可還好？

阿珩還在半空，就看見青陽站在朝雲殿前。

她跳下阿獙的背，走到青陽面前，恭敬地行禮，「大哥。」

青陽只點點頭，走在了前面，阿珩默默地隨在他身後。

走進正殿，阿珩居然看見了幾百年沒有在朝雲殿出現過的父親。

父親和母親面對面坐在案前飲茶。

父親一身王袍，氣度雍容，正雄姿勃發，母親卻一頭白髮，風霜滿面，已年老色衰。若不知道他們的身分，沒有人敢相信他們是夫妻。

青陽行禮後，站到了一邊，阿珩跪下磕頭，「父王，母后，珩兒回來了。」

黃帝笑著說：「坐到父王身邊來，老是在外面野，從來不說來看看我。」

阿珩坐到父親身邊，黃帝又對青陽吩咐：「你也坐。」

青陽坐到了母親身邊，親自動手服侍著父母用茶。

阿珩抱住父親的胳膊，一半撒嬌，一半探詢地問：「父王，你怎麼來了？最近不忙嗎？」

黃帝笑道：「再忙也得為妳的終身大事操心啊！」

阿珩心中一凜，詢問地看向母親，嫘祖說：「妳父王想選個日子盡快為妳和少昊完婚。」

阿珩眼前發黑，定了定神，才輕聲央求，「父王，我還不想嫁！」

黃帝正在喝茶，手勢一點沒緩，好似沒聽到阿珩的話。

青陽半低著頭，一邊倒茶，一邊淡淡地問：「妳是不想嫁，還是不想嫁少昊？」

阿珩看著哥哥異樣冷漠的面容，心頭生了寒意，說道：「我只是想再多玩幾年，為什麼要急匆匆地讓我出嫁？」

青陽說：「如果是平時，妳想玩，那就讓妳玩，也沒什麼大不了，可如今的情勢容不得妳任性。」

「如今是什麼情勢了？」

「天下只知道炎帝在閉關煉藥，我們卻得到消息說炎帝得了重病，神農族只怕要換首領了。」

阿珩緊緊掐著自己的手，雖然已經猜到炎帝的病情只怕惡化了，可真親耳聽到還是覺得難以接受。

青陽說：「因為我們的屬國和神農的屬國接壤，軒轅族和神農族這幾千年來大小矛盾一直不斷，他們早已經對我們不滿，新繼位的炎帝遲早會征討我們。神農族地處中原，土地肥沃，物產豐饒，人口眾多，國力遠遠勝過我們。更何況，我們跟這些上古神族比，畢竟根基尚淺，如果神農和高辛聯盟，軒轅也許就會面臨亡族之禍，所以妳越早和少昊完婚，對我們越好。」

阿珩瞪著青陽，「你不停地說軒轅族、神農族，那我呢？」

青陽面無表情，冷冰冰地說：「妳是軒轅族的王姬，這是妳必須承擔的責任。」

阿珩乞求黃帝，「父王，您一向最疼我，我真的還不想嫁，您讓我再多陪您和母后幾年。」

黃帝肅容說：「不是父王不想留妳，我和俊帝已經通過消息，明後日少昊就會親自來軒轅定下婚期，別的事情都隨妳，可婚事必須遵從父命。」

阿珩猛地將几案上的酒杯果盤都掀翻在地，衝出大殿，「要嫁你們自己去嫁，反正我是不嫁！」

黃帝對嫘祖沒好氣地說：「看看妳把她縱容成了什麼樣子！眼裡還有我這個父王嗎？如果這次她再敢私逃下山，我一定嚴懲！」說完，黃帝一甩衣袖，怒而起身。在侍衛的保護下，一行人浩浩蕩蕩地離開朝雲峰。

庭院中種滿了高大的鳳凰樹，花開得正好，風過處，一陣又一陣的花瓣落下，整個庭院都籠罩在迷濛的紅雨中，景色異樣絢麗。

阿珩仰頭看著天空，覺得喘氣艱難。

嫘祖的聲音在她身後響起：「為什麼不想嫁給少昊？我雖然沒見過少昊，但青陽和昌意都對他推崇有加，想必不會差。難道妳已經心有所屬？」

阿珩遲疑著，剛想張口，「我……」青陽站到母親身後，盯著她，眼神冰冷，隱帶殺氣，阿珩眼前浮現出當日大哥揮劍刺入蚩尤心口的一幕，心中一寒，把已到嘴邊的話都吞了回去。

「我……我誰都不喜歡，我就是還想再自由自在幾年，不想出嫁。」

嫘祖柔聲說：「女子總是要出嫁成婚的，妳是軒轅的王姬，很多事情在妳一出生時已經注定。別害怕，也許真等妳出嫁了，妳會後悔沒有早早出嫁。過兩日，少昊就會來，娘會設法讓你們單獨相處幾日，也許妳就會明白娘說的話。」

阿珩點點頭，輕聲應道：「嗯。」眼睛卻是看著大哥。

夜色低垂，阿珩身體疲倦，卻沒有一絲睡意。

她站在窗前，看著鳳凰花的緋紅花瓣一片又一片從面前飄過，現在正是九黎山中桃花盛開的日子，明日就是跳花節，蚩尤會在桃花樹下等她，不見她不會離開。

阿珩心中又是甜蜜，又是苦澀，取下駐顏花，在指間把玩著。

等到大家都睡熟了，她躡手躡腳地溜出宮殿，去找阿獙和烈陽。

阿獬和烈陽聽到她的足音，立即醒了。阿珩朝牠們做了一個噤聲的手勢，偷偷地坐到阿獬背上，小小聲地說：「去九黎。」

阿獬和烈陽悄無聲息地飛起來，剛藏入雲霄，正欲全力加速，阿珩看到青陽站在五彩重明鳥[1]上，冷冷地看著她。

「妳想去哪裡？」

阿珩不回答，只說：「我的事情，你管不著，讓開！」驅策阿獬向前，想強行離開。

青陽負手而立，動都沒動，阿獬就已經困在了他的靈力中，怎麼飛都飛不動。

阿珩摘下髻上的駐顏花，駐顏花迅速長大，無窮無盡的桃花瓣變作利刃，飛向青陽。青陽這才抬起一隻手，隨手一揮，桃花瓣被他的靈力全部擠壓到一起，像搓麻花一樣，變成了一根桃紅色的繩子，纏向阿珩。

阿珩一邊讓阿獬左躲右閃，一邊揮著駐顏花，想打開繩子，繩子卻和長蛇一樣靈活地飛舞著，不但避開了她的攻擊，而且捆住了她。

烈陽為了救阿珩，噴出一連串的火焰球，吸引青陽的注意力，阿獬則偷偷用嘴去咬著繩子。看到阿珩身上的繩子馬上就要鬆開，青陽不耐煩地斥罵烈陽：「畜生，還不趕緊讓開！」

1. 晉王嘉《拾遺記》記載：「重明之鳥，一名雙睛，言又眼在目。狀如雞，鳴似鳳。時解落毛羽，肉翮而飛。能搏逐猛獸虎狼，使妖災群惡不能為害。」重明鳥是古代神話傳說中的神鳥，牠的體形似雞，鳴聲如鳳，每個眼睛裡有兩個眼珠，所以叫作重明鳥。重明鳥是猛禽，氣力很大，能夠搏逐猛獸虎狼。

烈陽猛地噴出一陣三丈高的巨焰，將青陽困在了火焰中，青陽很是詫異，竟然是鳳凰玄火！這隻鳥兒居然懂得藏拙示弱，令他輕敵。

他的坐騎重明鳥雖是大荒第一猛禽，能鬥虎豹，可看到鳳凰玄火，聽到鳳凰鳴叫，飛禽對鳳凰天生的畏懼令牠不敢正面對抗烈陽，動作遲緩了下來。

阿珩乘著這個機會，掙脫繩子，翻身坐到阿獙背上，向著遠處飛去，「烈陽，快走！」

可性情剛烈的烈陽因為剛才青陽罵了牠，沒有聽阿珩的話逃跑，反倒不知死活地繼續向青陽進攻。

青陽起了殺心，如果不殺了這隻怪鳥，坐騎重明鳥總是膽戰心驚，即使有他的逼迫也不敢全力去追阿珩。青陽強逼重明鳥飛向烈陽，從熊熊燃燒的鳳凰玄火中從容而過，手掌變得雪般白，擊向烈陽。

阿珩回頭間，魂飛魄散，都來不及招呼阿獙，直接奮力撲回去，一個瞬間，她用靈力堪堪捲開了烈陽，可自己身在半空，躲不開青陽的掌力，被打了個正著。

她的身體急劇下墜，青陽臉色發白，直接跳下重明鳥的背脊，抱住了阿珩。

這一切都發生在電光石火間，阿獙此時才飛回來，在下方接住了青陽和阿珩兩兄妹。

烈陽看到阿珩為牠受了一掌，憤怒地叫著，發瘋地撞向青陽，整個身體都開始燃燒，變成一團青色的火焰。

青陽一手抱著阿珩，一手抬起，想殺死惹禍的烈陽。

「大哥！」阿珩拽住青陽的手，話沒說完，一口血全噴到了青陽胸上。

青陽收回手，只用天蠶絲幻出一張大網，將烈陽捆了個結結實實。天蠶絲本來禁不起鳳凰玄火焚燒，可這幾股天蠶絲化自嫘祖為青陽所織的衣袍，又有青陽的靈力護持，烈陽怎麼燒都燒不斷。

青陽探看妹妹的傷勢，傷勢不算嚴重，幸虧他只用了四成靈力，阿珩身上的衣衫又是嫘祖所織，化解了其中三成。

阿珩溫馴地靠在哥哥懷裡，好似因為傷已經放棄了逃跑，可當青陽想替她療傷時，她卻突然反扣住青陽的命門，用駐顏花的桃花障毒封住他的靈氣運行，把青陽定住。

她嘻嘻笑著跳回阿獙背上，回頭對青陽說：「大哥，你就先在這裡吹一會風賞一會星星吧，這桃花障毒雖然厲害，可你是軒轅青陽，肯定能解開桃花障的毒。」

青陽盯著她說：「妳也知道我是軒轅青陽，全大荒沒有一個神或妖能這麼輕易傷到我，妳能這麼輕易，只不過因為妳是我妹妹，我對妳沒有任何提防！妳為了別的男人傷我，他可值得妳這麼做？」

阿珩心下愧疚，說道：「大哥，我不是想傷你，我只是真的不想嫁給少昊。」

青陽說：「妳以為妳能逃掉？別忘記父王說過的話，如果發現妳偷下山，必定嚴懲！」

阿珩咬了咬牙，驅策阿獙向九黎的方向飛去，「大哥，對不起。」她對蚩尤有許諾，不管怎麼樣，她都要去見他！

第二日傍晚，阿珩到了九黎族的山寨。

九黎山中的桃花開得如火如荼，漫山遍野一團一團的緋紅，雲蒸霞蔚地絢爛。

阿珩已經駕輕熟路，直接循著歌聲，走進桃花深處。

山谷中，沒有祭臺，沒有巫師，沒有祭祀的物品，只有一堆堆熊熊燃燒的篝火。少男、少女們圍著篝火唱歌跳舞。他們的服飾很簡陋，他們的歌詞很粗俗，可他們歌聲很嘹亮，舞蹈很歡快，笑聲很動人。

火光映照下，他們的臉龐都散發著健康愉悅的紅光。

高山上種蕎不用灰，
情哥哥兒探花不用媒。
不要豬羊不要酒舍，
唱首山歌迎妹兒回。

……

篝火前的歌聲嘹亮動聽，阿珩卻完全聽不進去。她站在往年和蚩尤相會的桃花樹下，焦急地等著。從小到大，她從沒有一刻像現在這般無助。小時總覺得父親很疼她，不管她要什麼，都會給她；母親很堅強，不管什麼事情，都能保護她。可如今，她才明白父親什麼都給她，只是因為她要的東西從來沒有危及到父親的利益，而母親更沒有她以為的強大。

家仍是那個家，但突然之間好像一切都變了，她有惶恐，還有害怕，可只要想到蚩尤，總會覺得隱祕的心安，就好似心中藏著一個隱祕的力量源泉。其實，她並不需要蚩尤做什麼，她只想在他肩膀上靠一會，聽他說一聲「一切有我呢」，知道有個人願意在她累和害怕時讓她依靠，她就已經可以充滿勇氣地往前走。

山歌一首又一首的唱著，蚩尤還沒有來。

阿珩翹首期盼，頻頻張望，心中有無數話想立即告訴蚩尤。她不想嫁給少昊，她這幾年很努力地學醫，就是想有朝一日有資格對父王說「不」，而她今天真的對父王說「不」了。

山歌漸漸消失，少女們都已經找到了喜歡的情哥哥，可蚩尤卻仍然沒有來。

阿珩剛開始還能裝作平靜，後來已經焦急萬分，仰著頭一直盯著天空，指望能突然看到蚩尤駕馭著大鵬從天而降。

篝火的火光越來越小，天色越來越黑，歡聚的人群漸漸散了，蚩尤還是沒來。

阿珩仰頭望著天空，眼中有了傷心，卻仍在不停地替蚩尤想著理由，也許他有事被耽擱了，也許他已經在路上……他一定會來！

她一邊想著各式各樣的理由，一邊渴盼著，下一瞬，蚩尤就會突然出現。

等待中，時間過得分外慢，慢得變成了一種煎熬。可煎熬中，時間仍然一點點在流逝。

夜越來越深，篝火已經全部熄滅，山谷中變得死一般寂靜。

阿珩固執地望著神農山的方向，總是希冀著下一刻蚩尤就會出現，一身紅衣穿雲破霧而來，臉上掛著滿不在乎的笑，在看到她的一瞬，會突然變成歡愉的大笑，迫不及待地跳下大鵬。

那麼，一切的苦苦等待都沒有什麼，她頂多心裡實際歡喜，表面卻假裝生氣得不理他，讓他來陪著小心，賠禮道歉。

等到後來，阿珩心中充滿悲傷憤怒，恨蚩尤不遵守承諾，卻暗暗對老天許諾，讓蚩尤來吧！只要他來了，她就原諒他的遲到！

可是，他一直沒有出現！

東邊的天空慢慢透出了一線魚肚白，天要亮了，阿珩竟然已經在桃花樹下站了一夜。一夜並不長，如果在幸福的睡夢中，只是一睜眼、一閉眼，可如果是一夜痛苦地等待，卻好似有千萬年那麼長，足以令滄海化作桑田，讓希望變作絕望，把一顆飽含柔情的心變得傷痕累累。

阿珩不相信蚩尤會食言。天並沒有亮，蚩尤肯定會來！是他許諾不管發生什麼都不見不散，而現在正是她最需要他的時候！

阿珩頭上肩上全是桃花瓣，在明亮的晨曦中，臉色異樣的潮紅，比桃花更紅，她無力地抱著桃樹，才能支撐著自己站著，指頭在桃花樹上不停地劃著，蚩尤、蚩尤、蚩尤……深深淺淺的劃痕，猶如她現在的心。

青陽徐徐而來，一身藍衣隨風飄拂，透著對世情看破的冷漠，「值得嗎？妳不顧反抗父王，打傷大哥，冒險來見他，可他呢？」

青陽站在阿珩面前，替阿珩撫去頭上肩上的落花，「也許他有急事耽擱了，可是他對妳的承諾呢？難道他對妳的承諾只能在沒有事的時候才能遵守，一旦有事發生，妳就被推後？神的生命很漫長，一生中多的是急事，妳若只能排在急事之後，這樣的承諾要來又有何用？」

青陽牽起阿珩的手，「跟我回家吧！」

阿珩用力甩開他的手，仍很固執地看向東邊的天空。他說了不見不散！

青陽無可奈何地搖搖頭，倒是也沒生氣，反倒斜倚在桃花樹上，陪著阿珩一塊等。

太陽從半個圓變成了整個圓，光線明亮地撒進桃花林。阿珩的眼睛被光線刺得睜不開，青陽說：

「妳還要等多久？和我回家吧，他不會來了！」

阿珩眼中含淚，卻就是不肯和青陽離開。我們約好了不見不散！他知道我在等他，一定會趕來！

可心裡卻有一個聲音在附和著青陽，他不會來了，他不會來了……

聲音在她耳邊像雷鳴一般迴響著，越響越大，阿珩只覺眼前金星閃爍，身子晃了幾晃，暈厥過去。

青陽趕忙抱起阿珩，這才發現，他起先的一掌，阿珩雖然只中了一成功力，可畢竟是他的一成功力，阿珩沒有調息就著急趕路，又站立通宵，悲傷之下，傷勢已經侵入了心脈。

青陽又是憐又是氣，抱起阿珩，躍上重明鳥，匆匆趕回軒轅山。

剛接近軒轅山，看到離朱帶領侍衛攔在路上。離朱是軒轅的開國功臣，青陽也不敢輕慢，立即命重明鳥停住。

離朱行禮，恭敬地說：「陛下命我把王姬拘押，帶到上垣宮聽候發落。」

青陽客氣地說：「小妹有傷在身，請大人允許我陪她一塊去。」

離朱看看昏迷不醒的阿珩，「勞煩殿下了。」

在侍衛的押送下，青陽帶著阿珩進入上垣宮覲見黃帝。黃帝命醫師先把王姬救醒。

阿珩醒轉，看到自己身在金殿內，父王高高在上地坐著。她一聲不吭地跪到階下。

黃帝問：「妳可知道錯了？」

阿珩倔強地看著黃帝，不說話。黃帝又問：「妳願意嫁給少昊嗎？」

「不願意！父王若想把我捆綁著送進高辛王宮，請隨意！」阿珩的聲音雖虛弱，可在死一般寂靜的金殿內分外清晰。

青陽立即跪倒磕頭，「父王，小妹一時間還沒想明白，我再勸勸她，她一定會……」

黃帝做了個手勢，示意他噤聲。黃帝看著阿珩，「這麼多年，我隨著妳母后讓妳想做什麼就做什麼，疏於管教，以致妳忘記了王族有王族的規矩。」他對離朱吩咐，「把王姬關入離火陣，她什麼時候想明白了，再來稟告我。」

青陽神色大變，阿珩是木靈體質，關入離火陣，那種苦楚相當於用烈火炙烤木頭，他重重磕頭，不停地乞求，「父王，小妹神力低微，受不了那種苦楚，還請父王開恩。」

阿珩卻站起來，對離朱冷冷說：「離火陣在哪裡？我們走吧！」

離朱看阿珩一直被嫘祖保護得天真爛漫，從沒想到這個隨和的王姬竟然也有如此烈性的一面，心中對阿珩生了幾分敬意，恭敬地說：「請王姬隨屬下走。」

阿珩揚長而去，青陽仍跪在階下為她求情，黃帝冷聲說道：「軒轅與高辛聯姻事關重大，你若一時衝動相幫珩兒，我連你一起饒不了！」

「象罔，你去朝雲……」黃帝正要下令，有帝師之稱的知末走上前，行禮說道：「請陛下派臣去朝雲峰，臣會勸解王后娘娘不讓她去救王姬。」

黃帝盯了知末一瞬，「我本打算讓象罔去，既然你主動請命，那就你去吧。」

知末領命後，轉身而出，視線與青陽一錯而過，隱有勸誡，青陽心中一凜，冷靜下來，對黃帝磕頭，恭聲說：「兒臣明白了，小妹是該受點教訓。」

黃帝揮揮手，讓青陽告退。

青陽出了上垣宮，屏退侍從，面無表情，獨自走著。大街上陽光燦爛，人來人往，熱鬧無比，青陽卻越走越偏僻，直走到一個破舊的小巷中。小巷內，有洗衣鋪、屠夫鋪，汙水血水流淌在路上，還有一個小小的酒館，專給販夫走卒們出售劣酒。因為是白天，沒有任何生意，青陽走進去，坐在角落裡，「老闆，一斤酒。」

「來囉！」老闆一邊答應，一邊把酒放到青陽面前。

青陽默默地喝著酒，從白天喝到黑夜，酩酊大醉，歪倒在髒舊的案上沉睡。

老闆也不去管青陽，自幹自己的事。他還是個六七歲的孩童時，第一次看到青陽，等他三十多歲時，再次看到青陽，他驚駭地瞪著青陽，大叫「妖怪」，被爹狠狠打了一巴掌，爹說爺爺的爺爺的老祖宗賣酒時，這個男人就這個樣子，不知道是神是妖，反正不是個壞人，每次來都只是喝酒，分文不少地付錢。

第二日傍晚時分，一個白衣男子走進酒館，把一個酒壺遞給老闆，「灌一斤酒。」

「來囉！」老闆手腳麻利地把酒灌好。

白衣男子接過酒壺，走到青陽身旁，一手放在青陽的肩頭，一手拿著酒壺仰頭連灌了幾口。

青陽抬起頭，沒有慣常的冷漠，神情竟然有幾分迷惘，「你來了？」

少昊問：「阿珩還能在離火陣內支撐多久？」

「你什麼都知道了？」

「你的那個丫頭四處都找不到你，一見到我，急得全都說了，我就猜你肯定又來這裡喝酒了。」

「阿珩心脈有傷，平時她最嬌氣，從不肯好好練功，我真不知道她怎麼能堅持到現在。」

少昊心嘆，當年你可是被黃帝酷刑折磨了半年都沒求饒，阿珩的倔強倒是和青陽一模一樣。他想了想說：「黃帝面前急不得，你先設法悄悄帶我進陣一趟，把阿珩護住，我們再慢慢想辦法救她。」

兩人向外行去，少昊走到門口時，突然回頭對老闆揚揚酒壺，含笑道：「你的酒釀得比你家那位最早賣酒的老祖宗好，人卻沒有你老祖宗老實，不該聽我是外地口音就給我少打了一兩，缺一罰十。」

老闆看到面前酒甕裡的酒莫名其妙地就嘩啦啦消失不見，驚駭地半張著嘴，等回過神抬頭時，店鋪外早已經空蕩蕩。

身在離火陣中，就好似整個天地除了火再無其他。

一團團火焰猶如流星一般飛來飛去，煞是美麗，卻炙烤毀滅著陣法內的一切。因為阿珩是木靈體質，被火炙烤的痛楚比一般神更強了百倍。

阿珩一直緊咬牙關忍受，幾次痛得昏厥過去，幾次又被陣法喚醒，痛苦無休無止，無邊無際。到後來，痛苦越來越強烈，就好似有無數火在她的體內遊走，阿珩忍受不住，痛得全身抽搐，在陣法內滾來滾去。

離朱雖然是黃帝的心腹大臣，可也是看著阿珩長大，心中不忍，勸道：「王姬，妳和陛下認個錯，陛下一向疼妳，肯定會立即放了妳。」

阿珩身體痛得痙攣，卻一聲不吭。

到後來，她已經連打滾的力氣都沒有，奄奄一息地趴在地上，可因為離火陣本就是給神施刑的陣，能讓身體上的痛楚絲毫不減，仍舊鑽心噬骨地折磨著她。

不知道過了多久，阿珩覺得好似漫長得天地都已經毀滅了。

突然間，阿珩身周變得無比清涼，就好似久旱的樹林遇到了大雨，一切的痛苦都消失了。她緩緩睜開眼睛，看到陣法內，水火交接，流光溢彩，紫醉金迷，少昊長身玉立，纖塵不染，在他身旁有無數水靈在快樂地游弋，漫天火光都被隔絕在水靈之外。

少昊凝視著阿珩，神色複雜，半抱起阿珩，把清水餵給她喝，低聲問：「嫁給我難道比烈火焚身更痛苦嗎？」

阿珩張了張嘴，嗓子已被燒得根本說不出話來，只能搖搖頭。

少昊把貼身的歸墟水玉放到她口中，在她耳邊低聲說：「偷偷含著它，裝著妳很痛。」

少昊放下阿珩，出了離火陣。隨著他的離去，火靈又鋪天蓋地席捲來，可阿珩的五臟六腑內清涼一片，只肌膚有一點灼痛，和起先的痛楚比起來，完全可以忽略。

少昊奉俊帝的旨意來拜見黃帝，商議婚期，黃帝在上垣宮內設宴款待遠道而來的少昊。

少昊謙遜有禮、學識淵博，再無聊的瑣事被他引經據典地娓娓道來，都妙趣橫生。大殿內如沐春風，笑聲不斷。

黃帝垂問俊帝對婚期的安排。少昊回道：「高辛已經準備好一切，父王的意思是越快越好。」

朝臣們紛紛恭賀，黃帝滿意地笑著點頭。少昊略帶著幾分不好意思說道：「婚期正式定下後，按照高辛禮節，大婚前我與王姬不能再見面。我這次來帶了一些小玩意給王姬，想、想……明天親手送給王姬，還請陛下准許。」

眾人都理解地大笑起來，親手送禮是假，小兒女們想見面是真。黃帝含笑道：「當然可以。」

黃帝盯了一眼身邊的心腹，對青陽吩咐：「去告訴珩兒一聲，讓她今日早點休息，明日好好裝扮一下，不要失禮。」

「兒臣明白了。」青陽領命後，退出大殿。

青陽趕到離火陣時，黃帝的心腹已經傳令離朱解除陣法。看到阿珩滿身傷痕、奄奄一息的樣子，青陽不敢讓母親見到，把阿珩先帶回自己的府邸。

青陽修的是水靈，又有少昊的萬年歸墟水玉幫助，阿珩的外傷好得很快。

青陽心痛地看著阿珩，「傷成了這樣，還是不願意嫁給少昊？」

阿珩倔強地抿著唇，一聲不發。

青陽突然暴怒，「是不是神農的蚩尤？妳信不信我去殺了那個九黎的小子？」

阿珩瞪著他，透出不怕一切的堅持。

青陽洩了氣，他們四兄妹，秉性各異，倔強卻一模一樣，必須另想辦法。

青陽沉默著，似乎在思索該從何說起，很久後問道：「父王最寵愛的女人是誰？」

阿珩聲音嘶啞，想都沒想地說：「三妃彤魚氏。」這是軒轅族所有神皆知的事情。

「妳覺得母親的性子可討父王歡心？」

「當然不！」阿珩莫名其妙，不知道青陽講這些是什麼意思。母親的性子剛強堅硬，又不肯維持姣好的容貌，自從阿珩記事起，父王就從未在朝雲殿留宿。

「五百多年前，彤魚氏曾想搬進朝雲殿。」

阿珩想了一想，才理解這句話背後的意思，滿臉震驚地抬起頭：「你的意思是……她想父王廢后？」

青陽面無表情地點點頭。

「我怎麼從來不知道？」

「這些事情，昌意不肯讓妳知道，也求我不要告訴妳。他和母親是一樣的心思，只想護著妳，讓妳過得無憂無慮，可妳遲早要長大，很多事情根本躲避不開。」

阿珩呆呆地看著青陽，心中翻來覆去都是廢后的事情。

青陽冷笑著問：「阿珩，妳難道真以為我們家父慈子孝，手足友愛嗎？」

阿珩說不出話來，她也察覺到了哥哥間的明爭暗鬥，可也許大哥太強悍，她從不覺得需要擔心。

青陽問：「妳可知道為什麼彤魚氏不再和父王唸叨她更喜歡朝雲殿的風景了？」

「因為大哥？」

青陽帶著一絲冷笑搖搖頭，「因為我，她只會更想住進朝雲殿，這樣她的兒子才能成為嫡子，才能更名正言順地和我爭奪王位。」

「那是因為……」阿珩實在再想不出原因。

「因為妳。」

「因為我？」阿珩難以相信，那個時候她還是懵懂幼兒，能幫什麼忙？

「因為妳和少昊訂親了，而少昊很有可能成為俊帝。父王有很多兒子，可只有妳一個女兒。高辛注重門第出身，為了讓妳更順利地登上高辛的后位，父王不會剝奪妳嫡出的尊貴身分。」

阿珩滿臉驚駭。

青陽說：「阿珩，母親已經用全部力量給了妳無憂無慮、無拘無束的五百多年，妳知道這在王族中有多麼寶貴嗎？母親現在是什麼樣子，妳都看到了，妳體諒過她為我們所付出的嗎？妳真就忍心讓母親被那些妃子羞辱？」

阿珩咬著唇不說話，青陽又說：「從小到大，昌意什麼都護著妳，妳想沒想過妳的所作所為會對他造成傷害？如果妳解除了和少昊的婚約，母親很有可能要搬出朝雲殿，昌意只怕也會被父親貶謫，到時候所有的明槍暗箭都會冒出來，以昌意的性子，應付得過來嗎？」

阿珩泫然欲泣，她以為拒絕婚事只是她一人的事情，父親會懲罰她，她並不害怕，可沒想到她的婚事竟然和母親、哥哥的性命都息息相關。

「妳若為了一個男人就要捨棄母親和昌意，我也攔不住妳！但妳真以為拋棄了母親和兄長，就能得到妳想要的一切嗎？」

阿珩只是天真，並不是愚笨，心中已經明白一切，眼淚潸然而下，青陽卻不肯甘休，步步緊逼，似乎想滅掉她心中所有的殘餘希望，「妳忤逆父王，破壞了軒轅和高辛的聯盟，父王也許不會殺妳，但肯定想要蚩尤的命！還有，高辛是上古神族，禮儀是所有神族中最森嚴的，即使少昊寬宏大量不和妳計較，高辛的王室卻容不下蚩尤帶給他們的恥辱，必定會派兵暗殺蚩尤！據我所知，祝融與蚩尤仇怨很深，他會不會落井下石也要蚩尤的命？阿珩，妳想看著蚩尤陷入三大神族的追殺中嗎？到時候天下雖大，何處是你們的容身之地？」

阿珩臉色煞白，如同身體被抽去了骨頭，整個身子都向下癱軟。青陽擊碎的不僅僅是她少女的爛漫夢想，還有母親和昌意幾百年來為她構建的一切美好。

青陽說：「知末伯伯守在朝雲峰，妳被懲罰的事情，母親還一無所知，妳想要母親知道嗎？」

阿珩淚如雨下，卻堅決地搖搖頭。

「那好，我們就當什麼都沒有發生過，妳好好休息一夜，明日清晨，我們回朝雲殿，妳親口告訴母親和父王，願意嫁給少昊。」

阿珩伏在枕上，雙目緊閉，一言不發，只淚珠湧個不停。

深夜，蚩尤正要駕馭坐騎大鵬前往九黎，趕赴和阿珩的桃花之約，他想趕在跳花節前趕到九黎，為阿珩準備一個小小的驚喜。

突然之間，小月頂上騰起一道赤紅色的光芒。

蚩尤的臉色在剎那間劇變，他猶豫了一下，遙遙地看了眼九黎的方向，命大鵬返回神農山。

他剛從大鵬背上躍下，雲桑就快步迎上來，面色煞白，「父王已經完全昏迷，榆罔現在守在父王身邊。在榆罔正式繼位前必須封鎖所有的消息，否則軒轅和高辛得了消息，突然發兵，外亂就會引發內亂，變得不可收拾。我已用父王的名義傳召祝融、共工、后土覲見，他們還不知道情況，待會他們來後，就立即派重兵把守，不允許他們再離開神農山，你要一切謹慎小心。」

雲桑又對身邊的侍衛統領刑天吩咐：「啟動陣法，神農山的二十八峰全部戒嚴，從現在開始只許進不許出，不允許任何消息向外傳遞，想強行離開者當即斬殺！」

世代效忠炎帝的神農山精銳們齊聲應「是」，幾千年才啟動一次的封山陣法也再次啟動。封山陣是歷代炎帝的心血所設，除非有炎帝的心頭精血護身，否則就是一隻蒼蠅都休想離開神農山。

蚩尤一邊大步流星地走向大殿，一邊又回頭眺望了一眼九黎的方向，只覺心中煩躁悲傷，卻辨不清楚究竟是在焦慮小月殿中的炎帝，還是牽掛九黎山中的阿珩。

榆罔、雲桑、沐槿在炎帝榻前守了一夜，天快亮時，炎帝突然醒轉。

榆罔和雲桑都大喜，炎帝說不出話來，只是用眼神四處看著，雲桑還沒明白，榆罔忙叫：「蚩尤，快進來，父王要見你。」

守在外面的祝融、共工他們都盯向蚩尤，表情各異。蚩尤匆匆進來，炎帝微微一笑，容顏枯槁，全是被痛苦折磨的憔悴。

蚩尤忽地就想起了幾百年前，一個背著籮筐，頭戴斗笠的瘦老頭走到沼澤中，揉著肚子，笑著說：「哎呀，你怎麼能讓猴子給你摘果子吃？給我一個吃吧！」

幾百年來就是這個笑得溫和老實、實際奸詐狡猾的老頭子教導他說話，教導他識字讀書，囉囉嗦嗦地和他講人世禮節，絞盡腦汁地想磨去他的暴戾……

蚩尤鼻子一酸，跪在炎帝榻前，說道：「師傅，我一定會遵守諾言！」

炎帝舒了口氣，眼中盡是寬慰，他看向沐槿，沐槿用力磕頭，「若不是父王收養了我，我也許早死，養育之恩無法報答，我知道父王最掛念的是神農百姓，我雖是個女兒，可也會盡我全力，替父王守護神農百姓。」

炎帝唇囁嚅了幾下，沒有發出一絲聲音，看向枕頭畔。

雲桑看枕頭旁收著一個木頭盒子，忙打開，裡面有兩隻木頭雕刻的木鳥，她也不知道是什麼東西，但看父親的神色知道父親想要它們，她就把兩隻木鳥拿出，放在了父親手裡。

炎帝凝視了它們一會，又看向雲桑，嘴唇囁嚅了一下，還是沒有吐出聲音，雲桑這次卻立即就明白了，她把一盆一直擺在臥房內的藍色山茶花抱在懷裡，哽咽著說：「我會、會把它種植在您和母親……的墳頭，您放心去吧！」

炎帝凝視著山茶花，眼睛裡的光華在淡去，唇邊的笑意卻越來越濃，最後，他的眼睛變成了灰白色，唇邊的笑意凝固。

沐槿趴在炎帝的榻旁，嗚嗚咽咽地哭泣，剛開始還極力壓制著聲音，卻漸漸地再難抑制，聲音越哭越大。

雲桑直挺挺地跪著，不哭不動，半晌後，突然向後栽倒，昏死過去。

祝融他們聽到哭聲，都衝了進來。看到炎帝已去，一個個悲從心起，跪在地上哭起來。

炎帝掌中的兩隻木鳥在炎帝斷氣的一瞬變活了，騰空而起，繞著炎帝的身子盤旋一周，飛出了窗口。

兩隻赤鳥從神農山小月頂飛出，穿過封山陣法，一隻飛往軒轅山朝雲峰，一隻飛往玉山。

第二日的清晨。

王母在妝台前已經梳妝完畢，卻遲遲未站起，看著鏡子中的自己出神，容顏還是二八少女，和當年一模一樣。

她的腦中不知不覺就響起了熟悉的曲調，在悠揚的音樂聲中，她好似看到，夕陽西下，山花爛漫，自己正在翩翩起舞。

一瞬後，她突然驚覺，這曲調並不僅僅響在她的腦海裡，而是正從殿外傳進來。

王母跳了起來，妝盒、鏡子、凳子倒了一地，她卻什麼都顧不上了，發瘋一樣往外跑，衝出大殿，看到一隻赤紅的傀儡鳥正停在桃樹枝頭婉轉鳴唱。

曲調熟悉，詠唱的卻是無盡的抱歉和訣別。

王母呆若木偶，臉色慘白，眼淚不受控制地一顆又一顆從眼角涔出，又沿著臉頰緩緩墜落。

聽著聽著，她開始隨著鳥兒的歌聲跳舞，邊跳邊哭，邊跳邊笑。她等了千年，終於等來這首曲子，卻從沒有想到等來的是訣別！

一曲完畢，傀儡鳥碎裂成了粉末。

王母卻依舊輕聲哼唱著歌謠，認真地跳著舞，就好似跳著那支千年前未跳完的舞，就好似要讓他看懂千年前她未來得及說的話。

千年等待，以為總還有一次機會，只要一次機會，可這支舞終究……終究還是未能跳完。

所有的宮女都不知所措，震驚地看著又笑又唱、又哭又跳的王母。

在王母翩翩飛舞的彩袖裙裾中，天空突然飄下了幾片冰涼晶瑩的雪白。

宮女們伸手去接，不敢相信這是雪花，這裡可是萬年如春的聖地玉山！

一片又一片的雪花連綿不絕地落下，雪越下越大，玉山的千頃桃花紛紛凋零。

王母慢慢地跳著舞，容顏一點點在蒼老，宮女驚恐地叫：「王母，您、您的臉！」

王母婉轉而笑，皺紋從嘴角絲絲縷縷地延伸出去，漸漸爬滿了整張臉。

雪越下越大，整個玉山都被大雪覆蓋，變成了白色。

青山不老，卻為君白頭。

正午時分，是朝雲殿日光最好的時候，嫘祖也喜歡這個時候坐在窗下紡紗。

當她無意中抬頭，看到一隻赤鳥飛過藍天，翩翩落進桑林，臉色驟然間就慘白，扔下紡錘，快步走出朝雲殿。

赤鳥站在桑樹枝頭，為她婉轉鳴唱。

嫘祖聽了一會，笑了！

三千多年前，她離開的那天，他們在碧草茵茵的山坡上唱的就是這首歌。

那天的夕陽十分美麗，石年的曲子吹奏得是那麼悅耳動聽，阿湄的舞姿也是那麼嫵媚動人，可是她的歌卻唱得十分敷衍，因為她正心神恍惚地想著那個軒轅山下英俊倜儻的少年。

她突然下定決心要去找那個少年，所以，石年沒有吹完那一首曲子，阿湄也沒有跳完那一隻舞。

她從不知道，吹奏完一首曲子要兩千多年。

如果當年的她知道，不管生命再怎麼漫長，不管再有多少次日落，這個世間都永不會再有那麼一次美麗的日落溫柔地照拂著他們三個，也許，她不會那麼急躁衝動地往前跑，她會更珍惜一點，縱然不得不離別，她也會在夕陽中，認真地唱完那首歌。

赤鳥一曲完畢，碎裂成了粉末，宣告著製作它的炎帝已經永遠消失在這個世界。

「對不起！」

嫘祖強壓著的悲傷衝到了眼睛，化作淚珠，隨著三千年的愧疚滾滾而落。

可是，再對不起，又有什麼用呢？生命中永不會再有一次美麗的夕陽，溫暖地映照著他們三個了。

七日後，神農國宣布七世炎帝仙逝。消息立即傳遍天下，五湖四海、八荒六合，舉世哀慟。王子榆罔繼位，成為八世炎帝[2]，同時宣布了前代炎帝遺詔，任命蚩尤為督國大將軍，執掌神農國所有兵馬。

十日後，高辛族和軒轅族同時宣布擇定了婚日，高辛少昊將在近日迎娶軒轅妭，兩大神族的正式聯盟令整個大荒都開始期待一場千年不見的盛大婚禮。

——曾許諾〔卷一〕桃花下，許今生　卷終

2.《漢書‧律曆志》載：「（黃帝）與炎帝之後戰於阪泉，遂王天下」，《三皇紀》又載「炎帝之後凡八代，軒轅氏代之」。所以，與黃帝作戰的炎帝榆罔應該是炎帝系的第八代，是嘗百草的炎帝神農氏的後人。

曾許諾

卷一 桃花下，許今生

茶蘼坊 19

作　　者　桐華

總 編 輯　張瑩瑩
副總編輯　蔡麗真

責任編輯　吳季倫
校　　對　仙境工作室
美術設計　yuying
封面設計　周家瑤
行銷企畫　黃煜智、黃怡婷

社　　長　郭重興
發行人兼出版總監　曾大福
出　　版　野人文化股份有限公司
電子信箱：service@bookrep.com.tw
發　　行　遠足文化事業股份有限公司
地址：231新北市新店區民權路108-3號6樓
電話：（02）2218-1417　傳真：（02）8667-1065
電子信箱：service@bookrep.com.tw
網址：www.bookrep.com.tw
郵撥帳號：19504465　戶名：遠足文化事業股份有限公司
客服專線：0800-221-029
法律顧問　華洋國際專利商標事務所 蘇文生律師
印　　製　成陽印刷股份有限公司
初　　版　2012年5月

定　　價　220元
ＩＳＢＮ　978-986-6158-84-1

歡迎團體訂購，另有優惠，請洽業務部（02）2218-1417分機1120、1123

國家圖書館出版品預行編目資料

曾許諾〔卷一〕桃花下，許今生 / 桐華　著
-- 初版. -- 新北市：
野人文化出版：遠足文化發行，2012.5
240面；15 × 21公分. --（茶蘼坊；19）

ISBN 978-986-6158-84-1（平裝）

857.7　　　101000218

廣 告 回 函
板橋郵政管理局登記證
板橋廣字第143號

郵資已付 免貼郵票

23141
新北市新店區民權路108-3號6樓
野人文化股份有限公司 收

野人

請沿線撕下對折寄回

野人

書名：曾許諾〔卷一〕桃花下，許今生　書號：0NRR0019

姓 名 □女 □男 生日

地 址

電 話 公 宅 手機

Email

學 歷 □國中(含以下) □高中職 □大專 □研究所以上
職 業 □生產/製造 □金融/商業 □傳播/廣告 □軍警/公務員
□教育/文化 □旅遊/運輸 □醫療/保健 □仲介/服務
□學生 □自由/家管 □其他

◆你從何處知道此書？
□書店 □書訊 □書評 □報紙 □廣播 □電視 □網路
□廣告DM □親友介紹 □其他

◆你通常以何種方式購書？
□逛書店 □網路 □郵購 □劃撥 □信用卡傳真 □其他

◆你的閱讀習慣：
□百科 □生態 □文學 □藝術 □社會科學 □地理地圖
□民俗采風 □休閒生活 □圖鑑 □歷史 □建築 □傳記
□自然科學 □戲劇舞蹈 □宗教哲學 □其他

◆你對本書的評價：(請填代號，1.非常滿意 2.滿意 3.尚可 4.待改進)
書名_____封面設計_____版面編排_____印刷_____內容_____
整體評價_____

◆你對本書的建議：